パリ・キュリイ病院

L'hôpital Curie à Paris

野見山暁治

Nomiyama Gyouji

◉弦書房

装丁　毛利　一枝
装画　野見山陽子

パリ・キュリイ病院

1

私は退屈していた。そのせいか、病院のいつもの廊下が、せまいように感じられた。日が暮れかかっている。ことさらに所在のない時間だ。陽子の病室のちかくまで引返してきたところで、矢野ポールにつかまった。

彼の前に、二人の医者が立っている。いつもなら、わざと知らないふりをしてくれるのだが、これはまずい。いまさら、私を医者に紹介することもないのだ。あごひげをきれいにたてた大きな男の方が、うやうやしく手を出した。

「彼女の御主人《マリ》ですか」

大きな男の落ちついた振舞いは、とくに慇懃な印象をあたえる。やや廊下のすみに体をよせ、彼は、未知の人にたいして口をひらくまえの、かるい逡巡をみせた。

「わたしは、フランス語がよくわからないから、どうかポールに話してほしい」

ポールは厄介なことをしてくれたものだ。彼らの職務に介入することもないと、私は今まで、陽子の病状のことで、医者に直接あうことはしなかったのだが。

すでに通訳者の表情をしているポールにむかい、低い声で、医者がふたたびしゃべりだしたのを聞きながら、私は不定形のほそいタイルの床が、医者たちの背後に遠退いていくのをながめた。

夕暮は、それらを昼間よりあざやかに浮き出している。

ポールが、陽子の主任医師だと紹介した大きな白い服の男、ドクトル・アビバンは、両手をしっかりあげて、それを前にひろげながら、ともかく彼の任務とおもわれることについてしゃべっていた。

「ムッシウにそのことを告げてほしい」とポールをうながして彼が私の方へ向きなおったとき、もはや、しめっぽい夜がきていた。

「言われたとおりに説明いたします」

ポールは切り口上だった。そのほうが通訳者らしくてよろしい。

「マダムが診察を受けにこられたときは、背中が痛いとのことでしたし、事実、腫れてもいたので胸の方をさぐってみた。これは徹底的にしらべたけれど異常がない。食欲がなくなり、お腹がふくらんでいるので、産婦人科のほうでも調べてみたけれど、これも何の異常もないようだった。最後に後頭部のオデキですね」

ポールには白い服が似合うかもしれない。しかし、そんなことだったら、彼がひとりで聞いてくればよいことだ。

「このあいだ、あなたもレントゲン室でごらんになったように、これもたいしたことではない。つまり難かしいのは、この三つを別々のものか、あるいは一つのまとまった系統のものとして扱うか、ということに疑問があったのですけれど、この二、三日前から、マダムの腹痛が異常になってきた。ここまできてようやく、カンセルではないか、という疑いがでてきたわけです」

「カンセル？」

「癌のことです。で、もし癌だとすれば、お腹に発生した癌が、淋巴腺をつうじて背中と後頭部に散ったものと推定されるそうです。これについては先日、私がマダムにつきそっていったアンファン・マラード病院で、背中の筋肉をすこし採ったさい、その一部を培養のため研究所へまわしてあるそうで、その結果が明日の昼、わかるとのことです。が、その結果が癌だということになれば、マダムの命はあといくらもないだろう、というのです」

ポールはここまで説明して、ちょっと息をついだ。

「わたしは、ドクトル・アビバンが言ったとおりのことを、あなたにのべました。それはいいことだったか……」

或いは僭越なことではなかったかといった、かたくなな表情で、それっきり彼はおし黙った。なんでこんな芝居じみたことを、やつはぶっているのか。あと四、五日で退院だと、いかにも医者の代弁者らしく、先日言ったばかりじゃないか。

「ドクトル・アビバン、それは決定しているのですか」

私ははじめて、この大きな男の方にむきなおった。

医者は私の表情をたしかめようと、顔をちかよせて来た。ポールがどこまで通訳してくれたか、ということを知りたい様子だった。

「ムッシウ、これはまだ決まってはいない。あらゆる病気の仮説をたててしらべてみたけれど、今日までどれも無駄でした。ここまできて、もうカンセル以外のことは考えられなくなったのです。残念ながら」

彼は大きな肩をすぼめた。

「マダムは原子爆弾にあわなかっただろうか」

「ノン」

「いや、直接ヒロシマ、ナガサキにいなかったとしても、その隣接県にいたとか、後日その地に出向いたとか」

「ノン」

「では、原子マグロを食べたというようなことは？」

これは私の知らないことだった。私が日本を留守にしたここ四年間のうちに、原子マグロという災害が故国にあったことは、聞き知っていた。しかし去年の暮れ、その地からやって来た陽子は、ついぞ、それらしいものを食べたというような話はしなかった。

「ノン、たぶん、ノンでしょう」

彼はひろげていた両手を胸のところで組合わせた。その動作をゆっくりやることによって、思慮をふかめ、同時に時間をかせいでいるようだった。

「そうですか。今となってはムッシウ、すべては手遅れになったようです。明日の研究所からの通知が、わたしの推察どおりであったら、あと二週間ぐらいの命だろうと思われます」

これもポール同様、芝居気たっぷりにおし黙った。ともかく丁寧すぎる。彼はじっと私の目をのぞきこみ、暗いなかで、その表情をかえなかった。

自分たちでなにかを企らみながら、平然と観客席にすわっているようなこの態度には、なんとも腹がたつ。心理的な重症患者としていま、彼らの前に、私は立たされていると知った。

俺までが、この男の支配下に置かれてはいないということを、表示してみせる必要がある。

「あなたは、明日わかるだろう、と言われましたね、ドクトル。で、それまで、あなたのとられる処置は？」

「今晩、また腹痛がくるとしたら……」彼はちょっと言いよどんだ。

「それはかなり危険なことになるだろうと思われます。今晩から、あなたはここへお泊りになるよう許可します」

彼はふいと話のむきをかえた。

「申しそえますが、今晩はかなり危険です」

「その時は？」

「もちろんそうなれば患者を専門の病院に即刻はこんで、腹部を切り開いてみるより方法がありません」

「ドクトル、あなたは今晩ここへ泊られますか」

「わたしはこれで帰ります。彼が当直として居残るはずですから」

はじめて私は、指さされた、かたわらの医者を見た。メガネをかけた小さい男だった。表情がメガネの反射で見えないような、一種のメカニックな面《つら》がまえに、人情を無視した科学者の冷徹さが沁みていて信頼がもてた。

ドクトル・アビバンは、私の手をにぎった。

「ムッシウ、明日お会いしましょう。われわれは明日の正午にかかってくる研究所からの電話を待つだけです。その結果がカンセルでなければ、これもまた、もちろん他の病院に移して即刻、切開してみなければなりません。カンセル以外の結果であることを……」

彼はj'espère（願っています）という言葉で、最後をむすんだ。

espérerという動詞は、不可能なことにたいして、なおかつ希望を持ちたいという気休めのひびきが、いつも私には感じられる。

彼は私の手をにぎったまま言葉をつづけた。

「当病院でも筋肉の一部を培養してみたのですが、これにはカンセルの症状は発見されなかった。ただ、うちの機械は不完全なので、何とも言いきれないのですが、カンセルでないという仮説をたてるならば、このことと、それから熱がたかすぎるという二つの点です」

j'espèreという言葉を、くり返して、彼の任務の報告はおわりだった。

「なにか質問は？」

もういいだろう、おれの前から早く立ち去ってくれればいいのだ。

「全然《リャン》ない」

別れの握手も、もうすんだのだ。彼は踵をかえした。しかし彼は、ただ横むきになっただけだった。

それから、ゆっくりと当直の医者に「ワカラナイ」と小声でささやいた。

「東洋人はどうもフシギだ」

「われわれの国の習慣は……」とポールが、彼らの不審をうけとった。

「感情を表面にあらわさないものでして、つまり……」

つまり、私がこの場で卒倒するか、質問は？　とうながされない先に、がなりたてるかすれば、ごく当然な反応として迷惑ながらも彼らは安心するのだろうか。決定を明日にひかえている以上、すべてはそれから詮議されねばならないことだろう。質問はそのとき、おのずから生じてくるわけだ。

私たちは病人の部屋へ入った。夜の明りの中で、すべてが清潔に浮き出していた。清潔さは、ときに冷い印象をあたえる。

「いかがですか、マダム」

ドクトル・アビバンは気軽に、陽子のわきに腰かけた。

それから、習慣のようにシーツから彼女の腕をとりだして、脈のところを軽くおさえ「今夜から、あなたの御主人《マリ》が泊られますよ」と、にこやかに顎で片隅の空いているベッドをしめした。

「どうして？」予想に反して彼女はきつく問い返した。

病室へ入るまえから医者は、そのことを懸念しているようだった。こんどは私がしゃべる番だ。

「おれが一緒だったら眠れるかもしれないときみが言ってたから、泊めてもらうよう、いま、その廊下で頼んだのさ」

病人の表情はおびえ、あとずさりするように肩をすぼめた。ベッドの中でのその動作は、私たちの視界から、もっと深い谷底へ全身が陥ちてゆくように見えた。一瞬、彼女の顔は小さくなった。

「患者以外は泊れないはずよ。病院が許可してくれるはずがない。どうしてオニイが泊れるんだろうね」

「………」

「このあいだね、ミリアムのお母さんが、オランダからやってきたでしょう。パパが医者だから、明日の汽車で連れて帰るって言うのよ。で、今晩、ミリアムに付きそいたいっていったとき、お医者さんは許さなかった。お母さんはわめいてたわ。今夜一晩だからって……。だけど病院は許可しなかったのよ。ミリアムは一晩じゅう泣きつづけて、私たち眠れなかった」

「しかしね陽子、そのときのミリアムと状態が違うんだよ」

どのように、と彼女は私を見つめ、ドクトル・アビバンを詰問した。

「おれがいたら、きみは眠れるかもしれない。眠れば、お腹の痛みも少なくなるだろう。とすると、これは患者の診療上、必要なことなんだ。決してミリアムのお母さんに同情するのとはわけが違う」

彼女は、私の言葉をいろいろ詮索してみるだけの体力を失くしていた。しばらく、ドクトル・アビバンの顔を見つめていたが、突然、腕をさしのべた。

「メルシイ、親切なかた」

彼らが立ち去るのを待って、今日泊るはずの病院を私も出た。たいしたことではないが、前々からの約束がある。今夜はマドモアゼル・セスネイの夕食に招待されている。

そんなことはどうだっていいじゃありませんか、とポールがムキになった。

「晩飯を食べにいくだけだから」

食事なら病院で準備してくれる、と冷静に彼は言いかえした。

「だけどいま、待ってるんだからね」

彼の目は、今までとはまったく状況が変っているのだ、と告げていた。何が変っているのだ。病人はおれの女房だし、今も生きている。何も変っちゃいない。

はからずも今日の面会に、友人から借りて来たモーター自転車《バイク》にのって、私は病院わきの大通り《ブールヴァール》を横切った。車を拾えばいいじゃありませんか、というポールの声がおっかけてきた。

モンスリイ公園の闇を突きぬけたところで、時計塔が照明の下ではっきりと時刻を示していた。おかしなことに針は、文字盤にない数字のおもみを支えていた。1956年8月26日。

サン・プラシイドの地下鉄《メトロ》に近い四階の部屋では、マドモアゼル・マルグリットも、もう席についていた。二人の老嬢は、私の来るのが遅いので、陽子の病気のせいかと気をもんでいた。

「ヨーコは同じような状態です」

テーブルには、人を招待するときの花模様のナフキンと、皿と、厚手のカット・グラスがいつもの通りおかれていた。

私はスープから手をつけはじめた。皿を半分もあけた頃、妙な飽満感と、それについで、吐気が胃からあがってきた。スープをよして、豚肉のキレを口にほうりこんでみたが、吐気は口の中まで拡がって、この固体をいつまでも噛みつづけるわけにはいかなくなった。唇をかみしめ、肉キレのはみでるのを防ぎながら、私は、とてもこの座がもてそうもないと知った。

もともと、私の看病の労をねぎらうつもりの晩餐だったので、最初から、私の様子に彼女たちはおそろしく気をつかっていた。

女主人が、ふとスープの匙をおいて、きらいなら皿の上に吐きだしなさい、といたわった。逆に私は飲みこんだ。

「マドモアゼル、たいへん我儘だが、私はこれで失礼したい」

老人が若いものに示す愛情は、ときにうんざりすることがある。彼女は立ちあがって、私をだきしめた。

「いいですとも可哀想な子。ヨーコがいなくて、あなたがどんなに淋しいか、よくわかります」


ルクサンブール公園の柵にそって、パンテオンの方へ私はバイクを走らせた。老嬢にフランス語を習いにいく、いつもの道だ。豚肉は食道をつたって胃におりた。

大きくのしかかってくるパンテオンを右にぬけると、黒い建物がひしめいている。細い路地の三階に、はだか電球が窓を唐突に照しだして、外の壁をますます暗くしていた。

「おれの部屋へ来てくれ」三階の明りに向って大声をあげてから、その建物の下をくぐりぬけ、真暗な中庭をよぎって、私は突当りの自分の部屋へ入った。

寝巻とタオルを手ばやく風呂敷につつみ、本棚に飾られていた鈴の人形をポケットにねじこんだところに、同じアパルトマンの吉岡と中条が入ってきた。

「なんだい、ネマキを持って……」

なにやら猥雑な冗談でも言うつもりの目つきが、やはりポールやドクトル・アビバンのように、急におし黙った。

「やつはどうも駄目らしい。正確なことはあすの昼わかる」

彼らは返事をしなかった。なにも言わない方が、かえっていい。

二人は、黙ってルクサンブールの駅まで送って来た。夏の終りを楽しむ人々で、カフェは溢れていた。道の突当りの噴水が、動く光のようにきらびやかだった。

そこで車を拾おうか、とも考えたが、メトロをえらんだ。いつもの習慣をあえて変える必要もない。この旧式な乗物が、ひとつひとつの駅に停って、病院のある大学町《シテ・ユニベルシテル》まで運んでくれるのが、今の私には最良のサービスだった。

2

私と陽子が、学生ばかりのこの病院を訪れたのは、一カ月も前のことだったろうか。

大学町《シテ・ユニベルシテル》の中央の広い花壇を横切ってくると、病院の大きな一枚ガラスの扉は宏大な温室のようだ。突当りを左へ折れたところに、同じガラス扉のエレベーターが空間をのぼり、その周りを斜めに階段が追っかけている。

芳香とも恐怖ともつかぬ病院の匂いのなかを、私たちは四階まで教えられるままに登っていった。

上の階は、その匂いもあまり上昇してこないとみえて、胸部疾患の患者たちが、休講になった教室のように、怠惰な時間をもてあましていた。

矢野ポールと兄のエミルもこの中にまじっていた。ポールは自動車事故で胸の骨を折ってから、この暇な教室の一員になった。エミルは弟へ同情したのか、この休講つづきが気にいったのか、ともかく胸部疾患に合格して同じ部屋にいた。

彼らの不幸を、私と陽子は、同情をもった人特有の幸福な気持につつまれて見舞ったのに、こっちの方がよっぽど幸福ですよ、という顔をしてポールは出てきた。やせ我慢もあろうが、怠惰はなんともいい。

「それじゃ、あたしも仲間になろうかしら」陽子は笑った。

これはまんざら社交的な言葉でもあるまい。少しばかり彼女は疲れているようだ。

女房の疲労感ほど、男にとって気まぐれに思われるものはない。彼女が眠いといえば、友人はあやしげな目つきをする。あまり食べたくないといえば、中年をすぎた婦人は、お腹のあたりをまさぐるように見る。あげくの果て、マドモアゼル・セスネイの授業《ルッソン》はお休み、と陽子は勝手なことをいって、夜、映画館でばったりこのフランス語教師に出会ったというのだ。次の日老嬢は、かんかんになって私に不満をのべた。

「日本の女性はアンデパンダン（自立）の精神に乏しい」

私は母国の全女性にふりかかった非難を小さくなって受けとめながら、陽子の気まぐれに腹が立った。だが、小心な亭主とちがって、彼女は爽やかだ。

「もういいのよ。疲れはなおったから」

二、三日たって、アメリカ回りで知り合いの若い医者がパリに着いた。
旅人は、男の私にだけ案内してもらいたい時間と場所を心づもりにしているようだったが、いたずらな陽子は、それを承知のうえで夜遅くまで引き廻し、明るいキャバレーで私と踊りながら「あの方、あたしが相手ではいやなのよ」と嬉しそうに笑い声をころした。

パリの胃袋といわれるレ・アルの市場で、遊びつかれた私たちは真夜中の夜食《スーペ》をとった。

帰りの車に揺られながら、彼女は再び私にふくみ笑いをしのばせて、医者のほうにふりむいた。

「あたし、からだ具合がどうもよくないんですけど、おひまな時にちょっと診ていただけません」

さっきまでコニャックを飲み、レストランで脂っこいスープをたいらげていた友人の女房に、若い医者はとまどった。

「どこか悪いんですか」

「ぼくに訊いたってわかりません。女房に訊いて下さい。当の患者に」

まったく彼女は気をもませる。

二人は点滅する窓外の景色を背後へ追いやりながら、なにやら話し合っていたが、彼は翌日、夫の私に耳うちした。

「ぜんぜん病気ではありません。胸なら胸だけが、ずうっと続いて痛いということになれば、その箇所が悪いといえる。しかし、昨日は胸が痛くて、今日は肩が痛いというふうに、場所がかわるのは病気じゃない。……ただ、こういうことは言えます。いいですか、現代人はなんらかの形で、社会というものの重圧を感じながら生きている。その圧力が個人の力以上にのしかかってきたり、あるいはのしかかっていると感じられるとき、人はおのれの非力をみとめるかわりに、条件が悪いためにこうなんだ、と心理的になにかを持ってきて、すりかえようとする……病気という形をとれば、いちばん自分にみとめられるわけですね。もちろん、本人はそういうことを意識的にこころみてるわけではないですよ。ところが実際に、病気の症状がおきるのです。頭がいたんだり、肩がこったりして、とうとう医者のところへやってくる」

「まったく、やつは誰にでも難題をふっかける癖があるんでね。だけど何か心理的な原因というようなものがあるんですか」

「それを突きとめることが、この場合の医者の仕事になるんです。私の考えでは、エトランゼという状況は、多かれ少なかれ、この重圧にのしかかられている。言葉の不備、習慣の相違、つねにそういうものでいじめられると、日本のときのような行動性は持ちえなくなります。毀れてゆくんですね。ざっくばらんにいえば、劣等感が病気をつくるんです。だから医者が、いくら頭や肩を診たって何もわからない。ほんとうは悪くないんですから……、しかし、困ったことに本人には、ほんとうに痛みが感じられる。そこでこの医者はヤブだ、ときめつける。本人の痛みはますますはげしくなり、時には死ぬことさえあるんです。こうなれば問題で、つまりこれは立派な病気です。時代がこうなればなるほど、この患者はふえてくる。一種の文明病でしょうか」

彼女は、いとも可憐な病気にかかったものだ。要するに、陽子の苦痛をとりのぞくのは簡単なことのようだ。まったくの健康人として取扱えばいい。日々の生活に張りをもたせればそれですむ。

聴診器をあてることもありますまい、と医者は結んで、夜の食事のとき、彼女へ白い錠剤を数個わたした。

「このクスリを飲んでごらんなさい。三日分あげますから」

「あら、三日でなおるのね」

まことに職業によって、それぞれ心得たものだ。

医者がデンマークへ発ってから、私は再びセーヌ河へ写生に出かけた。その日、彼女はついてきた。家へ帰ると、あわてて、医者がおしつけたカラクリの白い粒を、水でノドの奥へ流しこみ「何だか知らないけれど、日本のクスリはやはり私たちの性にあうのね」と恢復感の自覚をしめした。

今まで買っていた錠剤はあまり効かなかったらしい。少なくとも効かないという先入観のカタマリにしか過ぎなかったらしい。彼女はそれらを半分も用いないうちに放棄したが、今度は丹念に続けた。

その三日目が終ったころ、外から中庭を通って帰ってくる私の耳に、老人の屈托ない声と併せた陽子の透るような笑い声が部屋からひびいてきた。夏の光を避けたトタン屋根の片すみに、古びたカーテンが潮のように揺れて見える。文明病はなおったようだ。

セーヌ河畔のオテル・デュ病院に、リュウマチで寝ていたはずの滝川老人が、珍らしく訪ねてきていた。彼はサナトリウムへ移されることになり、その間のしばらくを、友人のジャック・ルクリュ氏の別荘《ヴィラ》で過すことにしたらしい。

「あすの朝、早く発たれるんですって。それでオニイが付添いということになったのよ。大丈夫起きられて？　いいところだそうだから、二、三日泊ってきたら」

彼女は勝手に、私がついて行くことに決めてしまっていた。

「陽子さんも一緒にだ。絵描きとの二人暮しじゃ、ぼくが炊事係りにまわされそうだ」

滝川老人は満足ではなさそうだった。別荘の独りぐらしを考えたとき、やはり若い女の伴侶が欲しい。

「そうね、あす起きられたら、ということにしましょう」

翌日は彼女の方から目をさまして、おむすびをつくった。しかし私が同行をうながしたとき、彼女の返事は前日と変らなかった。

「そうね。なんだかあまり気がすすまないの」

結局、私は陽子を残して部屋を出た。滝川老人は約束のカフェで待っていた。

「きみ、ひとりかい」いささか老人はがっかりした。

「それじゃ、ぼくが二人分の食事をつくらなきゃならんのか。厄介な人を連れて行くことになった」

ぎっしり詰まったバスは、曲り角で大きな車体をもてあましながら、ようやく郊外の麦畑へ出た。

「陽子さんはどうしたんだろう。ぼくも若い女に見放されちまったな」

――やっぱり、からだ具合が悪いのか――しかし乗物は、運ばれている私たちに、長いこと同じ考えを持続させなかった。

昼近く、サブロニエの村に入る小川のふちでバスをおり、たもとのカフェで借り出したシトローエンに揺られて、白樺に似た細い樹々の森をぬけると、だるい勾配の丘にそって、よく保存された十六世紀の農家が見えた。かなりな角度をもった屋根は、樹々と同じ色に沈んでいる。これが私たちの終点だった。

陽子は、バスで揺られて行った二人の生活を面白がっているだろう。自分で料理をつくらなければ承知しないが、そのくせ体の十分に動かない老人と、忠実だが人に言われないかぎり動くことを知らない、おまけに味覚には何の反応も示さない若い男とが、どうやって食事をつくり、次の食事までのながい時間をつぶすのか。老人は、料理のたびに次第にじれて来た。

「この男に命令したってだめだ。自分で作る」その言葉をよいことに、私は雑草のなかで終日寝ころび、退屈すると絵を描いた。

これもパリから村へ帰ってきていた女子学生のダニエルと、共通の退屈さから、樹の下で仲良しになった。とうとう年寄りは、夕暮、外を見渡して、食事の用意がととのったことを知らせるはめになった。

予定の二、三日が過ぎると老人は「きみ、もうパリへ帰るのか」とたずねた。

「どうもあなたを独り残していくのも可哀想だから、あと一日二日いてもいいですよ」私は彼の期待どおりに答えた。

「可哀想がられるようになっては仕様がない。ともかく私から陽子さんに、そう頼んでみよう」

滝川老人はパリへ電話をかけた。

庭でサヤ豆をつんでいる私の耳に、老人の電話の声が聞こえてきた。

「陽子さん、あと二、三日きみの御主人《マリ》を借りることにする。大丈夫かね？　よろしい。あなたにもその間、外泊する権利をぼくから与える。くれぐれも元気で浮気してくれたまえ」

老人はまぶしそうに庭へおりてきた。

「きみの不在を、陽子さんは喜んでいるようだよ。どうだい、ここいらで離婚手続をとったほうが賢明じゃないか」

男二人は、なんということもなく大きく笑った。

「それから、明日、診察を受けてみると言っていた。たいしたことはないだろう」

「いつもの癖でね、ともかく一度、診せれば本人が安心というわけです」

「医者にまかせておけばいいのさ」

おれがいないと病院行きでも思いつくほど、彼女は暇らしい。


オンドビリエの田舎で五日目が過ぎた朝、滝川老人は私の肩を揺りおこした。

「きみ、今日はパリへ帰りたまえ」

どうも我々と違って、年寄りは片意地なものの言いかたをする。私はこの老人としゃべるとき、ホンヤクして受取る癖がついていた。

——きみ、いくら何でも今日は陽子さんのところへ行ってやれよ。淋しがり屋の老人なんかに構わないでさ——

「かわりに陽子さんを手伝いによこしてくれたまえ。四、五日うちに来てくれるよう、待っている」

——陽子さんは、ほんとうに体が悪いんじゃないか。どうだろう、もう医者の診察も終っているだろうから、ここへ静養につれてきては——

必ずそうする、というかわりに私はネクタイをベッドのへりに残したまま家を出た。バスのつもりが、とある百姓の車に便乗できた。

一度止ったらもう動かないといったエンジンの音に追いまくられて、その時代がかった車は一気にパリまで、八〇キロを馳せた。

パリ5区ローモン街2—72。私の部屋のドアに最後の72という数字だけが、色褪せてついている。カルチェ・ラタンの一隅、パンテオンの裏からムフタルとよばれるパリの下町へ通じる、古い屋並で出来上ったローモン街。絵や詩のなかでだけ光彩をもつ、古びた壁の下に、2番地の標《しるし》がへばりついている。その下をくぐりぬけ、高い建物で囲まれた日当りの悪い石畳の中庭を突きあたった部屋の把手を、いつものように廻してみたがドアは開かなかった。

管理人室《コンシェルジュ》のところへ引返して、鍵があるかと探してみたが、これも無駄だった。陽子はどこへ行ったのか。私が今日の夕方帰ってくることは知っているはずだ。

狭い中庭を引返して、私はうしろの入口の階段を登った。彼女は吉岡の部屋で遊んでいるに違いない。しかし五階の彼の部屋も、もう一階上の中条の部屋も、人の気配はなかった。

うす暗くなってから、72の部屋鍵をもった吉岡がやっと帰ってきた。

「陽子さんは昨日、診察をうけにいったまま病院だよ」

部屋の中には、彼女の下着が干しあがったままぶらさがっていて、夕暮の電灯の下で、その配列は妙にしめっぽくみえた。

「何だって？　四十八時間も診察が続いてるのか」

よほど、病院が気に入ったとみえる。どこが悪いといって、そんなにねばっていられるのだろう。

「向うでは一週間ぐらい預って、精密検査をするんだってさ」

「それじゃ今夜は御馳走をつくってもらうわけにはいかんな。なにしろお腹がすいたんだ」

乾いた洗濯物をひとつひとつ片付けながら、私はぼやいた。

翌日の昼近く、陽子が待っているという午前の面会時間が終ったころ、やっと私は目をさました。それから、田舎から持ってきた桜んぼを朝食がわりに食べた。


いつものところに投げ出されていた室内履きとバス・タオルを持って夕方、病院へ出かけた。ポールやエミルがいる階のすぐ下だった。神妙に彼女は横になっていた。

「なんだい。病人らしいじゃないか」

「検査がすめば帰れるのよ」しごく安心した顔つきで陽子は上半身を起した。

「それじゃ、四、五日、フランス語の勉強みたいなもんだ」

私は同室の五つのベッドに横たわっている少女達を眺めながら笑った。彼女はうしろの壁に、起した体をもたせかけたまま、じっと動かなかった。どうも威張っているようだ。——私、ほんとうに病人なのよ――、それから羞《はじ》らってもいるようだった。――オニイのいない間に引張りだされて、とうとう病人の制服を着せられちまったよ――。

私たちの住家からきたら、ここはなんと明るい壁だろう。突然こんなところに身近な人間をつきつけられて、私はとまどった。まぶしすぎる。私はなにも喋らなかった。この内気な癖を、いつも彼女は口惜しがる。

私はベッドへ脚を投げ出して、彼女のよこに肩をならべ、同じ壁の清潔な匂いをかいだ。安心して肉体の疲労を表明できる場所では、なんとこの病人は、病人らしく健康なことだろう。陽子はしばらく足をぶらぶら宙にあそばせてから、思いついたように向いのベッドのブロンド娘を紹介した。

「ミリアムというのよ。オランダの女学生」

白い頬のミリアムは、ベッドから手をだした。

「その隣が北アフリカのモニック。そのとなりはアルザスから勉強にきてるテレーズ」

彼女らは私と手を握りあうと、今までヨーコの夫《マリ》をひそかに観察していた好奇の瞳をパッとふせて、淑やかなマドモアゼルに立ちかえり「ヨーコは昨夜《ゆうべ》、背中が痛いといっていた」とか「はじめての病院の夜は、なかなか寝つかれぬものだ」とか大人みたいな挨拶をした。

八時になると、看護婦がやってきて面会時間が終ったことを告げ、テレーズを抱擁したままの学生を、彼女から引き離した。

夜遅く広いベッドの中で、私はひとり寝の手足を伸ばした。なんといまいましいほど、おれは痩せているのだろう。

十日ぐらいも前、眠ろうとする私に、傍で陽子は、ここをさわってみて、と言って、私の手をとり自分の左肩のところへもっていった。

「ねエ、少し腫れているように思わない？」

私は、彼女の右と左の肩を交互に指でおしながら、そういえば少し腫れているようだ、と言った。


翌日の夕刻、浴衣とフランス語の本を持って病院へ出かけた。彼女は早速にも青いピジャマを脱ぎ、浴衣を着るのだとはしゃいだ。ミリアムもモニックも、皆てんでに模様のついたピジャマを着ていた。どうして清潔な病院の青いピジャマを脱ぎすてるのだろうか。外からやってくる訪問者にとって、病院の統一された青い毛布と青いピジャマは、どんなに爽やかなものかしれない。病人という形で統一された衣裳《コスチューム》は、健康人の持ちえない神秘性を、無言のうちに暗示していて美しくさえある。

翌日の夕刻、陽子は大柄な花模様の浴衣をまとって、ベッドで嬉しそうだった。これはいつもの彼女だった。病人に会いにくるという私の期待はいささかしらけた。

私が田舎に行ってから、ひとりで寝ていると、夜中、背中が痛みだしてどうにもならないから、ともかく診察を受けてみる気になったのよ、と彼女は語った。ひとりになったら急に疲れがでる。ありうることだ。

「それじゃ、夜昼寝つづけたら疲れがとれちまうだろう」

陽子が診察を受けに来た日から、矢野ポールは医者との通訳という役目を引受けていたが、いずれスイス国境のサナトリウムへ行く日を待っている彼にとって、これは暇つぶしにもなろう。そのうえ、友人の細君に甘えられては致しかたもないのか、フランス語の文法の面倒までみてやることにしたらしい。会話や発音は私たちがやるのだと、ミリアムとテレーズがはなさなかった。

病院は、それほど不幸なところでもないようだ。一日の入院費六百フラン、もっと安くなれば私も不幸にならないですむ。

ポールはなんでも実行にうつす気楽さをもっていた。もう少し安くしてくれるよう早速、会計課へねじこみに行ったが、がっかりした顔で部屋へもどってきた。

「この患者は検査が終れば退院だから、それぐらいで辛抱しろといってます。一カ月や二カ月入院というふうに月単位ならば、考えなおすそうですけどね。長く入ることにして考えなおしてもらいますか」

彼は陽子にむかって、快活にこれを主張した。

「もう少しいたらどうです？　ここに住めばフランス語はおぼえるし、旦那の飯の用意もしなくてすむし、テレーズと婚約者《フィアンセ》との抱擁は見られるし……」

まったくその通りだ。病院は航海中の船同様、なに一つしなくても、日数をつぶすことそれ自体に、目的へ向ってすすんでいる充実感がある。

次の日、私は奇妙なものを見せられた。ミリアムは横になって雑誌をめくっていた。モニックが、私が病室へ入ってきたところで、いきなり彼女のベッドの下においてある尿瓶を盗みだして、頭の上たかくさしあげたのだ。

「みなさん。ミリアムのオシッコをごらん下さい！」

ガラスを透して、液体は出口を探しあぐねて、たゆたゆと揺れた。それはミリアムという北欧産の小動物が、狭い檻のなかでとまどっているようだった。

しかしマドモアゼル・ミリアムはかんかんになっていた。皆がベッドの上で笑いころげると、ミリアムは真赤になった。この部屋でたった一人の男性にむけられた寸劇に、私はどう拍手を送ったらよいものか。ミリアム同様、期待にこたえて私も真赤になってみせた。

病人たちは、船客が終日海をみつめて暮すときの、あの行動をもたぬものの願望と倦怠とに支配されてもいたのだ。

あれだけ、はしゃいでいたモニックがその翌日、体の調子がわるくなってベッドに臥せたままになった。するとおかしなことに、他の五つのベッドも静かになった。彼女たちは気がねしたわけではなく、倦怠が病室を領してしまったらしい。皆いちように調子がわるくなり口をきかず、ベッドの脚もとにくっついているカルテにしたがって、それぞれの病状にふさわしい表情で臥せていた。

陽子もすっかりこの演技を心得たようだ。

彼女が入院する前日、洗濯屋に出していたという衣類を私は持ちかえり、中庭いっぱいにそれをならべ、男ひとりの生活の面倒さを、そのひらひらとはためく配列から、したたり落ちる湿気から、知らされはじめた。

入院した翌日、食事どきに、医者は長いゴム管を彼女の胃に通して胃液をしらべ、同時に血液をとった。その翌日は、レントゲン室での長時間にわたる胸の検査におわったが、結局、軽度の湿性肋膜ではないかという疑いのまま、彼女はベッドに寝かされていた。いぜんとして左肩が痛いとはぼやいていたが、夕刻、私をむかえる彼女の表情は、ここの生活を一日ちぢめたことで満足していた。

——あと二、三日で退院ね——

私がオンドビリエの田舎から帰ってきたとき、部屋のすぐとっつきにある洗面台の上に、メロンの皮でできた二つの面《めん》が、鏡をはさんで壁にならんでいた。陽子は私の留守中、メロンばかり食っていたのか。

毎夜、歯をみがきながら、いやおうなしに私はこの釘づけの顔に出逢い、あと二、三日で自炊もおしまいね、と言いたかった。

単純にえぐられた眼と口の穴ぼこの陰影に表情の比重がかかっている虚ろな顔にはさまれながら、鏡のなかに動いている自分の映像が、日々ぼやけていくのが何とも不思議だった。

瞼とおなじ面に眼球がへばりついているせいだろうか——マブタの奥からマナザシは投げかけられるべきだろう。——唇のすぐうしろを、白い歯の列がふさいでしまっているせいだろうか——言葉を吐きだす口は、体内の奥深さを暗示すべきだろう——。

私はひとりの部屋で、メロン氏と顔をあわすのがだんだん嫌になってきた。私が田舎へ行っていた五日間の留守の退屈さを、陽子はこのように壁に固定させたのか？　いれかわりに彼女が不在になることを予定して、私に残していったのか？　いずれにしても、このあどけない彼女のいたずらに少しずつ腹がたってきた。

病院は、まだ一週間ぐらいは病名を追っかけまわしたりして、彼女を放してはくれないだろう。自炊、面会、洗濯、誰に話しても美わしい生活に、私は少しばかり退屈してきた。

「そうね。毎日こなくてもいいわよ」

そこで、私はこっそりと、ネクタイと老人とを残しているオンドビリエへひとりで行くことを計画した。

「きみの言葉に賛成した。この次の面会は六日あととしよう」

「そう、自炊してるより、その方がいいわ。そのころはあたしも退院だからね」

彼女はその空白の六日間を、私がどこへ行くか見ぬいていた。いつも自分の許から離れたところで仕事をする私の癖を彼女は知っていて、どんな時でも、それがいいだろう、と言う以外の答はしなくなっていた。

昨年の秋、彼女がパリに着いて、「私たち結婚して七年になるのよ」といった時、私は過去というものの不確実さにおどろいた。歳月それ自体に、うそがあるのか、一緒に住んでいると称する私たちに、うそがあるのか。つねに私は彼女のもとをぬけだして、彼女の知らない土地に画架をたて、彼女の知らない風景を写しとってきた。どんなときでも彼女は強気だった。

翌日、デンマークをまわり終った日本の若い医者が、再びパリへもどってきた。

終日、彼はブーローニュの森で写真を撮った。日曜日のブーローニュは樹と人とで森が出来ている。

広い池にさえ鳥がいっぱいで、ここは街より混雑していた。私は池に面したベンチに腰をおろし、パリ案内者の役目と、猥雑な風景の点景人物の役目とにあきあきしてきた。

いまから私が文明病患者のところへ面会に行くのだと聞いて、聴診器をあてなかった医者は「自分も面会に行きたい」と申し出た。

こういう厄介なことになるのではないかと案じてはいたが、夜の巷の点景人物から逃れるには他に方法が見付からなかったのだ。

「おかしいじゃありませんか」と日本の若い医学者は燃えたった。

「五日間も病人を預っていて、病名一つわからないんですか」

そんなことはどうでもいい。医学者の敵愾心や、友人としての義務感は現在、病人にとって必要ではない。

「つまらん所で時間をつぶされない方がいいでしょう」

なにもお上りさんが病院まで、見物にくることはない。しかし彼は医者という職業から、その好意は強制できうるものと決めてかかっていた。私はさからうのをやめた。ただ今日は日曜だから、主任の医師は不在であろうし、したがって陽子の病状にかんする何のデータも得られないだろう、とだけ告げた。

入院以来、微熱のつづいている陽子は、病人の退屈さで上半身を起こしたまま雑誌をよんでいたが、田舎へ発ったはずの夫と一緒に、知人の医者が見舞にきたことに戸惑い、あわてて頁をたたんだ。

パリ案内書を入れている鞄のすみから、日本の医者は聴診器をとりだして「すみませんが」と小声で言いながら、友人の細君の胸をひろげた。

聴診器では何の発見もなかったらしいが、これはあきらかにフランスの医者の怠慢だ、と彼は言った。だからと言って日本医学の優位性をわれわれに誇示しても、それが目下の病人に何のたしになろう。最初から、彼が聴診器を当てることの無意味さはわかっている。

レントゲンその他の機械を有し、手術室をそなえ、多くの従事者を有している機構のなかへ彼女を投げ込んだからには、他の介入は必要ではない。彼がより一歩をすすめて、レントゲンをみせてもらいたいとこの機構に申込んでも、その結果、彼が患者の肉体を切りひらく権利は与えられないのだ。それだったら一知人として、彼の社交辞令を満足させれば足りる。

お互いにもの憂い気持で、面会時間の終るのを待つあいだ、陽子は手持ぶさたに後頭部に手をやっていた。

いつか夜更けたベッドの中で、陽子は私の手をとり、ここをさわってみて、と今度はその手を頭のうしろへ持っていった。

「なんだかコブみたいなものがあるように思わない？」

肩のときもそうだったように、私の答はアイマイだった。

「そういえば少しふくれているようだ」

「子供のときからこんなものがあったようにも思うし、無かったような気もするの。何だろうね、これ？」

「痛いか」

「いたくない……さわってると気になるのよ」そのときは彼女もそれなりで眠りについた。

手をやっているうち、また気になりだしたのだろう。彼女は日本の医者におなじことを尋ねた。医者は髪のなかに手を入れて不審そうな表情になった。

「ここの医者に言いましたか」

「ええ、医者はさわってみましたわ。だけどサ・ヌ・フェ・リアンというのよ」

「え……」

「なんでもないって言ったのよ」


夜のレストランで、彼は仔牛の肉を小さくフォークできざみながら、念をおした。

「いいですか、後頭部のコブのことを、明日、病院の医者によく聞いてごらんなさい」

「…………」

「なにしろ白血球が二倍に殖えているのがおかしい。もちろん風邪でも殖えるのですがね」

そんなことだったら、どこの国の病院だって知ってるだろう。それよりも今晩の案内のほうが大儀だ。

「わたしは明日からちょっと、田舎へ行かねばならないので」今夜は、これにて失礼というわけだ。

彼は仔牛をきざんでいる手をとめた。

「おやめになったほうがいいでしょう。悪い病気だったりしたら、いけませんから」

「どんな病気だって、病院に預けてるから平気ですよ」

彼は、医者が決してしない哀願するような表情になり、確信のない声でつぶやいた。
「癌だということはないでしょうけれども……」

どうも面白くない顔にばかりぶっつかる。日が経つにつれて、鏡の両端にならんでいるメロン氏は、少しずつその表情を変えてきた。

一時、水気が出て表皮がふくれあがったが、わずかの日数のうちに、ふくれがそのまま皺になって萎みはじめた。みずからの力で壁にくっついていた張りをなくして、目と口とが縦の皺になりかわり、どうにか釘にぶらさがっていた。

翌日、ツーリストの医者はドイツへ発った。私は僅かの水彩紙と絵具を、モーター自転車《バイク》に結びつけて、滝川老人の待っているオンドビリエへ発った。

部屋を出るとき、二つのメロンの皮を屑籠へ捨てた。晴れた日だった。

ロアール河が急にひらけたところに砂浜がつづいて、砂丘にはビーチパラソルが美しかった。上着をとり、砂地に脚をなげだして、私は夏をまともに浴びた。きらきら光る河面を見ながら、魚を釣る人々や泳ぐ人たちのざわめきに包まれて、私はなにもわずらうことなく、貪欲な昼食をむさぼった。

——健康とはこのように、周辺からたちのぼってくるものだ——

国道から森をぬけて、オンドビリエへ向うわき道へはずれた時、陽はもうかなり傾いていた。並木が小さく麓の村へつづいているのが見え、あわい二つの人影が動かないもののように、樹々の下を歩いていた。そのゆくての部落で、滝川老人は私の、いや私たちのくるのをじっと待っているだろう。

老人にもひとつの距離をおき、陽子からも離れたこの位置が私を満足させた。バイクを木陰におき、そのままごろりと横になり、誰に介在されることもないひとり寝の草むらから、天の運行をしばらく眺めた。

——こうしている間に、時がすべてをもとの状態にもどしてくれるだろう——

馴れない独りの生活で老人は疲れていた。ほとんど脚の自由をうばわれていて、彼自身ではどうにもならないようになっていた。いささかヒステリックに彼はコーヒーを挽き、私に牛乳を買ってくるように、と命じた。つい四、五軒さきの牛を飼っている家では、まぐさの匂いのするマダムが、客の希望よりやや多いめに乳をしぼって、バケツごと客にわたした。

私は怠惰に、樹々や丘の線を描いて一日を暮した。この間から見知っていた女子学生のダニエルは、紙が乱暴な線でいっぱいになるのを傍から眺めて一日をつぶした。

老人は夕暮になるのを待ちきれず、雑草のくぼみをかきわけてきて、風景と二人を眺めながら、じりじりと夜を待つようになった。

牛小屋へ二、三日通った朝、滝川老人より四つ五つ年若い、それでも老人になりかけた別荘《ヴィラ》の主のジャック・ルクリュ氏が、一週間分の新聞をもって、週末をすごしにやってきた。

スエズ問題は大きく拡がり、ナセルの出方と英仏の対応によっては、これは戦争になりかねまじき状態にあった。

どこもいいところは無いじゃないか。どこを探したら道理がみつかるんだろう。二人の老人たちはそう言って、あらゆる国々を罵倒しあった。みな、自分だけの利益しか望んでいない。どこに人類がお互の福祉のために努力している跡がある。国際問題、愚劣だ。人々は騙し合いにしか奔走していない。結果は一つの国、一つの民族の利益だ。そうして戦争だ。息がつまる。どこに行ったら人間は安心して住めるのだろう。

ルクリュ氏はそれっきり二階の書斎にひきこもり、でかいピアノをたたきはじめた。ながいあいだ中国にいて、中共政府に追いだされたこの社会運動家は、その地に中国人の妻と子供を残していた。「陽子さんは？」長いことあたためていたものを初めて口にするように、ふいと老人は、今日もまた私の妻のことを尋ねた。

二階のモツァルトは続いていた。わが子を遠く人質にとられている年老いた男の悲哀に、私はうんざりした。

「そうか、ともかく病院に預けたからには、任せておけばいい。医者というものは職務に忠実なものだ。病名がはっきりしないといったって、決して遊んでいるわけじゃない。慎重にはこんでいるために、決しておろそかなことは言えないのさ」

翌日、吉岡がパリから、これもバイクでやって来た。いれかわりに、その日の午後パリへ帰るルクリュ氏に、向うに着いたらすぐ投函してくれるよう、陽子あての葉書を私は托した。

——おれは元気だ。もう二、三枚描きたい風景がある。多分、水曜日の午後会えるだろう——

水曜日。朝からの雨は午後になって次第に風をともなってきた。ばかなことに私は、そのひどい最中にオンドビリエを出た。六時間はどうしたってかかる。夜の面会時間に間にあわなかったら、陽子はおれを嘘つきというだろう。

ロアール河にそい、夕暮が昼にもどったような時間の錯覚のなかで、トリポールの町を運河にそってバイクを走らせ、ようやくあと三〇キロの丘の上に出たところで、私はタバコに火をつけた。タバコは濡れていて煙ひとつ出なかった。いつまでも続く丘と、それにおっかぶさってしまった低い天との間を、スポーツマンのように時間と距離をはかりながら、私はこの二、三日来、老人と語った言葉を反芻した。

——きみは今まで、自分の結婚を悔いたことはなかったか——

老人は真顔でたずねた。誰だってあるだろう。二人の生活に疑問をもったり、それから他の女性を断片的に考えたり。

「それが本当だ。結婚というものはそういうものなんです」老人は言葉をついだ。

雨はだんだん激しくなり、けんめいの律動に身をまかしている私の下着をとおした。

「結婚というものはそういうものなんです。いつでもお互いが別れられる状態において、結婚しなくちゃいけない。お互いの愛情の未来について、どうして責任がもてますか。あるいは結婚の形式がお互いによりいいと、どうして言えますか。お互いの性格が、共同の生活に適していないとわかった以後においても、なおかつ男と女は一緒に住んでいなくてはならないのか、おかしなことです。愛情の失せたまま生涯を、この形式で続けることは嘘だね」

「それではしかし、男女の生活は、つねに不安なものになるでしょう。離婚が、つねにわれわれを待ちうけているような。人間は時としてそういう状態にさらされるのですから」

「だからお互いの責任が問題になる。結婚そのものについて良く考えるべきだね。おかしなことに、そのようにして結婚した人たちも、おうおうにして喧嘩別れをする。きみ、喧嘩することはないんですよ。お互いの性格があわないとわかったとき、なぜ喧嘩をしなくてはならないか。誰がわるいわけでもないいんだ。ただ性格が共同の生活をするに向いていないだけじゃありませんか。それなら話しあいで別れることが出来る。お互いが愛情をもって、その原因を見いだすことに努力し、結果、駄目だということになれば別れる。どこにもお互いを憎まねばならぬ要素はふくまれていない」

どうして、別れることを前提にした話ばかりを、毎夜、老人もおれもくり返したのだろう。

「それから性格とはべつに、お互いの愛情がなくなることがあるね。これも問題です。愛情が失せたからといって、これも誰が悪いわけでもない。生涯、恋愛の持続をもつことの方が不思議かもしれん。しかしきみ、結婚した相手には、あくまでも責任をもたなくてはならん。相手を不幸にしてはいけないんです。よく考えてみるべきだ……おれはこの女を愛していない……一緒に住めないか……。または、この男への愛をなくした……共同生活は不可能であるか」


なにも着ていないかのように、雨は肌身をながれ、靴のなかを洗い、飛沫になって落ちた。

どれくらい走ったろう。ようやく丘はつきて、小さい村へ入った。雨は川のように石畳を覆《おお》って、タイヤは石のくぼみにひずみ、突然、横倒しになった。地面に這いつくばり、動かなくなってしまったバイクをかかえながら、私は喪失しそうになる面会時間を、まるで今日だけしかないもののように固執した。これ以上、流れにさからって、バイクを走らせることは可能だろうか。目もあけられぬほどの烈しい雨だ。

時間もわからぬままパリの街中をよこぎり、病院についたとき、雨は小降りになっていた。びしょ濡れになった体を、花壇のベンチにおろし、呼吸をととのえ、雨と風にひきつった顔をもてあましながら、私は病院全体をぼんやりと眺めた。

濃い灰色の雲にかこまれて、幾つもの尖った同じ色の尖塔は存在をなくしていた。その下で、煉瓦塀の建物が、コーヒーをすった角砂糖のように小さかった。いくつかの窓が四段に並んで、ようやく夕暮の大気を反映している。

その中で、陽子の精密検査と称するものは、もう終ったに違いない。私は、湿ったベンチから立上った。

玄関の入ったところを陽子は、浴衣姿で歩いていた。

「まあ、偶然ね。こんな階下《した》までおりてきたこともないのに」

彼女は、ずぶ濡れの私の腕にとびこんだ。彼女の体は室内の温度と安らぎを伝えてきた。すでに外は暗かった。

「ヨーコの待ち人が帰ってきた！」大きな声でミリアムが叫び、テレーズがそれにあわせた。

「アンファン（やっと！）」

陽子はいつものように、羞らわなかった。彼女のねがいが部屋中の期待になっているいま、階下から私をともなって部屋へ入り、抱擁に身を任すことは、彼女によせられた役割をそのまま果たすことに違いなかった。

「たくさん描いてきた？　オニイ少し肥ったようよ」

両の手で、私の頬をささえて離さなかった。

パリ――オンドビリエ。オンドビリエ――パリ。こうした私の転在が、区切った日数やその距離が、うまいこと二人の間に、ある何かをつくっていた。ある何か。それはお互いをより意識する空白、愛とよんでいい性質のものかもしれない。


彼女の不在が、それなりに安定してしまうと、私は独りの生活にすっかり馴らされてきた。陽子を病院に托していることは、時間という自分より以上に信頼できるものの中に預けていることになる。

そうした彼女なりの生活を、病室で確かめると、私は階段をのぼっていって、ポールとエミルを相手に、たわいない雑談に、時をすごすようになった。それに陽子から病状を聴くよりは、直接彼らにあって、医者の言葉を伝えきく方が早かったし、より正確だ。

「そう、それは立派な理由になるわね」

陽子は、私がそれなりに暮している顔を認めると、短い面会時間の大半を犠牲にして私を手離した。やがてしゃべりつかれて私が四階からおりてくるのを、まるで夕食の仕度をして待ちくたびれた細君のように、浮かぬ顔で迎え入れた。

「現在、肋膜に水が溜っているらしい。だから三カ月ぐらいは、このまま入院の必要があるんじゃないでしょうか」

これは私の不在中にだいたい、推定される彼女の病状だった。三カ月というのは医者が言明したものではなく、通訳者ポールの医学的見聞にもとづくものであり、かつてソ満国境でその病気を経験したことのある私には、納得の出来る日数だった。

「どれくらい、かかるって医者は言ってるの？　ポールはどういった？」四階からおりてくる私をつかまえて、陽子は毎日おなじ質問をくり返した。

「水がひくまでは当分、寝なくちゃならんさ」漠然と私はそう答えながら、水が溜る肋膜はたいしたことじゃないんだ、とつけたした。事実、それはたいしたことではない。

夫のやってこない昼間の面会時間を、陽子は四階でおしゃべりについやし、夕方、私の面会を待って神妙に横になるという生活をくり返した。

夜の面会時間になると、私は彼女のかわりに四階へ面会に行くという気儘さを、相変らずくり返していた。なんといっても男同士の雑談の方が、面白い。有難いことに、近くの日本学生館《メイゾン》にいる半田や関が、陽子の面会に来てくれていた。自分の女房でさえなければ、女としゃべるのも悪くはない。

彼女は待ちぼうけばかりくった今までの生活を、すっかり想い出していた。こうしてオニイはまた、どこかへ行っちまうだろう。

「あした、果物を持って来て」彼女はガラにもなく注文した。果物を持って行った日、「あした、寝巻の着替えを持って来てね」と言った。

そうだ。私がパリからふたたび離れないために、陽子は明日を確約しているのだ。

この日々にやがて私は倦怠をおぼえはじめた。ポールが言うように、もっとも悪く病状を考えてみても「アルプス行をちょっと覚悟しさえすればいい」、これはまんざら冗談ではあるまい。陽子がサナトリウムに行くとすれば、私はパリでひとり暮すか、その山の麓にホテルを見つけて住むか。彼女も漠然とそう考えはじめた。

「いやあね。山の中に半年もいるなら、死んだほうがいいくらいよ」


ミリアムが退院した。

「お母さんに連れられて、オランダへ帰ったの」カラになったベッドを見ながら陽子は、その順番が、次は自分に廻ってくるのだと漠然と考えていたろうか。

モニックが退院した。しかしベッドの数だけ、病人は勘定されているのか、翌日になれば、新しい患者が不安気な表情でおさまっている。


ローモン街の中庭に面した部屋は、すっかり独り者の様相を呈してきた。ドアのすぐ右側に洗面台があり、それから大きな机が食器棚がわりに置かれ、その向うにばかでかい椅子があった。それからまた、机だ。それからまた、雑多なもの。低い天井の下を、部屋はこうして長く伸びていた。あまり長くなるのはみっともないのか、奥まった寝台をかくすためか、寝台の長さいっぱいを残して、うすい壁が部屋を二つに区切っていた。

反対側の壁には、古びたピアノと、キャンバスがごたごたに積み重なっている。それでも、これには部屋の秩序があった。洗面台の下にタオルがかかっているだけでも。

いつのまに、そのタオルは、私の腰にぶらさがるようになったのだろう。大きな机の上にはガスと、でかい鍋があるきりだ。食器類はピアノの上へ追いやった。椅子が洗面台のまえに陣取っている。坐ったまま食器を洗い、横の机に肘をついたままガスに火をつけて、鍋が温まるのを待つしかけだ。いつものように仕事はある。誰も私に命令も束縛もしない絵を描くという仕事。それだけにこれは厄介だ。それから夕刻、病院の面会時間が待っている。

夜、私は、病院の彼女の枕もとから奪ってきたフランソワーズ・サガンのBonjour tristesse（「悲しみよ、今日は」）を、広いベッドの中で少しずつ読んだ。吉岡は病人に依頼されると、またなんだって、こんな本を正直に買ってきてやったものだろう。おれがうまく読めないものを、陽子にわかるはずはない。

それにしても異国の文字をたどって、そうそう頁をめくる根気は私にもなかった。これは理にかなっている。誰だって、いい加減なところで眠くなるわけだ。

かわりに私は、昼間見てきたレジエ遺作展のカタログを、彼女の枕もとに置いてきた。レジエのちぎれた雲や、海草のような色は、病人に戸外の空気を運んでくれるに違いない。

その頃、背中の腫れは肋膜ではない、と診断がおりた。ツベルクリン反応はマイナスだが、再度の検査の結果、目下、陽性に転化しつつある、そのために微熱が続いているものと思われるから、当分様子をみようということに落ちついて、私たちの会話も大方、雑談にすぎた。

陽子は、新しく病室に入ってきた美術学校の女子学生と仲良くなって、レジエのカタログを、先輩顔して枕もとに置いてやったりした。

朝、初山のノックで私は起こされた。彼は四、五日顔を見せないと反動のように、向う四、五日ドアを叩き続ける癖がある。

「どうだい。独りものは気楽だね」彼は勝手にコーヒーを沸かして、二人分つくると、まだ私が顔も洗っていないうちに飲みはじめた。

彼は、ポールやエミルが行くはずのアルプスのサナトリウムをおりて来て、パリ市内の静養所《ポスト・キュル》にいた。それも、もう一年近くなる。誰も彼の病気を信じない。この怠惰でキザな男は、自分を病人以外の何者でもないとみせるために、ポスト・キュルを離れないのだろう。

「女房の病気中は、体を汚さなくちゃいかん。いろいろな女のベッドの中で、病める妻をおもうところが男の悲哀だねエ」

愚にもつかないことだから、わけもなく私は賛成した。〈女〉という言葉で抽出されるかぎり、面白かったこの話題も、さて顔見知りの個々の女性たちを描いたとき、悲哀だねエ、という美しさや悲しさは漂ってこなかった。

毎朝、二人の中で〈女〉は、いつか〈雌〉というむき出しの女体で露呈され、そのあげく、あと味わるく萎んでいった。

初山は話題がつきると、正装してやってきた。「今日は応用問題や」

とうとう二人の正装した男たちが、あまりよくも見知らぬ日本女性の部屋をノックした。出てきた若い女は、兎に似ていた。色白く可憐で、その丸っこい瞳は涙も笑いも情熱も知らない子供じみた顔だった。彼女はドアを開くなり丁寧に頭をさげた。

「奥様がご病気だそうで」

現実はこんなことになるものだ。初山は二度と応用問題を口にしなくなった。

そのかわり、今度は午後、さあらぬ顔でやってきた。「病める妻を見舞に行こうじゃないか」べつに心改めたわけではない。忠実な私の亭主ぶりを、目の前で見せていただきたい、というわけだろう。

わざわざメトロに揺られてきたのにも拘らず、彼は陽子のベッドのそばまでくると、「やあ」と短い言葉を発したきり、私の癖を知っているわけでもないのに、さっさと四階のポール達の病室へ上っていった。

「私は初山先生であります。センセというのは、病いのため、背中の骨が多少足りない尊き犠牲者であり、諸君ら、病める方々の先駆者という意味においてであります」

奇妙な自己紹介をする男に、ポールもエミルも笑いを誘われそうになったが、白いYシャツにネクタイをきちんと結んでいる青年を、そう親しげに迎えるのはすこしばかり気がひけた。

――何者であろうか――初山が、初対面の人に与えるこの一撃に、私は初め敵愾心をもやしたものだ。

ポールはサナトリウムで、センセと同様の手術をうけることになっている。

「心配には及ばない」彼は先駆者のおもおもしい表情をした。

「しかし好きな女の人がいるんだったら、万一のこともあるから、手術まえの現在、わたしに打明けた方がよかろう」

陽子は四階に登ってきて、私のよこで聞いていたが、一応話がとぎれたところでひとり立ち上り、静かに自分のベッドへ向って階段をおりていった。

どうも彼女は疲れているようだ。毎日、夕飯どきに訪ねてくる私の目の前で、少しずつ肉を食べなくなり、パンを残すようになってきた。

「果物とスープ以外は、みんなオニイにやるよ」

いくらすすめられても私は、それらに手をつけなかった。病人のとらねばならない予定量をはばむのはいやなのだ。ひとりながら家で、おれはちゃんと食事をしている。同室の女性よりも、妻にたいしての見栄だろう。

それも初めのうちだけだった。「食べなくては駄目だ」と彼女にきめつけながら、私は一日一日病人の肉と野菜をうばい出し、ついには見栄も外聞もなく、皿を膝の上に置いて、これがおれの夕食だ、と決めてしまった。

「あたし、お寿司が食べたい」

「だめだ。うちの奥さんに頼んでもいいのだが、あいにくとそいつが病気でね」

彼女は、看病ひとつ出来ない夫に、がっかりしていた。

滝川老人から手紙が来た。

近々、サナトリウムへ行く日が決定するが、そうなれば一旦、自分はパリへ出たい。陽子さんの病名は、まだ決定していないのだろうか。それについての私の考え、知り合いの医者のこと、その他の話を、二、三日うちにここを発つ吉岡君に托しておく、といった短いものだった。

私は無造作に、それをポケットに入れ、今日の依頼の品、櫛と石鹸とを買って病院へ行った。病室のドアを開くとき、いっもベッドの中で彼女は無関心を装い、ふと気がついたようにドアの方へ目をやり、さも偶然のように私を迎え入れるのが常だった。

この日は、入ってくる私を、ドアを閉めるその動作を、じっと彼女は凝視していた。

「今日、産婦人科の医者がきて診たのよ」

私が傍に坐ると、彼女は臥せたまま告げた。この二、三日、腹痛や吐き気を訴えてはいた。それはこの春ごろから、ときどき彼女に起る症状だった。

「で、結果はどうだったんだい」

「そんなことはどうだっていいのよ。あたし、病院がいやになった。レントゲンや胃の検査や血をとるのは、もうごめん。毎日、たくさんの薬と注射でしょう。もうこりごりだわ……ほんとうに」

「産婦人科の医者はなんと言った？」私もこりごりだ。

「わかんない。ともかく、いろんなところ診られるの、もういやなの。家へ帰りたい、あたしを連れてかえって……」

翌日、彼女は男のような言葉で話しかけた。

「ねェ、キミ、あたしの骸骨、可愛いわよ」なんとも晴やかだった。

「とっても、可愛い形してんの。頭が丸くて、アゴがちょっとしゃくれてるの。そしてね、思ったより小さいの、あたしって可愛いのね」

後頭部のコブが少し大きくなったというので、医者はレントゲンで何かを探しまわっているのだろう。

「キミに見せたいよ、ほんとうに。信じられないでしょう。あたしのこの顔から……。レントゲン室に行って、オニイ見といでよ。たくさんあたしがいるわよ」

レントゲン室へ行くかわりに、私は四階へ登ってポールに会った。

「現在のところ、頭のコブと、背中のハレと、お腹の痛みが、それぞれ別の症状のものなのか、それとも、この三つが関連したひとつのものなのか、医者は迷っているようです。つまり、いずれの仮説をたてて、進むべきかですね。ともかく今のところ、周到な検査をすすめているし、かなり貴重な注射を二、三打ってもいるようですから、近々結果がわかるでしょう」

私は三階へ引返して、彼女のベッドの脚もとにかかっている病状のデータに目をとおした。微熱は連日続いていたし、脈もかなり多かった。血沈もそういい方ではない。しかし備考の欄に記してある注射液や薬の名前の横文字は、さっぱり私には見当がつかなかった。

初山は時折りやってきて、これらの薬の名称を注意深くよんでいた。

「たいしたことはないぞ。この世の不幸を一身に背負っている我が初山先生の存在を忘れるな」

病人は、この偽医者、偽キリストがうらめしかった。

病院の近くに住んでいる浅野氏も、時にこの病室を訪れた。

「ぼくはね」と彼は、あたりの患者たちを見廻しながら、陽子に言った。

「ベッドに入っている女を、何人もこう一度に訪問したことがないんでね」

世界に普及しない日本語というものは、まことに便利がいい。私たちはメトロの中でも、自分たちの目の高さくらいにある傍の女の胸を、平気で賞めたり、くさしたりした。

「お春さんで充分じゃないの」陽子は、彼の細君が好きだった。

「女房はオンナじゃない」

たしかに、そういうことは言えるかもしれない。しかし目の前の女房にむかっては、日本語ででも言うわけにはゆくまい。


浅野氏に前々から、案内を頼まれていたお上りさんがパリに着いた。

暇な毎日を、落着かず絵を描いているより、他人の意志で時間をつぶされるのは、いまの私にとって、もっけの幸いだ。

いつも汚い夫が、ダブルの背広を着込んで面会に来たので、陽子は不審そうだった。

「今からオペラの案内だ」

病院以外には、そんな世界もあるものか。時間を気にしながらつっ立っている私の、青っぽく締めたネクタイを、寝巻の彼女は固く口を結んだまま見上げた。

その翌日も私はお上りさんを連れて、ノートルダムから、サクレ・クールの丘と走りまわった。六十年配の紳士と、そのお嬢さんという組合せは、私にとってそう不快なものではない。

夕方、予定がすべて終ったカフェで彼らと一服しながら、昨夜むくれていたらしい病人に今夜会うために、どういう嘘をつくって、この親子から逃れようかと考えてみたが、いい思案は浮ばなかった。結局、あの若い医者のときと同じく、妻に面会にという以外、策がない。

だいたい嘘をつくときは、近親者を病気や不幸に仕立てるものだ。これが事実のとき、他にたやすく見つかるわけがない。だからここは事実をのべれば、心理の屈折によって、なにか他に用事があるのだと汲んでくれるだろう。

父親の方が「失礼ながら何の御病気ですか」と尋ねた。彼は医者だったのだ。どうも医者ばかりがパリにやってくる。それなら、もう少しうまい断り方を考えるべきだった。名刺をもらっていながらウカツな話だ。

手短かに、陽子の現状を説明したとき、彼は見舞に行きたいと申し出た。勿論、私は辞退した。

「父の言い出したことを受けてくれませんか。父はほんとうに、そうしたいと思っているのですし、いったん言いだしたら後に引かないんですから」

親孝行なムスメさんだ。人には推薦できるが、私には苦手な性格だ。

「いかにあなたのお父さんが優れた医者であっても、レントゲンその他のデータをもっている病院の医者より、いい結果が得られるとは思わない」

私はかなり意地悪く、この申し出をつっぱねた。東京のさる病院の院長をしているという老紳士には、かつての日本の若い医者同様、フランス医学に立向って負かしてやりたいという、つまらぬ野望もあることかと私はみたのだ。

〈二週間以上たっても、未だに病名の付けられぬフランスの医者たち〉

あまり個人的な興味で、訪問されても困るのだ。しかし父親の方は世智にたけていた。

――よろしい。患者の伯父ということにして、パリで姪に会うのを楽しみにしていたのだが、入院していると聞いて病院にやって来た。私は医者であるから、病状を伺えたら、伯父として安心である。郷里への責任もあることだし、出来たら診断させてもらえまいか。まあこのような手順では駄目か
――と念をおされた。これは私の負けだ。

土曜日の夜なので、当直の若いインターンしかいなかった。インターンはドイツ語が話せない。老院長はフランス語がわからなかった。結局、四階からポールをひきずりおろして、奇妙な通訳を依頼した。

思いもかけない大勢の闖入者に、当惑した面持《おもも》ちで陽子はベッドに上半身をおこし、乞われるままに、馴れた患者のかなしい手つきで上着をとった。美事な乳房だった。いつもの厚い胸が、電灯の光を濡れたもののように受けとめた。それなり私は廊下に出た。

うんざりする程ながい、両医者の推測や診察が、病室で交わされている間、私はニセ伯父のカバンを空しい徒労のような重さで抱えて廊下に立っていた。日が暮れてから、どれ位の時間がすぎたろう。お腹がすいているというだけでも、苛らだつに充分な条件だ。

やっとドアが開き、彼らは私の前を素通りして、廊下の突当りの部屋へ入った。陽子が言ったレントゲン室というのがそれだった。何か幻灯でも見るような気持で、私は遅れがちについて入った。

真暗い部屋の、左壁一面に光線が入り、その上に十枚近い胸の写真がならべてあった。背後から当てられた光のために、この半透明なフィルムは、くっきりと彼女の肋骨を浮び上らせた。

同じ横スジの投影の反復によって、試合直前の選手たちのようなすがすがしい統一感が、そこに漲っていた。それは医者の仕事の模索と秩序だった。メカニックな操作と表現によって、それは我々の知らない尊厳と信頼を投げかけていた。

光線の縞をさえぎりながら逆光の黒いシルエットになって二人の医者は、丹念に、右から左へ移向する。うす気味悪い閲兵式だ。

入院当初と説明されたフィルムが取り片づけられ、一週間後と称する胸が、ずらりと並べられた。二週間後と称する同じユニフォームの隊列が、また並び替えられた。それは一度射たれた隊列が、再びもとの力で起き上ってくるような物悲しい抵抗を示している。

何回か二つの影が往ったり来たりして、陽子のいう骸骨の写真がそれに替った。

〈可愛い〉という対等の人間感情で、その投影は、私に迫ってこなかった。無数の線が白い光になって、彼女の頭の輪郭のなかで散らばっている。それは彼女の体内に在るものではなく、光線とフィルムがこのような機構で、彼女に交わり、むなしくも焼きついた残骸に過ぎなかった。

この平面に置きかえられた光線の屈折のどこに、病気がひそんでいるのか。そうした忌わしいイリュージョンを持つには、すべてはあまりにも清潔でありすぎた。彼らは一枚一枚について、おそろしく細かく検討したが、ここから何を引き出そうとしているのか。

しかし、あまりの清潔さのために、これは肉体の有機性を離れて、引出そうとすれば、むしろすべてが病気だった。焼きついた病状の塊だった。戦場の夜景のなかで、彼女の散らばった破片を見るような寂寥が静かに流れていた。

部屋に電気がついた。フィルムと共に、流れも消えた。

今まで見た一枚一枚の胸や頭が、机の上に重ねられて次々に厚みを加えていったとき、私はただその事実にだけ気がついた。一つの生命を支えるためには、これほどの機能を動員しなければならないのか。

かくも厖大な量のフィルムの消費を強いるほど、人の命は見事なものでありうるか。

彼女は私の妻だが、この世の中にわんさと生きている人間の、ただ一人に過ぎない。卓上に置かれているフィルムはすべて〈陽子〉だった。ちょうど、シネマのフィルムが、動くスクリーンとは別に、一枚一枚同じ映像の反復で出来上っているように、陽子という肉体を動かすために埋もれた、これはおびただしい犠牲の消耗品だった。

私は病室へとって返した。

「もうお医者さまつれてくるのは、いやあよ」

陽子は、思わぬ診察で疲れた体を横たえたままそう言って、さよならをした。

私たちは、すっかり遅くなった夜の食事をモンパルナスでとった。院長先生は、おしまいにコニャックを味わいながら、上機嫌だった。

「頭の腫れは、たいしたことではない。あのインターンも言っていたように、たんなるオデキであろう。お腹がふくれて、少し痛むとの話であったが、これも頭同様、熱や苦痛その他の原因をなしているとは思われない。私は産婦人科が専門であるが、奥様のお腹は何の異状もないばかりかなかなか見事なものだ。あの病院の見解もそうでしたな。ただ私はこういう意見をもっている。つまり背中の腫れは、肋膜とか肺の何々とかいったものではなく、筋炎であろう。どうして一度、針を入れて検査してみないのかと、あのインターンに尋ねたところ〈うかつだった〉と言っていたが、いやこれはウカツなわけではない。胸の方ではないかと今まで、追っかけていたわけで、お腹の方にしても頭にしても、まあ良く、丹念に調べております。丁度ここまで調べるのに二週間かかったわけでして、それでは他の診断を下さねばならないか、というときに私が出てきたので、偶然なことだが、彼らの虚をついたカタチになった。何も私が言わなくても、近々針をたてる段階にあったわけですな。明日にでも、その方の検査をやるでしょう。そうと決まれば簡単な手術で、背中をすこし切りとることになるが、それで二、三日も待てば熱も痛みもすっかり取れてしまうはずです。食欲だってもと通りになるから、キズがふさがるまで静養していれば、それで終りです」老先生は、フランスの酒はどこよりもうまいようですな、とつけたした。

「幸いにも日本のヤブイチクアンの見立てが間違っていなかったら、どうかそのようお手紙を下さい。九月中旬には、日本へ帰りつくはずですから。いやどうか、そのためにフランスの医者がヤブだと思われたら困るんですよ。私だって、これ位の日数をかけたデータを見なければ言えなかったことですからな。だからまあ、私にとって、これは怪我の功名ということになる。どうしてどうして、あの当直の医者はまだインターンのようだったが、レントゲンだってよく解る。それに、誠心誠意やっているところは気持がいい……」

翌朝、先生親子は飛行機でドイツへ去った。私がターミナルに着いたとき、彼らはすでに発った後だった。大勢の人に埋まりながら、いつもガランとしているターミナル、私の知らない土地へむかって飛びたつすべての旅客。

何もすることがない。何も考えることもなかった。浅野氏のところへ行ってみよう。

浅野氏のところで、細君のお春さんが作ってくれた、ありあわせの昼飯を三人で食べ終ると、そのまま椅子にもたれて、午後四時からの日曜日の面会時間までを、私は退屈に待った。やっと四時が近づいたとき、初山が顔をだした。

「ドライブでもしようじゃないか」と日曜の習慣になっているらしい浅野氏が言い出した。

四人を乗せた小さい車は、ヴァンセンヌの森をまわってセーヌ河にそった。いい天気だ。私たちは車から飛びだして、河っぷちに腰をおろし、動かなくなった夕暮の一刻をながめた。土曜日の夜、別れるとき、いつも陽子は言った。「あしたは日曜ね。四時から面会時間よ」

しかし私は、その時刻を忠実に履行したことはなかった。

男二人は車のフタをあけて、丹念に機械をいじりはじめた。私は寝ころんだまま、ゆるやかな河面に目をやり、お春さんの日頃いだいている、亭主への愚痴を聞いた。彼女は両脚を河面へ投げだし、時おりふりかえっては、いまだに車から離れようとしない亭主の方を見やった。ともに倦怠をこぼしあいながら、別れられない男と女の関係を、別におかしいことゝも思わず私は聞いていた。

河はようやく夜を運んできた。

陽子は泣いていた。手もつけていない夕食をテーブルの上に置いたまま、ベッドにふせて泣いていた。七日に一度しかこない今日の長い面会の時を、妻以外の場所でついやす夫。まるっきり失くなった食欲も、或いは夫が傍にいれば多少は摂れるかもしれないのに。それも、もうどうだっていいことだ。こんな男を待つこともない。病気はまったく私だけのものだ。今さら、会うこともない。

「帰って。わざわざ面会にこなくてもいいのよ。帰って！」

彼女は、憎い男の方を見ようとしなかった。七年間もこの男を、つねに期待し続けていたなんて！涙のあふれる顔を、両手でおさえたまま、今までの長い生活の感慨を、おし殺すような声で彼女は一挙にぶちまけた。「ハクジョウ者！」

往々にして、結果は思わぬことになる。突然、口をついて出た陳腐な言葉が、当の陽子と私を苦笑させた。彼女は濡れた手で私に抱きつき、私の胸の中でもっと泣きじゃくった。

「なにも食べる気がしない……」

吉岡がオンドビリエから帰って来た。サクランボの時期はもう過ぎてしまったのか、彼は手に一杯の花を滝川老人から托されてきた。私には見覚えがある、あの庭に咲いていていた花々だ。

陽子は色あでやかなこの花を、しかし喜ばなかった。誰も使っていないテーブルの方へ遠ざけさせて、ここから眺める方がいいのだ、といった。

美術学校の女子学生は手術のため、専門病院へ一時移されていた。誰も居なくなったこの病室へ、新しく入ってきた中国系の女子学生は、二人だけの部屋に、黄と赤の花を喜んだ。

東洋の新入生には、多くの友人《アミ》たちが次々と面会に来た。彼女は顔に似合わず、それらのヨーロッパ人たちと、さもあなた一人といったキスを交した。花の香さえ強烈すぎるようになった陽子は、その光景を、うつろに眺めていた。

謙遜なチクアン先生の見立てにならって、二日後に白い病院車《アンビュランス》は、陽子を他の専門病院へ運んだ。あっけなく彼女は肩を切られて、同じ車でそのまま返されてきたのだ。

私が面会時間にやってくるのを、ポールは階段で待ちうけていた。

「今朝、マダムに付きそってくれ、と医者がいうので何も知らずに、アンファン・マラード病院に行ったんです。手術室の入口で、彼女の背中を切るのに賛成か否かと訊かれまして、面喰ったのですが……向うでは私をマダムの御主人と感違いしたらしい、ともかく医者が、そうすべきだと診断したことなんですから、ウイ、と答えました。これは一応、あなたの許可を受けるべきことだったんで……何とも申訳ありません」

医者が私に相談しても、もちろん答は「ウイ」にきまっている。一刻も早く筋炎の箇所を取除いてくれるよう、ねがっていたところだ。

「しかし女の方にとって、背中の切りキズは重大なことだろうと思います」

彼は私より、はるかに女性尊重の気質に富んでいる。

キズが重大であろうとなかろうと、いまの彼女にとって、熱と苦痛を取去り、まず食欲をつけることは、もっと重要なことだ。むしろあなたの処置に感謝している、とつたえたとき、彼ははじめて、いつものポールのような顔にたちかえった。

しかし病室で、患者はおこっていた。

「ここの医者ったら、何も言わないで連れ出して、いきなり切っちまったのよ。ひどいじゃないの。背中にキズをつけるなんて」

ポールが心配そうにドアから顔をのぞかせ、入って来た。

「ごらんなさい。彼におこってやったもんだから、あんな顔してんのよ」

陽子は、背中から肩へ大きく繃帯をまいていた。

便所へいくために彼女は、私の手を貸してくれ、といった。中国人の女子学生が看護婦にたのんで、便器をもってこさせた。ベッドの中にそれが置かれるのを見守りながら彼女は、友人の面会を今後は断って頂戴、と告げた。「お春さんには会いたいの、彼女だけね」

翌日から熱は下りはじめた。手術後の身動きならぬ状態のまま、すべてが恢復するのを彼女は静かに待つことになった。

八月も中旬をすぎたデパートは、季節の替りを気にする、せっかちな女の客たちで、ごったがえしていた。お春さんに付いてきてもらったとはいえ、私が他の女の客たちと一緒になって、下着を手にとって見るわけにはゆかない。

かつて女友達が下着を買うのに、私は付合わされたことがある。その人が迷いあぐんだいくつかの下着は、どれにも女体の感覚を打ちぬいた、まばゆい幻想があった。白色は白色の、肌色には肌色の。だが、妻の下着をさがす私の手に触れてくるカタチは、いずれもあまりに肉体そのものだった。お春さんは積極的に助言した。こういう買物は本来、女に任せてしまった方がいい。広いデパートを女の体臭にもまれながら、初めて私は身近な女の〈病気〉を自覚した、癒る頃になって。

この小さい布は、肉体の一部を包むものではなく、彼女にとっては衣裳だ。診察のたびに下半身をかくし、注射のたびに取ってみせねばならない柔い着物だった。

それらを買って、病室へ入った私たちは、ベッドの彼女が機械に取巻かれている光景にぶつかって驚いた。

「どうしたのだ？」鋭利な光ったものさえ見れば、私は無条件におびえる。

病人は答のかわりに哀願するような眼をむけた。高くつるしてあるガラス瓶から、透明なプラスチックの管が垂れさがって、白い腕に針になって入っている。食塩注射だった。

最近、食事が摂れなくなっていたから、この処置は当然のことかもしれないが、腕が動かせないということにしばられて、陽子は目の玉さえ動かせないもののように、こわごわ私たちの方へ顔をむけた。

習慣的に私は病状のカルテを手にとって、昨日よりもっと熱がさがっているのを読みとった。

「昨夜から、こうやって身動きできないのよ。だけどこんなことしてると、夜中の時間がつぶれていいの」

帰りの道を、お春さんは病院でためていた涙を、ぽたぽたと落しながら歩いた。

「可哀想に、夜ねむれないで苦しんでるのよ」

翌日、不安な気持で私は病室のドアをあけた。寝ているはずの二人の患者はいなかった。誰もいない。どこに行ったのか。六つのベッドが壁のすみにつみ重なって、夕暮の陽が生暖く部屋の中で醱酵していた。

看護婦に尋ねればわかるものを、わざわざ私は階段をのぼってポールを、病状の解説者を、捉まえた。

「6号室に移られたようです。あの部屋は、壁の塗替をやるんだとかで」満足のゆく答だった。

再び階段をおり、今までの病室を過ぎて、突当りの左側のドアをあけた。明るい壁、真中に据えられたベッドでひとり陽子は、昨日からまだ続いているように、透明な液体の瓶の下で心静かに臥せていた。

「あと、どれくらい残ってるの?」

もう少しだった。私は二つの指で、その僅かな量を示した。

「じゃあ、あと十分ぐらいですむのね」彼女はほほえんだ。

陽子の脚もとと壁との間に、毛布も何もないベッドが一つ、いかにも部屋に変化をつけるためのように置かれていた。気軽に私はその上に腰をおろして、両の脚を宙にふりながら、その十分間を二人して待った。一滴一滴が鼓動のように静かに、細い管を伝っている。

ここは全く彼女ひとりの世界だった。

「この部屋、とっても気にいったのよ。注射も今日っきりでおしまいだって」

徐々に恢復する日をすごすには、クリーム色に統一された広いひとりの部屋は、恰好の安逸感をもっていた。大きな窓から、モンスリイ公園の繁った樹々がおしよせて、病室全体を青くにじませている。

液が細い管を伝いおわると、彼女は枕もとの呼鈴を押した。看護婦が入ってきて、すべての道具を取り去ると、彼女は両の手を毛布の下で伸した。

「あたし、痩せてキレイになったでしょう」

それから寝たまま、遅れた夕食にかかるために、テーブルにおきっぱなしにしてあった配膳台を持ってきてくれるよう、頼んだ。

面会時間もとうに過ぎた九時近く、すっかり日が暮れてから病室を出た。


どうしたというのだろう。昨日から今日と、私たちはただ、恢復だけを待っていたのに、私がドアをあけたとたん陽子はすがるように、ベッドから二つの腕をさしだして、何年も会わなかった人のように、身をよせかけてきた。涙があふれていた。

「ゆうべ一晩中、お腹がいたんだの。どうしたんでしょうね」

彼女は私に、しっかりと腕をまわして、なおも訴えつづけた。

「痛いのよ、とても痛いのよ……。もう何も食べられない。こんなに痛むならなにも食べないほうがいい」

彼女は、いつまでも私を離さず、とぎれとぎれに嗚咽した。

「ああ、また夜が来るのね、怖い」

彼女は突然、遠くにいるもののように私の名を呼んだ。

「夜もあたしの横にいて。ね、このまま帰らないで」

昨日と同じように病室で日が暮れた。彼女は全く子供のように怯え、何か叫びつづけたが、だんだん静かになり、ふいと少年の凛々しい表情になった。

「あしたは日曜日ね。お昼の面会時間になったら、すぐ来てみてね」私はうなずいた。

「ああ、あしたのお昼、ながいのね……夜を越えなきゃなんないのね」

帰りしなに、私はそっとカルテを覗いてみた。四十度の目盛りを、体温の赤い線がのぼっていた。

――この二、三日、いたわるようにして平静にもどした体温を――いまいましい気持で私は外へ出た。なにか偶然な腹痛と発熱だろう。気まぐれな病気のやつ、このまま静かに健康へ向ってくれればよいものを。

日曜はいい天気だった。滝川老人のサナトリウム行が決まって、この日、パリに出てくる知らせを、私は受けていた。

やっと起きて、朝のコーヒーを挽いている時、もう老人はドアをあけた。今日の新しい太陽が、同時に射しこんで、老人の手にしている花がまぶしかった。

その花束をかかえて、私は正午かっきり陽子の病室へ入った。オンドビリエの庭におりた夜露が、このとりどりの花弁に匂っていたが、彼女は「ジャックさんの家には花がいっぱい咲くのね」と言ったきり、その色も香りも遠ざけた。

私のいない夜のあいだを、彼女はまたしても異常な腹痛に苦しめられたのだった。一晩じゅう。

「ああ、夜ってどんなに長いものか」

——眠れないと決めているのだ。痛みを怖れていることは、痛みを待っていることだ。彼女はそう思いこもうとした。しかしどうにもならない鈍痛が、夜とともに襲って来た。看護婦といっしょに当直の医者も一晩じゅう、付きそった。もちろん、当直医の知るかぎりの手段は施してみた。薬、灌腸、そのあとでの注射。麻酔は彼女の自覚神経を眠らせたが、下腹部のねじるようなうずきは、そのうつろな頭の中で、なおも彼女にのしかかってきた。

それは悪夢のようなものだった。透明にその苦痛を自覚したほうが、どれだけいいかしれないと、わずかに残された頭のどこかの神経で彼女は悶え、あがいた。麻酔が全身をまわるとき、痛みはわるい夢のように、いっそう大きな幻影をともなって拡がった。

医者は、自分の施した治療が、いずれも期待を裏切っていくのをみて、手をつかねた。治療がますます悪い結果を生んでいく時、これ以上なにかの方法を探すことは無意味のように思えたし、その勇気がすでになかった。医者も患者同様、どこからくるのか分らない苦痛をもてあましたまま、夜の明けるのを待つよりなかった。夜が白んでから陽子は眠りにおちた。それをしおに医者も自分のベッドへ引返した。

「昼間、痛めばいいのにね」と彼女は嘆息した。

「どうして暗い夜に、あたしひとりのときに痛むんでしょうね」

真剣に彼女は問いかけた。

夏の終りの流れるような冷気が、病室をひたしていて、そのような夜があり、今日もまた、その暗い時間が待ちかまえていることが嘘のような真昼間だった。

「死んだほうがいい」

私は黙っていた。この言葉がどれほどの実感をもっているのか。病人の苦痛が正確に理解できない者にとっては、なんの抗弁もできない。

待ちかまえている夜のために、明るい日中は恐迫の時刻になりおおせていた。

「また、夕方来てくれるのね」

その面会が終って、独りこの部屋に取残された時は、夜なのだ。逃れることの出来ない間近な〈夜〉に向って、彼女は固く口を結んでいた。

「やっぱり面会は夕方の時間だけでいいわ」


帰りしなに、階段をのぼってポールのところに立寄ってみたが、彼もエミルも今日一日の外出願いをだして出かけていた。私は大急ぎでメトロに乗り、滝川老人と待合せたカフェへ急いだ。たぶん、彼らはそのカフェで老人と会っているに違いなかった。

ロンシャンの競馬場へ入っていく森の手前のカフェで、老人と共に大勢の友人は、まだたむろしていた。老人は今朝より疲れた顔をして、私の手を握った。

「陽子さんの病気については、ポール君たちから詳しく聞いた。医者に任せている以上、きみは自分の仕事さえしていりゃいいのさ」

とは言ったものの、彼女のモラルはどうだ、と老人はたずねた。モラル、気の持ちようとでも言おうか。それは確かなようだ。

「それはいい。病人にとって何よりいいことだ」

それ以上、なんの説明もできない。すでにポールが述べてくれたことを、重複する無意味さもあるが、病人と同じように、現在の状態について私は何も知らなかった。

皆の話題は、私が来る以前にもどった。

「猥談ばかりしている絵描きに、いい仕事ができるとは思えない」

谷沢が前提をおし通しているらしい。

「猥談。けっこうじゃないか」初山は、どうでもいいことを言いはる癖がある。老人が初山をさえぎった。「きみ、これはよした方がいい、敗けるよ」

「絶対、勝ってみせる」敵が一人ふえたとみて、ペダンチストらしく初山は気負いたって片手をあげた。老人は哄笑した。

「それじゃ、個人的な例をだして、お互いにやった方がいいだろう」

しかし老人は聞いてはいなかった。迷惑な議論だ。森の中かどこかへ行って、勝手に二人だけでやったらいい。例にあがった卑猥な男の猥談よりも、もっと退屈な長い時間を、二人は皆に消費させせている。

私は立ち上った。六時を過ぎている。メトロで病院まで行くのは遅くなるだろうから、というので吉岡が、自分の乗ってきたバイクを貸してくれた。私が去るのをしおに皆も立上った。

「明日の昼、陽子さんに面会して、それからサナトリウムへ発つことにしよう」と老人は告げた。

案ずることもなく陽子は静かに臥せていた。お腹が張っているのが気になるのか、今晩も痛むでしょうね、と夕食に手をつけないままに、私のくるのを待っていた。

「オニイが横に寝てくれたら、痛んでもオッカなくはないんだけど、ひとりだと怖いのよ。どうなるかと思って……」

彼女は、ともかく私の居ることで気分が落着き、老人は元気だったろうか、とたずねた。

「明日、ここへ来るそうだ」

「まあ、病人が病人を見舞にくるなんてね」

正直に彼女は大儀そうだった。

はやくも夜の気配が病室に迫っていた。何というわけもなく廊下に出て私は、はやうす暗くなった病院の中を歩いた。

3

ルクサンブール公園からメトロで、わずかに十分とかからないユニベルシテル病院は、だるい匂配で目の前に拡がっているモンスリイ公園の闇と、大学町《シテ・ユニベルシテル》を包んでいる森の闇とに挟まれて、消灯後の静寂にかくれ屋根屋根の尖塔を夜空に孤立させていた。

パリの外郭を走る大通り《ブールヴァール》は、ポルト・ドルレアンの明るい灯をそれ、ゆっくりと坂を登りおわると、この闇に向って病院の傍をよぎり、そのまま夜のなかへ消えていた。

ベルを押すまでもなく、玄関番の老人が私だけを待っていたのか、病院の大きな扉をあけてくれた。廊下ですれ違う看護婦は、私に先をゆずった。すべてがアビバンの共謀者だ。

「ドクトル・アビバンは親切ね」

暗い中でひたすら待ち続けていた陽子は、私の首に両腕をまわしてくり返した。

「もうこわくないね……もうこわくないね」

彼女のベッドから逆T字形に置かれていた昼間のベッドに、シーツと毛布がしつらえてある。看護婦が私のために持ってきた睡眠薬の一粒を、自分のベッドわきのテーブルに置いたまま、私は恐ろしい夜を迎えるために寝巻きと着替え、電気を消した。

横になった私の視線から彼女の体が逆に、脚、胸、頭と遠ざかって、うすい毛布の下で脚と胸とのあいだがふくれあがってみえる。

今夜にも何ごとかが起きるかもしれない、と医者が警告した大きな腹の稜線が間断なく揺らぎ、その向うの蔭で、闇のなかに彼女の寝息が洩れはじめた。

夜空に白く光った大通り《ブールヴァール》だけが生物《いきもの》のように、夜通し自動車をくり出し、病室の窓から騒音を天井にひびかせ、いつまでも四つの壁に反響させる。

稜線はしだいにくっきりした黒い影のカタマリになって、にぶった私の頭のなかでふくれ上ってきた。

ドクトル・アビバンは、明日の正午の電話によって病因は決定すると言い「そのショックのことを考えて、今晩、以上のことを申し伝えておく」と言った。医者はあらゆるデータがそろわないかぎり、病名の決定は出来ないものだ。事実、彼は今までしなかった。

なんという拙劣なウソだ、医者が作りあげた診察上の形式とはいいながら……。

明日、私の顔色をみて適当な時間に、電話がかかったというだろう。残念ながら推量どおりであった、と。

とつぜん陽子が私を呼んで、喉のかわきを訴えた。鳥の形をしているためにカナールとよばれる病人用の吸口で、彼女はひかえめに喉を湿した。「何時？」一時を少しまわっていた。

「ああ、夜が半分すぎたのね」

ドクトル・アビバンは、今晩にも腹痛が起れば即座に他の専門病院へ移さねばならない、と言った。

「今夜が危険だ。そのためにも、あなたに泊っていただくことは、我々にとって好都合なことだ」

たしかに、命に関する重大なことを取扱うのに、夫という大事な証人は必要かもしれない。しかし手馴れた彼の職業上の推察から、今晩にも？　ということが懸念されるなら、どうして前もって、その病院に移さないのか。夜が明けたら、彼にこのことを詰問してやろう。しかし残された夜の半分が、その余裕をあたえてくれるだろうか。

廊下に出ている病室の呼鈴が、けたたましく鳴りだした。看護婦が入ってきて、鳴りひびいていたベルはとまった。陽子が枕もとのソケットを押したのか。なにも看護婦を呼ぶことはない。おれを起せばいいのに。

――お小水《ユリーヌ》を

白い服の女は、素早く便器をベッドの中に入れて、毛布の下でまさぐった。今後、看護婦に替って私がやらねばならないこの手順を、私は起き上って見守った。

依然として夜は続いていた。大通り《ブールヴァール》を走っている騒音が、坂の上からまっしぐらにやって来て、すぐ傍を過ぎ、だんだん遠ざかり、また新しい騒音が遠くからこちらへ向って突き進んでくる。このくり返しはいつまで続くのだろう。朝は永遠に来ないもののように待たれた。彼女は単調な寝息をたてて、生きていることを、かすかに示している。

病院に陽子を預けてから四週間近い。一つ一つの病気を追っかけて、これだけの期間をついやさない限り、カンセルという判断はつかないものなのか。想定されうる病気を、同時に推理していくことは、医者には出来ないものなのか。

浮び上ってきたカンセルという病名は、しかし、彼らがようやく発見し得た結論ではなくて、陽子自身が、分らない我々に身をもって示した結果的症状であった。

今となっては、アビバン自身が作った数々の診断に、彼はうしろめたさを感じていないだろうか。昨夜まで彼女が訴えた腹痛は医者を困惑させた。どうにも方法がないと彼らがさとった時、つまりこれはカンセル以外ではあり得ない、と陽子が知らせたのだ。手をつかねて、彼女の訴えを、医者も私も、この期間待っていたにすぎない。

今となっては——私はドクトル・アビバンを責めるわけにはいかなかった。四週間以上のもっと長いあいだ、私は彼女を放置してきた。ときどきの軽い腹痛や倦怠感や、それから嘔吐を、彼女の怠惰の責任にした。彼女は、私のパリ滞在を続けさせるために、それから彼女自身が私の傍に住むために、私ひとりがパリに発ったあとの日本での三年間を、どんなふうに闘ってきたものか。

いちおう達成された目的のなかで、今度は疲労が彼女におっかぶさってくる番だった。しかし彼女は、この新しい土地でふたたび獲ち取っていかねばならぬ数々の障害に立向ったのだ。無謀なことに、私はそれに目をつむった。医者は、カンセルという病名を偶然見つけたが、要するに陽子の体力は、彼女の厖大な欲望のまえに擦り切れてしまったことを意味している。

私への愛が、彼女の肉体を圧しつぶしてしまったのだ。これ以上生き続けること、私への愛を持続させることは、もう限界に来てしまっていたことを、はっきりと知った。

私はうとうとと眠り、たえず夢うつつに意識を区切っている黒い稜線の視界のなかで朝を迎えた。夜にとってかわった、しめやかな空気の中で、中年の看護婦が風のように舞込んで、白い姿を病人の枕もとに運んだ。

——ヨーコ、眠れましたか？

女性の年齢をすぎた金髪の彼女は、朝の牛乳のように新鮮だった。二人の女は固い握手をした。おそろしい夜はたった今、過ぎたばかりだった。

「まあ、どうしたの。こんなに早く」

お春さんは朝の髪を鏡に向って整えていた。陽子が、おかゆを食べたい、というのでお願いに来たのだと私は答えた。

「どうしてこんなに早く……」

昨日から私が泊っているのだと知ると、彼女は不吉な連想におそわれて、鏡ごしに見ていた私の顔を、まともに向きなおった。

「おかゆでも食わなきゃ死ぬかもしれないんでね」

七階の浅野氏のアトリエからはパリの屋根屋根が、まだ夜のように静かに私たちをとり巻いていた。

「何をいってるの、なにをいってんのよ」

彼女は櫛を手にしたまま、ぶっきらぼうに笑った。

魔法瓶に入ったおかゆは食物の形態をしていなかった。こんな実体の稀薄なものに支えられて、陽子は今日を生きるのか。バスがよぎっていく道々には食料品の店が立並び、人々があふれていた。

病院のドアを開けると、近くのソファに滝川老人とポールと吉岡が行儀よく腰かけて並んでいた。

「話はおききになったことと思いますが」

私はいきなり老人に問いかけた。ポールが、まだ話していない、と打消した。

「あなたからお話になった方がいいかと思いまして」

よろしい。私は、昨夜ポールが通訳しただけのことを、一気に二人の来客に告げて、時計を見た。

「お昼といえば、もうすぐじゃないか」老人は腰をあげた。

「医者の通訳として私を立合わさせてほしい」


陽子はレントゲン撮影のために運び出されたらしく、6号室にはいなかった。十二時が過ぎた。もぬけのからの白いシーツは、今まで寝ていた人の乱雑さのまま、病人とその病名とを待っていた。何のために、この今、レントゲンを撮る必要があるのか。電話がかかるこの直前に。しかし何のために電話を待たねばならないのか。死の予告を受けることに、何の意味があるのか。

病人を疲れさせるだけの徒労を終えて、手押車は陽子をベッドへ連れもどした。昨夜、痛まなかったというので、彼女は昼間をどう扱われても満足していた。


〈けたたましくベルが鳴り、病名が私をノックする時間は、こうした安逸の最中をねらうだろう〉

滝川老人が入ってきた。どちらが先ということもなく二人は泣きだした。サナトリウムへ行く老人の頬の、悲しげな目差しから細長い顎までを刻む〈年齢〉と、明日を限られかかった若い女のやすらいだ頬とを、お互いはそれぞれに見守り、涙は儀式のようにゆるやかに二つの顔を伝わっていった。やがて老人は、娘にするように陽子の頬へ接吻した。彼女は涙でそれをかえした。いたずらな二人の、これは何とおどけた邂逅だろう。

陽子を初めてサンジェルマン街の老人の家へ連れていった時、あいにくと老人は所用で出かけていた。十分ぐらいもたったろうか、日本語のわからないフランス人のマダムに招じ入れられて、手持ぶさたに腰かけに固くなっていた陽子のうしろで、ふいとドアが開き、声がかかった。

「おや、知らない人が来てるよ」

黒い上着に縞のズボンで包んだ細い体を、ステッキでささえ、ドアと同じくらい背丈のある老人が、あらぬ方へ目をやったきり動かないのを、彼女は見た。

「女房です」私が立ち上って紹介すると、老人は停止していたフィルムが廻り始めたように首をこちらに向けて、ゆっくりと近づいて来た。

「女房、ではわからない。なんとあなたを呼ぼうか」

「陽子です」

「そうだ、ヨーコさん。われわれは長いあいだ、あなたを待っていたよ」

彼は、こちらの人がするように両手で彼女の肩をおさえた。これが老人と彼女の初対面だった。

〈オヤ、知ラナイ人ガ来テルヨ〉私たちの部屋へ帰ってくるなり彼女は、ドアを背にして天井へ眼をやり、さもステッキで体が支えられているように両手を宙に組合せて、老人と同じくらいの時間を動かなかった。若く、男とは似ても似つかぬ唇をキッと結んだそのおどけ方が、いかにも老人との邂逅の満足を、その数秒間に示していた。彼女がパリに着いて三日目のことだ。

「これが、あなたの家《うち》ですよ」帰りしな、老人は陽子にそう言った。

「いや、亭主と摑みあったとき、泣いて帰ってくる家はここなんだよ。もちろん、あとでやっこさんが追っかけてきたって、入れてやるもんじゃないさ」

彼女はパリで、このうしろ楯が出来たことを喜んだ。

「さあ、おじいちゃんのところへ帰ろうかな」時折りのにがい二人の沈黙の場を、小さくこうつぶやいて、彼女は和解の雰囲気をかもすのが、その後の習慣になった。

「おどかすだけで、やっこさんは謝っちまうのか」老人は彼女のセリフに満足そうだった。

よく彼女は喧嘩もしないのに、この家へ出かけていった。週のうち一、二回、私たちはこの家で晩餐を共にした。

「二人で来るとはまずいじゃないか、陽子さん」

陽子は声をしのばせて笑った。

「あなたは僕たちのカンケイを亭主にぶちまけたんじゃないだろうな」

「カンケイって?」

「そうそう、それくらいとぼけてみせれば、やっこさんにわかりっこない。安心したよ」

老人は食前のブドウ酒を彼女のコップについだ。

歳と共に肥っていって、どうにも身動きのとれないマダムは、彼のいたずらな会話がまた始まったのだと、言葉が分らないながらも皆の顔をのぞいて微笑をたたえるのだった。

七十年来のひどさだという寒い冬がやって来て、マダムはリュウマチになり入院した。とり残された老人は、数日ののち突然めまいを覚えて昏倒した。冬が終ったとき、一人息子のガストンが母親を連れにくると、老人は家を引払って入院した。息子の働いているボーベの街へマダムが移る前夜、私たちは、食事を共にした。陽子は終始泣きつづけた。滝川老人の饒舌の蔭にかくれ、陽子にフランス語とフランスを教え続けてきたマダムの瞳が、いつのまにか彼女を捉えていたのだ。

マダムは陽子に頬ずりし、泣いて別れていったが、女同士の別離とちがって、いま、老人と陽子が涙をながしあっているのは、喜劇役者のようにおかしく哀しかった。

老人が病室を立去ったあと、陽子は私をよんで、可哀想に、可哀想に、と言うのだった。

「独りでサナトリウムに行って暮さなきゃならないなんてね」

彼女は滝川老人に、孤独な年をへたエトランゼを初めて発見した。


老人は歩道のベンチに腰かけ、道をへだてた病院を見上げながら、五時頃にのびたという研究所からの決定の電話を待った。

「陽子さんは、オールボアアルといったね」老人は目に涙をためて、この言葉をくり返した。

「さよなら、というのだが、字義どおりにいえば、再び逢うということだ」

一台の車が私たちの前で止った。浅野氏が首をだして、どこかカフェに行かないか、と誘った。私たちはモンパルナスへ出た。混雑しているカフェのいつもの場所からは、窓ごしに時計塔が見えた。

カフェの中は娘たちの嬌声がよどんでいる。老人は嬉しそうに、そのバカ騒ぎを眺めていた。

「ぼくはあれぐらいの数の女を、ひと夏で陥したことがある」

浅野氏の武勇を、老人は賞めたたえた。

「エライモンダネエ。ぼくはモンパルナスまで自動車を運転しただけで、のびちまうだろう」

私はコーヒーを少しずつ飲んだ。時計塔の針は、一分の目盛りを何分もかかって刻んでいた。

「どうだい。この小娘たち」私は老人の言葉をついだ。

「いやぼくにはまた、この娘たちを撰択する自由が与えられるかもしれない」

老人は険しい声でたたみかけた。「きみ、よし給え。本気で冗談を言うもんじゃないんだ」

沈黙のうちに、長い針が少しずつ動いていった。

ドクトル・アビバンは不在で、一切のことを托されているという女医が、ひとり医務室に立っていた。

「電話は、かかって来たろうか」

老人が、女医と顔がくっつくようにして立った。

「かかって参りました。ただこれは重要なことなので……」

「マダム！」いきなり老人は女の肩を、しっかりと両腕でつかまえた。

「卒直に言ってくれ給え。目の前にいるのは患者の亭主《マリ》だし、私にとって彼女は娘だ」

「不幸なことに、カンセルの症状が発見されました」

老人は彼女をつかんだきり動かなかった。二つの瞳孔が異様にひらいて、そのまま倒れるのではないかと思われた。

病院の時計に、私の腕時計に、そしてモンパルナスの窓ごしの時計に、定着していた〈生〉が急に文字盤をはなれ、レントゲンの大きな機械と、大きな机にはさまれて立っている医者と称する女の顔が、目の前で大きく脹れあがっていった。

女はメガネをかけていた。彼女はレンズの反射の向う側から私たちを捉えていた。痴呆ではあるまいか。この女は私たちの感情に応えられるはずがない。〈カンセル〉という言葉以外に何も知りはしないのだ。これだけを言うために、私の前でそれを発音するためにそれだけにしかこの顔は存在していない。

克明にきざんでいた〈時〉を喪失してしまったこの部屋の中で、女医の赤い唇が、機械、机、机の上の道具の、あらゆる存在を殺してしまっていた。誰がこの支配権を、この顔にあたえたのか。

おかしなことだが陽子の部屋だけが、私の唯一の逃避の場所として、爽やかに浮び上ってきた。

事実、女医をとおして、どこからかやって来た宣告とは別の生《いき》ものとして、陽子はベッドにくるまり、人に会ったあとの疲労と放心のなかにうとうとと横たわっていた。

「どこに行ってたの、あててみようか」彼女はいつもの顔で私を見た。

「滝川さんをメトロまで送っていくつもりが、途中のカフェでいままでダベってたってところね……可哀想に、おじいちゃん」

私と一緒にすごした昨夜が、不思議と痛まなかったので、彼女は上機嫌だった。それに熱もさがって難なく迎えた夜を、私は消灯かっきり床についた。小机に二粒の睡眠薬が残った。

時おり、病人は目をさまし、そのたびに喉のかわきを訴えて私を呼んだ。暗い天井に目を見ひらいて私は、彼女の訴えを待っているにも拘らず、その声は遠くから私のねむりを揺りおこしているように半信半疑だった。陽子は、母親の乳房をまさぐるように、差し出されたカナールを唇にあて、ほんのわずかの水を口にしただけですぐ眠りにおちた。

夜に入ってどれ位の時間が過ぎたろう。病人が看護婦を呼んでいるベルのけたたましい連続音に、私は自分が眠っていたことに気づいた。おれを起せばよいのに。

腹立たしい気持で私はベッドに起上ろうとしたが、疲れているのか、からだが重かった。他に用事があるとみえて、看護婦はなかなかやってこない。むりやり体を起して陽子のそばへ行き、不器用になんとか便器をととのえた。

――何も知らなかったのだ。どういうわけだろうか。規則正しい女の生理が、今夜、彼女の体にめぐって来ている。

からだ中の器官が停止しかかっている現在、〈女〉の継続だけが、どうして明日のために営まれつつあるのだろう。考えてみれば、排泄される他の物質と同じように、何でもないものであったが、生きている物の色が、深夜、私をよびおこした。これだけが陽子の意志のように、体内で人知れず生きようとする物の形象であった。

それは静かに、ある何物かを待っている状態ではなくて、ある何者かと闘いつつあるものの鮮烈な印象を、にぶった私の頭のなかでよびおこした。

腹は、昨夜までの突発的な凶事をはらんでいる火山帯の隆起ではなく、なまぐさい闘争を苛酷に展開するものの不気味な土壌であった。

私は彼女のふくらんだ腹に、戦時中ひとつの幻想におびえた光景をまざまざと呼びおこした。

それは夏であったか、寒い季節であったか、郊外行の電車は食糧を探しにいく飢えた人々と、青い眼の疲れた捕虜たちを乗せて、海のほとりを走っていた。窓々を明確に区切っていた水の碧さが、思いがけなく哀しい人々の頭ごしに、突飛な連想を私にもたらしたのだ。いまの今、舞台みたいに距離のないこの海のそのすぐ裏っかわで、巨大な人間が傷つけられ、斃れかかっている。

水平線は、すぐ目の前に在りながら私の手には届かない。巨人の息たえだえな姿は、海とおなじくらい大きく悶えているのに、電車は私を乗せて止まることなく、暗示された海の線と平行してつっ走る。

陽子の腹にかかっている毛布の線が、その水平線の危機感を、私の瞳孔のなかで拡げていた。おそろしく静かな海だ。私のいる砂浜から、すぐ拡がっている一面の蒼だ。この蔭で殺戮が行われていたと誰が想像しよう。瀕死者は大きく悶えていたが、その声は私の聴覚にはぜんぜん響いてこなかった。こんなにも大きな物が倒れかかっているのに、どうして波は騒がないのか。水の色はどうして血で染まらないのか。陽子は毛布のかげに顔を埋めて、寝息すら私に伝えてこなかった。


夜が明けるのを待って、私はドクトル・アビバンの部屋へ行った。

研究所の検査は、間違いなく決定的なものか。それは死を待つ以外に方法のないものか。

白い壁を背にして、壁とおなじ白い医服をまとった彼は、一昨日と違って、追われる者の不遜と哀願との矛盾した大きな体を壁に溶けこませ、漠としてつっ立っていた。

「お気の毒ながらカンセルの症状が発見されたからには、もうどうすることも出来ません」

「手術の可能性は？」

「なんとも手遅れで」

「十のうち、九までが死を早める結果になっても？」

「お気の毒ながら」

「残された一つに、期待がかけられるものとすれば？」

「残念なことに、すでに淋巴腺に入って体じゅうに飛び散ったあとでは、手術は全然考えられないことです」

「いや、手術の直後に息を引取っても、あなたを責めないが……」

「不可能です」

「よろしい。ドクトル・アビバン、あなたは、あと二週間ぐらいだろうと言われた。それまでに、あなたのとられる処置は？」

「不思議と一昨日から痛みが止まっている。現在あたえている薬、注射のどれかが効いたものと思われるが、果してそのどれが症状を押えているのか、私には見当がつかないのです」

この確信のなさは、追及される者の告白として立派に思われた。

「だから、もう少しその期間は延びるものと今は考えております。いずれにせよ、若い方にこの病気が起きたときは、おそろしい速さで全身に廻りますから、手のほどこしようもない。しかし、あなたのマダムの症状は、癌のなかでも非常にまれなものです。おそらく東洋には在るのかも知れないが……先日、来られた日本の医者がまだパリに居られたら、一度立合っていただいて、ヨーロッパではめったに見られないこの症状について話し合いたいのですが」

「彼は日本へ帰りましたし、その必要もありますまい。……いったいカンセルとは、ドクトル？」

「わたしには全く分らないことです。現代医学で不可解なものが小児麻痺と、この癌です。全世界の医学界が懸命に探しているけれども、まだ何物かということの端緒もつかんでいない。顕微鏡にも出てこない、おそろしく小さな菌ではなかろうかと推定しているのですが」

「伝染、ないしは遺伝による……」

「それも分りません。しかしそういうことはないだろう、ということになっています」

「では何の原因で？」

「ムッシウ、いったい何であるかということが分っていないのだから、原因も何もいっさい不明です。したがって予防の方法もないし、早期発見も不可能です」

「ではこの病気に対してあなた方は、運命のような扱い方しか出来ないのですね」

「遺憾ながら癌とわかった時は、もう手遅れです。正体の解らないものに治療の方法もないのです」

「手術した例を、わたしは聞いていますが」

「いや偶然に、早期発見をすることもあるのです。例えば、他の病気と勘違いして切開してみたところ、癌であったというような……。これは非常に幸運なことで、もちろん早期のうちに切り取れば癒ります。しかしこれは偶然なことで……」

いくらどう持って回ってみたところで、彼は私に答えられる男ではなかった。依然として部屋も彼も真白だった。目の前にいる男は現代医学の代弁者にすぎない。彼そのものを突きとめようと焦っても、男の体は白い医学の中に身を隠していくばかりだった。

現代において医者は、組織の中で立働いている労働者にしか過ぎない。あらゆる機能が彼らに指令する。それだけのことだ。

——よろしい。無駄かもしれないが即刻、専門の病院に移していただくよう——

彼は、さっそく連絡してみる、と答えた。

より有能な組織。しかし私の考えでは、遺憾なことに世界中の病院は一つの組織に包含されていて、その末端で決定したことが、中央部に近づくにつれて覆されるということはあり得ない、と考えられた。それは単に指令がより早く正確に患者に伝わる、というだけの利点しか持っていない。

ドクトル・アビバンは、そのことをよく心得ていたろう。しかし些細な利点でも患者に与えられるとするならば、いかなる努力をしてでもそのように動くことが、これら従事者の職務かと思われた。

彼はキュリイ病院を選んだ。この病院はフランスで最も優れた機能をそなえたものであり、そのうえ彼の学生時代の恩師がそこの重要なポストについている、という便宜があると述べた。

彼は卓上の受話器を手にとり、ダイヤルを廻して、その教授の在否を問うた。ヴァカンスであと一週間くらい彼はパリに帰ってこないはずだ、と受話器は伝えた。

「どうでしょう、教授が帰ってくるまで待ちますか。あと一週間くらいだが」

なるほど、世の中には休暇《ヴァカンス》という習慣があった。瀕死の病人がいても、彼らはその習慣にしたがっているのか。憤りとは別に、陽子は世の中にたくさんいるそのような病人の一人にすぎない、といまは了解するより仕方がなかった。

——すぐ入院の手続きを——現代医学の機能のなかで、一人の天才を期待することは無駄だ。

では明日の午前中、運んでくれるように、というキュリイ病院のうけいれ受理で通話はおわった。ドクトル・アビバンは、ここの病院をつかさどっている実際的な長らしく、部屋を立ち去ろうとする私を呼びとめた。

「キュリイ病院は患者の診断をした上で、入院か否かを決定すると言っている……たぶん、預からない、と言うかもしれない。もちろんその時は、当病院に帰ってくることになろうが、ムッシウよろしいか」

病室へは戻らずに、近くのカフェへ行って私は腰をおろした。今夕、サナトリウムへ発つ滝川老人へ、その模様と私の決断を電話する約束がある。病院からかけた方が手っ取り早くもあろうが、私はカフェの地下室にある電話ボックスに入り、ポケットから番号の紙きれを取出した。

声だけ伝わってくる老人の響きは、おそろしく若かった。

——きみのとった処置に、間違いはない。むごいことを言うようだが、そんな稀な病気であるならば、最後は解剖に付して医学に貢献するといった気強さを、持ってほしい——

相手の表情が見えないだけに、線を伝わってくる声は、私の体を解剖するようにえぐった。

〈すべての奴がこんな感情を、おれに抱いている〉

つづいて老人は、用件だけを伝えた。

——サナトリウム行が三日間延びた。そのあいだ、留守のきみの部屋のベッドで過したい。今からホテルを引払ってきみの部屋へ行く。明日の昼ごろ、キュリイ病院の前で待っている――

陽子はあの優しい中年の看護婦と話をしていた。瞳孔のうすい、ハンガリーの婦人は、銀色の髪を白い布で結んで、大きく後ろに垂らしていた。白い靴下の脚を柔かく被っている長い看護服。彼女は微風のアクセサリーで出来上っていた。

20ccの注射をおえたあとの一刻だろうか。「もう少しの辛抱ですね」といった意味のことを、陽子はゆっくりと頭の中でフランス語にしてから、彼女に告げた。

「セッサ（そうですとも）、マダム、もうすぐ、よくなりますよ」

「あと、どれくらい？」

「まあ、せっかちな病人さん」

婦人はやさしく彼女の髪をなでた。

「わたしから早く逃げたいんですか」

婦人の笑顔に陽子は、いいえ、と頭をふった。

「こうして寝てればいいのね」

「セッサ、病気のつらさは、あとではみんな、忘れてしまうものですよ、マダム」

「……」病人は、なにかを思いわずらっているようだった。

「食べることが一番ですよ。でないとまた、食塩注射にあいますよ」

せっかく彼女が叱咤してくれたにも拘らず、夕食のでかい肉の塊を見て、陽子はげんなりした。

「このあいだ、この肉を食べた時から、夜中に痛みだしたのよ」

残りの野菜と果物だけを彼女はえらんだ。看護婦は肉を調理場へもっていって、私のために炒めなおしてくれた。

陽子は、私が肉を食べているのを見て、顔をしかめた。

〈オニイは、あの肉のやつと仲良くしている。あの犯人と〉

彼女は、塩ヌキの食事を大分まえからあてがわれていて、それが憤慨の種だった。

吉岡が、お春さんの作ってくれたおかゆをもって病室へ入って来た。陽子は手をたたいて、当てがいではない食事を迎えたが、せっかく口にしたお春さんの料理も、犯人と共謀したのか塩気がぬいてあった。

「滝川さん、もうサナトリウムへ発たれたかしら」

彼女は吉岡に催促した。

「あたしね、おじいちゃんのスープ飲みたい。あれとてもおいしかった」

吉岡は、自分が作るような顔をして、明日持ってくるよ、と言下に請合った。

「おじいちゃんがスープを作ったら、その残りでいいのよ。おじいちゃんは病人だから、わざわざ頼まないようにね、でも、もし作ったときは忘れないでよ」

再び夜になった。私は消灯までを彼女のそばに椅子をおいて、予告された半月の命が一日過ぎていくのを待った。病人に夜のおそれはなかった。

「あたしね、美容師になろうかと思ってたけど、もうやめた」

「いつ、そんなことを考えたんだ」

「いつだったか、あたし御飯たべられなくて泣いてた時あったでしょう、六人部屋のとき。オニイはいつまで待っても面会にこないし、どうせどこかで勝手に皆としゃべってるんだと思ったら、なにもこんな亭主と一緒に住むこともないと考えたの、独りで生きるには何が一番いいかといろいろ探したら、美容師が手っ取り早くて、いちばん儲かるということに気づいたの」

「そりゃいい、癒ったらぜひ、美容師になってくれ」

「駄目、もう別れる気なくなったから」

「だから別れずに、それをやってくれれば、有難い」

「それよりも、やろうと思ってた商業美術の方もあたし、よすことにしたの。あたしなにもしない方がいいってことが、はっきり分ったのよ。オニイの秘書になること、それが一番いいって今わかった」

「秘書ってどんなことをするんだ」

「オニイに絵をたくさん描いてもらって、あたしがそれをお金にすることなの、フランスはいい処ね。ドクトル・アビバンだって、マダム・セッサだって親切だし」

陽子は、あの優しい看護婦がいつも、セッサ（そうですとも）と答えるので、いつの間にかそんなふうに呼んでいた。

「ねえ、私たち、生涯ヨーロッパで暮そうよ。オニイの仕事のために、たしかにここはいい土地よ」

私の仕事のために、ここはいいんじゃないか、と彼女は念をおした。

〈生涯〉それはいま、彼女に後の何日間しか意味していない。生涯暮そう、と彼女は更にくり返した。まぎれもなく彼女は、その意志を遂行するだろう。その後で独り残った私は、なおかつその気持を持ち続けられるだろうか。彼女の終末、それは彼女にとって全世界が消滅することだが、私は依然として、この世界を、パリを、持ちつづけることになる。

「はやく癒ってフランス語を続けなくっちゃ。あたしが秘書になる一番大事な仕事をね」

当直の若い看護婦が注射のために入ってきて、私たちの語らいはおしまいになった。

「マダム、あなたのマリは昨夜、こんなにして眠ってた」

注射器を片手に持った看護婦は、ぽかんと口をあけて私の表情を演じてみせた。陽子は、飛び入りのアトラクションに健康な笑い声をたてた。

針をさしたあとの病人の肌を、アルコールで消毒しながら、若い看護婦は何気なく彼女に言った。

「明日はconsultationですね」

「コンシュルタシオンって?」陽子は私に尋ねた。

私もまた、何気なく、診察という意味だと答えた。

ハッと私が気づくよりも、陽子の顔色が変った。

「あした、何があるの。なんであたしを診察するの。どこに行くの」

「なにも知りません」と看護婦は言った。「ただ、医務室の黒板に、そう書いてあったので」

「よし、黒板を見て来てやろう」

看護婦をいざなって廊下へ出ると、私はポールの病室へ登っていった。どういう風にキュリイでの診察の話をもちだしたものかと、ポールも私から尋ねられて困っているところに、今夜当直のあの科学者らしい小男の医者が、入りこんで来た。

「ムッシウ。なんでもないことじゃありませんか。私から患者にうまく説明してあげましょう」

私たち三人は、陽子の病室へおりていった。

「……マダム」医者はゆっくりと、正確な発音で呼びかけた。

「なにも心配することはないんです。ただ、あなたの病気の検査にキュリイ病院へ行くだけです。もちろん、すぐここへ戻ってこれるんですから」

なんと勘違いしたものか、この医者はとんでもないことを言ってしまった。彼の言葉をさえぎらなくてはならない。瞬間おびえて私はポールの顔を見た。同様の顔が、さきに私の方へ向いた。

「ちょっと、説明致しましょう」ポールは医者を制した。

「いま、彼が言ったことは、あなたの病気がだんだん良くなって来ている様子なので、あしたはその経過状態を調べるんだといっているんです。ただそれだけの事ですよ、あなただんだん良くなってきてるでしょう」

陽子は素直にうなずいた。もうすっかり彼女に説明したんだからと言って、ポールは医者を病室のそとに引張りだした。

私は怯えた。彼女はほんとうにポールの言葉に、うなずいたのだろうか。あの医者の丁寧な発音が、陽子に分らぬはずはない。他の一切が彼女に聞きとれなかったとしても、キュリイ病院という固有名詞を一つ捉えれば、それが有名な癌の病院として、はっきり彼女の病名を宣告したことになろう。「もう遅いようだ。眠ることにしよう」二人残された部屋の中で私は呟いた。彼女は、ええ、とうなずいた。

消灯後の暗いベッドに伏せて、私は寝つかれなかった。気づいているとして、彼女はそのことを私にいえるだろうか。言うはずはない。私が言わないのと同様、どちらか一方がそのことを口にすれば、我々の生活は均衡をうしなう。しかし死を目前に知った人間が、その事実を自分のうちにだけ秘めることが出来得るか。こうしたおそろしい事実に怯えない人間があり得るだろうか。

「あの若い医者は親切だな」

「みんな親切ね」

「彼のフランス語、わかったかい」

「ええ、分りやすくしゃべってくれたもの」

何日ぶりかで得た不安のない夜の、ひそやかに心楽しいひとときに、病人は心なごんでいた。私はあえて眠ろうとしたが、彼女は向うのベッドからなおも話しかけてきた。それはどう探ってみても、パリで私たちが生活することについての今後の具体的な抱負ばかりだった。やがての輝かしい希望に不幸な胸はふくらんだまま、夜更けとともに安逸な眠りにおちた。

夜が白みかかるのを待って、私はある一つの決心を遂行することにした。彼女の両親に宛てて、正確に事態を報告すること。キュリイ病院に移れば、私の同室が許されることは先ず難しいと考えるべきだろう。

〈八月×日　我々が同じ部屋に暮す今日が、最後の日になるかとおもわれますので、今までの事情を説明致します――〉

冒頭の書出しは正確だろうか。おそろしく不吉な、しかも原因の知れぬ予告だけを先ず与えてかかることは。

こういう方法で、私が一通の手紙をある朝、受取ったとしたらことの事態よりも、この冷酷な差出人への憎悪で、朝食が喉を通らなくなるだろう。

夜の気配につつまれて、安らかに眠っている現在の、いまの陽子から書きはじめて、時の経過を逆に辿って説明すべきだろうか。

ドクトル・アビバンが、決定的な発言から起りうる私への衝撃を配慮して、予想という仮定でまわりくどく持ってまわったその前夜、そして予想を裏切らない当日、この心理的な操作をもう一度、私が両親のまえでやってみせることが有効だろうか。

彼女のことについて両親に手紙を出しうる人間は、私ひとりしかいない。義務というよりはその立場から、医者と同じ一つの権限を与えられたのだ。しかし、ドクトル・アビバンと違って、職域に囚われることなく、決定的な病名を文面ではぼかしてしまうことも、私には可能だ。

あるいは何も書かなくてもいい。二週間と幾日かののち、いきなり電報で一切が終ったと知らせることが、受取人におそろしいショックを与えると案じられるならば、それも打たなくていいだろう。

いつの日か、我が子からの手紙が絶えてないことに、彼女の両親は不審をもって私へ問合わせてくる。その時、初めて彼女の入院を報じ、何通かかかって一切を述べるとしても遅くはない。人はすべて死ぬものだが、死が明確に予告されたときから、生の意識は狂気のように人間を捉えて離さない。

私は陽子に、陽子の事態についていっさい口をつぐんでいる。ドクトル・アビバンが、看護婦が、ポールが、彼女を包むすべての人間が、当の本人のことについて秘密を固執している。

誰が、かかる権限を持ちうるか。彼女の意志を、生命のことに関する重大な彼女の意志を、全く無視した人間たちが、彼女をとり巻いて事態に関与している。

これは奇妙なことだった。なぜ私は、本人に知らすべきでないと思いこんでいるのか。われわれの秘密は、これ以上第三者に知られたくないということだけで、私の気持は一杯だった。多くの人が知ることは、それだけ彼女を孤立させるように思われたからだ。

しかし、いかに遠くへだたった地にいるにしても、親は、この死に参画する人間の一人だ。口をふさいでおくわけにはいくまい。

そうはいっても、両親はあまりにも彼女に近いために、逆に知らせるのは難かしいことのようにも思われる。どんなに彼女の腹痛が烈しいものでも、ドクトル・アビバンに会うまで、私は平然としていられた。両親を私の意志で、今後もなおそのような平然とした状態に置くことは可能であるわけだ。が、ともかく私は手紙を書かざるをえなかった。

われわれという形ではじめた手紙は、最後まで一人称の複数で終始した。

これは正確だろうか。あと何週間かに別離を迫られている私は、病人とは違ったかたちでやはり同じような痛ましい存在として映るかもしれない。

読み返してみて、この手紙は描かれている人間と描いた人間との二つの苦悩を、両親に強迫することになるだろうと考え、〈私〉を文面から取除くことにした。こうして、一人の女が死を待つに至った経過を、順序通りに述べるならば、彼らはその行間を追って、深い涙にひたることが出来るかもしれない。それは私と同じ位置に彼らを置くことだった。

夜はすっかり白んだ。雨が降っていた。机に向って、自分に背を向けている、この堂々めぐりの男に、彼女は目を見開いて訝しがった。私は、ほぼ書きおえた手紙を机の上の雑多な物の中に押込んで、朝のベッドにもぐりこんだ。


軽やかに光った真鍮のワゴンに、お湯を一杯にたたえた真鍮の金だらいを乗せて、マダム・セッサが大きくドアを押開き、朝を運んできた。それは素晴らしいレストランで、豪華な料理が運ばれてくるのに似ていた。

「よく眠れましたか《ビャン・ドルミ》。さあ、朝のトワレットを致しましょう」

ベッドに横たわったままの私からは、大きく揺らぐ湯気の向う蔭で頭を白くおおい、胸元も白い服でつめた銀髪の彼女が、どこか遠いところから夜明けと共にやってくる、現実感の稀薄なお伽話の人物のようにみえた。

「Belle――あなたの国の言葉では何と言います？」

「うつくしい」陽子はゆっくりと発音した。

「ウツクシイ」婦人は、異国の言葉を反復した。

「Madame――」

「おくさま」

「オクサマ」

ムッシウ、と、マダム・セッサは私に呼びかけた。白い服の傍で上半身を彼女に支えられた陽子が、湯気に包まれて素裸の乳房を小娘のように張り、マダム・セッサと同じ位置に顔を並べて、ともに笑っていた。

――ウツクシイ・オクサマ、ウツクシイ……

死の予告がなかったら、この幸福な一瞬の光景から、私はオンドビリエの田舎あたりまで、逃げ出したことだろう。雨の音がはげしかった。


病院と、花壇をはさんで向いあっている同じ赤い煉瓦の郵便局で、封筒に両親の宛名を書き入れながら、私はこの行為の遂行には悪意がひそんでいると知った。

私以外の人間を、私と同じ状態に陥し入れること。この宛名へ、書き込んだアドレスをたどって間違いなく、この内容は届くだろう。飛行機が要する日数に狂いはあるまい。時限爆弾をしかける人間の罪悪感をおぼえながら、私は小さい郵便箱の受口から投げこんだ。

浅い底がのぞかれて、仕掛けられた危険物は、他の手紙の上に息をひそませて横たわった。しかし封筒が手を離れた瞬間、これは独立して、私や彼女とはなんの関係もないものだと思われた。

現実はなんでもないんだ。妻の爽やかな朝の化粧を、部屋で見送って来たばかりではないか。哀れにもこの宛名で名指された若干の人が、この世にありもしない不幸を誰かの悪意によって、受取らねばならないことになるようだ。

病室へ引返したとき、ポールが陽子宛ての手紙をもって入って来た。

「病院気付でくるなんて誰かしら」と彼女は訝《いぶか》しがった。

「わたしの姉のエリーズからです」

エリーズ。彼女も、ポールが事故にあった同じ自動車に乗り合せていた不幸な一員だった。ポールが肋骨を折ったとき、彼女は助手席で、右脚の骨を切断した。手紙には、目下のヴァカンスをアンゼの修道院で過していること、脚は緩慢ながら良くなりつつあること。ここも雨が多いこと。もう暫くすればパリへ戻るので会えるでしょうが、気強く闘病なされるように。としたため、病気というものは不便で心細く、随分苦しい目にあうものだが、肉体の苦しみは精神と同様、決して無駄なものではなく、むしろ永遠の生命を獲得するために必須の条件であろうから、苦しみの意味を理解するように、と述べ、あなたのため、聖母マリアにお祈りを捧げます、と結んであった。

「まあ、優しい方ね」

陽子は、まだ会ったことのないエリーズの厚意をよろこんで、同封されていたマリアの首飾りを胸にするため、私に紐をつけてくれと頼んだ。

「入院中に、わたしはあなたをカトリックにしようと思っているのです」ポールは満足気に言った。

そのとき、子供のように素直でなければならないはずの動けない病人が、ふいと彼の方へ頭をもちあげた。

「いいえ、あたしはならない。決してカトリックにはならない」

「してみせます」

看護する人間の優位さをもって、ポールはたたみかけた。

「いやよ、あたし。死んでもならないから」

死んでも――この言葉にどれほどの比重をかけてよいかは知らないが、ともかくポールは口をつぐんだ。しばらくして、彼女がキュリイ病院に行くため病室を運び出された後のベッドの上に、マリアの首飾りが残されているのを私は見つけた。


雨脚は、ますます烈しくなっていた。エジプトのミイラのように、うすい毛布で顎まで包まれた彼女を乗せて、病院車《アンビュランス》は、いや応なしに石畳の振動のうえを引きずっていった。

マダム・セッサは陽子の体を洗ってやった後で、今日はよその病院へ診せにいくのだからと、新しいピジャマに着替えさせ、昼すぎにはまた、ここへ戻ってくるのだから心配はありませんよ、と頬ずりした。

「診察だけなのね」彼女はつっ走る車の中で、枕もとに腰かけている私に聞いた。

今度も、通訳のためにポールが脚もとの椅子に腰かけていた。

窓にあたる雨のため舗道はぼやけ、寒さが、ガラスの内がわにまで伝わってきた。――何処に？何の病気で運ばれているのか？――一刻もはやく目的地について、この振動から病人は逃れたがっていた。

彼女は目を閉じ、時折り、急激な振動の苦しさに瞼をひらいては、私の存在をたしかめた。

車は石畳の上を十分ほど走ってから、急に上り坂にかかった。濡れた舗道にバスを待っている人々のてんでな色彩が、窓によじれて写る。ルクサンブール公園へ出る通りだ。坂を登りつめると車は急に通りを右へそれ、古びた壁にそってしばらく走った。

「ここはどこ？」

自分の家の近くに来ているようだが、はっきりとは私にも分らなかった。

ふいに車は停り、赤煉瓦の小さい門をくぐるために少しバックした。門のかたわらの塀に、戦艦《キュイラッセ》ポチョムキンと書かれた広告が雨に打たれ、半分破けて垂れさがっていた。


ながいこと、がらんとした部屋に私とポールは置きざりにされた。

「ずいぶん、寒くなりましたね」とポールが言った。それだけだった。私たちは雨の音だけを聞いた。頑丈な二人の医者と、ユニベルシテル病院から付いてきた若い医者とが、ドアをあけ、私の名を呼んだ。

「預かりましょう……あと十日ぐらいしたら主任が帰ってきます。それまで何とかやってみます」

もう、私は医者や病院になにも期待しなくなっていた。期待を裏切られたときの恐しさが、分りすぎる程わかっている。

陽子の筋肉を培養した当の研究所へ、本人を送りこんだところで、いまさら、どうなるものでもない。だがここまで陽子を運ぶことに、私は最後の期待をかけていたのだ。しごく当然のように、ここの医者の言葉を受取りながら、それ以外の答を期待しないようにと、私は自分を踏みとどまらせることに懸命だった。しかしその必要もなかった。

「彼女を日本に帰す気持はないか」と真剣に尋ねるキュリイの医者の表情に、私は彼女の偽りない現在の状態を察知した。

「ノン」

「日本に、彼女の両親はいないのですか」

「います」

「飛行機に乗せて日本へ帰す時期は今しかないが？」

「その必要はありません」

「どうして？」

どうしてだか、不意に問いかけられた質問にたいして、反射的にそう言ったのだ。

「飛行機で運ぶことの疲労と心理的動揺は、病人をいい状態に置くとは考えられません。それに……」

「それに？」

「当病院よりいい治療が、日本で受けられるかどうかは疑問です」

よろしい——というかわりに「メルシイ」と医者は頑丈な手を、私にさしのべた。

「では次の問題にうつるとして、彼女にほどこす光線治療は大変に高価なものですが、あなたに支払う能力はありますか」

原子爆弾から製造するという伝説めいた光線の代価は、いったいどれくらいの単位なのか。私はたじろいだ。陽子の命をねらって、よくも次々に問題が待ちかまえているものだ。

そのことは会計課で話し合われるように、と医者は打切り、当病院での病人になすべき治療について簡単に説明した。

まず腹部に、それから背部に連日、光線をあてる。それによって腹部は一時的におさえることが出来よう。背部は癒るかもしれない。しかしその間に、淋巴腺に入った病素が、体の他の部分に出てくるだろう。遺憾なことに光線治療には限度がある。ある程度の量を過ぎると、逆に体の組織を殺してしまう。

肉体のグラウンドで、興望をきらびやかな双肩になびかせた闘牛士のように、光線が、病素を追っかけて廻るのだ。病素は荒れ狂い、血をふきだし、少しずつ目をあけ舌をたらし、前足からのめっていくだろう。しかし、限られた時間内に病素が倒れてしまわなかったとき、逆に病素は光線と競合して、またたく間にグラウンドを蹂躙してまわるというわけだ。

「ユニベルシテルの医者は、あと二週間ぐらいだろうと、言いましたが」

「いや現在は停止《スタッショネ》しているようだから、もっともつでしょう」

いずれにしても、執行猶予を与えられたに過ぎなかった。

すでに第一回の光線をあてられた陽子が、分厚い光線室から、大勢の白い人たちに囲まれて、道をへだてたクリーム色の大きな建物の中へ、タンカのまま運ばれていった。

「あたし、どうなるの？」

エレベーターで三階まで行き、あかるい四人部屋のとっつきのベッドへ寝かせられたとき、はじめて彼女は口を開いた。

向い側のベッドには、肥った醜い老婆が、頭よりデカい首に繃帯をまいて、赤く血走った目を、新入りの患者にそそいでいた。

「どうして、こんなところに寝るの？」と陽子は怯えた。

広い窓から、向いの研究所の屋根だけが、一面の空にわずかに風景らしく覗いていた。

窓ぎわで、中年の女が本を読んでいる。彼女は全くわれわれに気がつかない、といったふうだった。いくらか健康そうなその姿体が、すこしばかり新入り患者を安心させた。

もし陽子が窓のふちまで歩けたら、そこに拡がる風景を見て、ここは自分たちの家のすぐそばだ、と喜んだろう。

私たちの住んでいるローモン街の裏は、ピエール・キュリイ通りだった。この通りはいつも、ひっそりとしていた。それをT字形にさえぎって、通りの正面に突当った建物が病院だ、とは知っていた。しかし何の病院かは知らなかった。健康な私たちの、散歩の道すがら、それは古びた静かな界隈に似つかない単なる近代的な建築の風景でしかなかった。

病院と隣合わせた向う側の、灰色の大きな建物を彼女はよく知っていた。ヴァカンスがすんだら彼女が通うはずの装飾美術学校《エコール・デ・ザール・デコラティフ》だった。近くに私の学校があって便利がいい、と彼女は喜んでいたが、もっと近くに、この病院が待ちかまえているとは予期しなかった。

キュリイ病院を左へ折れた、二分とかからないローモン街の私の部屋で、滝川老人がスープを作っている最中だった。昨夜、彼女が吉岡に、老人のスープがあったら欲しい、といったことを私はすっかり忘れていた。

「もう昼だ」老人は慌てていた。「まず陽子さんのスープをつくらなくちゃ」

「あまりでいいんです」

「きみ、そいつは困るんだ。塩ぬきのスープをわれわれも飲まなきゃならんなんて。まず陽子さんのを作って、そのあまりにこっそり塩を入れてから飲みたいね」

それをスプーンで口へ運んでやる私に、彼女は病室でひそかに応酬した。

「塩気ぬきの滝川さんて、全くツマンないね」

雨脚は、まだ衰えなかった。私は車を拾ってユニベルシテル病院へ馳せた。

マダム・セッサが、病人のいなくなった6号室をとり片づけていた。

「彼女はいつまで、向うにいるんですか」

向うで受入れてくれたので、今日ここへ戻ってこないことは、幸運だった。しかし、いつまでいるのか、ここへ戻ってくることがあるのか、それは誰にもわからない。

洋服ダンスの中から、私が陽子のスーツを取出すのをマダムは見ていたが、黙って手伝いはじめた。

それは何と健康なものばかりで出来あがっていたろう。暑い夏の陽ざしを避ける軽やかな婦人帽、白地にうすいブルーの格子になったスーツ、柔かなベージュの靴下、白いハイヒール。ハンドバッグの中味は、若者の乱雑さでふくれあがっていた。

マダム・セッサは怪訝そうに呟いた。

「みんな片づけるんですか」

この人は、自分の受持患者のことについて何も知らないのだろうか。私は陽子の品々を一つに包んだ。

「この病室は私たちの最後の住家だったのです」

「…………」

彼女が泣いていたことに、私ははじめて気がついた。

4

「パリに帰ってくるたびに思うのだが、こんなにも悲しい街はないね」と夕食のとき、滝川老人がぼそりと言った。

吉岡、中条、関が一緒だった。彼らと共に食事をするのも、自分の部屋で夜をすごすのも、私には久しいことのように思われる。

「夜、高い屋根裏の小さい窓々に灯がともっているのを見ると、ほんとうに哀しいんだ。きみ、あの部屋にはどういう人たちが住んでいると思うかね。デパートの売子やカフェの娘っ子が暗くなってから、がたがたの階段をたどってあそこへ帰るのさ。疲れはててね。寝台の上に汚れた靴下をほうりなげ、片隅のもっと薄暗いところには、時に、ほんとうに汚れたものが投げすててあったりするんだよ」

たまたま経験した一室から、すべての屋根裏の灯に、老人が若い日のノスタルジーをおぼえているのか、灯に映る人影や、可憐なレースの陰影から描いた彼のイリュジオンなのか、それは聞く者の知らないことだった。

「またはじまったね」私は三人の友だちへ笑いかけた。

「なあに昨日のつづきだ」老人はひるまなかった。

「昨夜はもっと大勢の友だちが来てたんだ」と吉岡が言った。

「ばかなこった」老人は私に言った。

「きみに謝まらなきゃならんことだが、わたしは昨夜、みんなを追いかえしてしまったよ。病気見舞、そんなものが何になる。花を手土産に持ってきたりして、どうしようというんだ。そんな金や時間があるなら、一日のうち一時間でもいいからここへ来て、なにか手伝うことはないかと尋ねてくれ給え、と言っておいた。ほんとうにいま必要なことは、きみのかわりになって少しでも働いてくれることだ」

「パリの灯のはなしはどうなったんです」

「いや、楽しい灯だって夜にはともるさ。戦争まえはあそこの通りにデッかい灯のついた家があって、大勢の男たちが夜通し飲んだものさ。〈老人が戦争前と語るのは、いつも第一次大戦まえの昔だ〉女たちもあけすけでよかった。勝手気儘に男たちの膝にのっかって、好きなように飲んだもんだ。男に金がありゃ、そのまま抱きかかえて部屋のすみにある階段をのぼっていくし……そりゃいくら灯が沢山ついていたってタバコの煙や人いきれで、それにゴミも舞上っていたろうが、中は濛々として上へあがっていく色男がどいつだか顔もさだかでないんだ。が、そのたびにみんな拍手をしたもんだよ。ぼくらみたいに金のないやつは、人に抱かれている太ッちょの上気した肌を、もうもうとたちこめるなかで眺めて手をたたいているうちに興奮し、すっかり酔っちまうのさ、安上りでよかったね」

食事がすんで私たちはコーヒーに移った。

「そんな家はいま、どうなっているんです」中条がさきを急いだ。

「困ったことに、どこかにあるかもしれないね。しかし、こういう女たちは皆がみな面白がってやってるわけじゃない。始末のわるい過去や現在がぴったりくっついているんだ。ねえきみ、みんなが愛情をもちさえすれば、この人たちの何人かは、ちゃんとした将来へむかって育てられるはずなんだ」

中条はあじけない顔になった。今夜はテイよく、老人はみんなを追いかえしたわけだ。

私と老人はベッドに横になった。天井の一部がガラスになって夜空へぼんやりとぬけている。陽子は近くの窓の中で眠っているはずだ。

老人はスエズ運河の写真で埋まった新聞を、枕のうえに拡げていた。

日本へ返さないというのは私の独断だった。医者は両親の承諾があるのかと聞いた。承諾もなにもまだ日本へ私の手紙は着いていないはずだ。——一刻も早く相談すべきだが、それ以前に送りかえす準備をととのえたらどうだ、と医者はせっかちに問いかけてきた。必要はない、と言下にさえぎった。あなたひとりの考えでやるにしては、あなたは若すぎる。充分な年齢だ、とこれも私はさえぎった。

そのときから私は、このことは両親に問いあわすべきでないと考えていた。日本でいずれを選ぶにしろ、徒らな混乱をおこさせるだけだ。もし向うから帰すようにいってきても、私は従わない。両親が私とおなじ状況におかれるとすれば、今しか会う機会がないと教えられた最後の日数を、どのような気持で見送るだろうか。しかし私はなんでこのように固執するのか。

夜はかなり更けていた。老人はスタンドの灯を消した。

どうして、担架に乗ったまま飛行磯で、帰らなきゃなんないの、と陽子はかたわらに旅行鞄をもって坐っている私にたずねる。うん、まあ故国《くに》で静養したほうが楽だろう、とか何とか私は答える。彼女が日本を発ってきたコースを逆に、ローマ、ベイルート、カラチと暑い国々を私たちは飛ぶ。その旅行の三日が終ったときに、彼女は果たして生きているだろうか。たぶん生きてはいるだろう。医者の目算《もくさん》は信頼していい。それから両親に会うことになるのだ。彼らは泣きつづけるだろう。彼女も泣く。それが何日間つづくのか。その間、日本の大勢の医者や眷族や友人たちが彼女を見守りつづけるというあわただしさだ。考えただけでも億劫なハナシだった。

陽子と一緒のときよりも、夜は執拗につづいた。ようやく天窓の明るくなるのを待って私は外へ出た。

小さい広場に朝の陽が斜めにあたって、わきの工事中の建物には、もう職人が足場の上にあがっていた。夏の終りのうすい空気が、働く人々の足もとに漂っている。なんとも哀しいほど爽やかな季節だ。

朝のコーヒーが終ると、私は滝川老人を伴って、キュリィ病院の会計課へ行った。会計のマダムは、昨日ユニベルシテル病院と連絡してそこの会計課と同じく、同様に一日六百フランの入院費を、当病院でも認められた旨を親切に伝えてくれた。老人は、つづけて私の依頼したことを通訳した。患者を個室へ移し、肉親が一人、付添いとして同室すれば費用はいかほどか。メガネごしにマダムは答えた。

「それはたいへん高くなります。というのは個室だと、学生としての補助が社会保障協会から停められますので」

「かまわない」と私は老人に答えた。

マダムは丁寧に、青い紙片へ数字を書いて渡した。

個室三千五百フラン、付添いのベッド代八百フラン、一般治療費六百フラン、光線治療費一回二万フラン。一カ月計、三十四万七千フラン。その下に現在のままの補助による一カ月の支払い額が記してあった。一万八千フラン也。

「やっぱり現在のままにしておかれた方がいいんじゃないでしょうか」

マダムの声を聴きながら、私たちは紙片の数字をくり返し読んだ。

大きな差額を示すこの数字は、しかし私に何の意味ももたらさなかった。この三年間に描いた絵を一枚残らず私は日本へ送り、陽子はまる一年かかって金に替え、ようやく滞在できる見通しをたてて私の傍にやって来た。浪費家の彼女が、今までとちがって、がっちりその金をフランスでは離さなかった。ロクにフランス語も喋らない、ろくな絵も描けない夫への対策には、金しかないと思いめぐらしたからだろう。二人でつかえる百万フラン近い金が残っている。

「よろしい。個室をお願いしましょう」

「付添いが同室するためには、医師の許可が必要です。患者の診察がすべて終らないうちは何ともなりませんから四、五日お待ち下さい。しかし、あまりにも多額の金だし、おやめになったほうが……」

「いやマダム」老人が私にかわって答えた。

「彼は金があるというし、よしんば無くても夫の気持としてこれは無理ないことと思う。ともかく四、五日待つことにしましょう」

外へ出ると老人は、やめたほうがいいね、ときっぱり言った。

「金があるなしの問題じゃない。午後はずっと面会が出来るのだから、毎日通って夜は家で寝るようにしたほうがいいだろう」

「どうして、そういう考えを持たれるのです」

「陽子さんのために、それからきみのために」


午後一時半からの面会時間に滝川老人もついてきた。昨日の車の震動が刺戟したものか、彼女はすっかり弱って馴れない病室に臥せていた。

老人と彼女のあいだに、もう涙はなかった。ベッドから出した手を、彼は静かに握った。

「昨夜は陽子さんの家へ大勢やってきたよ。あなたとわたしを見舞にね。頭かずがそろうと、いい考えも浮ぶものだ。サッカリンというのがあるね。あれは甘みだけで糖分のないものだ」

陽子は返事のかわりにうなずいた。

「つまり塩のサッカリンをつくることを思いついたんだよ。ほんのすこし料理のなかへ落せばカラミがつくという仕組さ、惜しいね。今頃おもいついたって、あなたの間に合わないな。だけどあなたが癒ってから、みんなでこれをつくって、ひと儲けしようというのは悪くない考えだよ」

「まあ滝川さんらしいわ、いつでも話ばかりで」彼女は、横になっている人間のあまり表情をだせない笑い方をした。

老人は廊下に出ると、舞台をひきさがってくる人のような生真面目な表情にかえった。

今度は私との別れがある。明朝八時の病院バスで、彼は知らない土地のサナトリウムへ発たねばならない。


昨日の夜のように、みんなが去って老人と二人だけ夜の部屋に取残された。

私は老人と向いあったテーブルの上に、二、三日まえ買ってきた陽子のピジャマを拡げ、寝ている病人には邪魔だとおもわれる背中の飾りベルトを手持ちぶさたに切りとっていた。

「きみ、部屋をきれいに掃除したらいいだろう」

「今日はおそいから、あしたでも……」私にはどうでもいいことだった。

「いや、こう部屋じゅう陽子さんの物ばかりじゃ困る。一つにまとめたらどうか」

テーブルの脚もとに彼女のビーチ・サンダルがころがっていた。中条や吉岡と連れだって南仏ですごしたのはたった二カ月まえだ。

滝川老人は、部屋をどう片づけろと注文しているのだろう。陽子の物を一つにまとめてどうしろと言うのか。物は一切、本人の消滅と同時に消えてしまえばよいのだが。

「そうだ。焼いてしまうか。あるいは……」

「そんな遊びはよし給え」

「物が残るなら、その持主も残るべきです、どっちかだ」

「ばかな！　物についてどうしてそんな特別な考え方を持たなきゃならんのだ。邪魔にならんようにひとまとめにしておいたら、それでいいだろう」

老人は鋏をもった私の手つきをじっと眺めて、床につく気配は一向になかった。ピジャマから切りとった花模様の切れはしを私は屑籠へ投げすてた。

「きみ、それを捨てるのか」

要らないモノは捨てるだけだろう。

「それはとっておき給え」

私にはこの年寄りが、多少面倒になってきた。

「ピジャマが破けたり、どこか擦り切れたりしたときは、その布が必要なんだ」

私は納得しかねた。

「なにも難かしいことはない。自然にふるまいさえすりゃいい。彼女がこの部屋でやるのと同じことを、きみはしさえすりゃいいんだ。汚れたモノは洗濯するし、こわれたモノは捨てるし、アイロンをかけるモノはかけて、陽子さんが帰ってきたときはわかるように、一つの箱にまとめておけばいいんだ。いつ帰ってきてもいいようにね」

　サンダルのよこに落ちたピジャマの切れはしを、私は拾いあげた。

「こわれたサンダルを、きみがいつまで持ってたって仕様のないことだ。本人だったらどんなモノを捨てるか、きみには容易に判断がつくだろう」

「いまはすべて必要じゃないんです。気安めの期待をもとうとするほうが不自然じゃないでしょうか」

「きみ、洋服は陽子さんだけしか着られないものなのか。わたしはそうは思わない。陽子さんが着ないときは誰かが着られる。陽子さんを愛している人間はきみだけじゃないんだ」

　壁にかかっている彼女の室内着や、スウェターや、結んだまま本棚のうえに投げ出されているネッカチーフ、部屋は私の思いとおなじように雑然としていた。

「しかし、きみにはあまり時間の余裕がないのだから、みんなに手伝わせるようにしたまえ。きみは君だけしかやれない仕事をすればいい。病人の看護だけだ。あとのことはみんな、ひとに任せちまいなさい。なにもそれについて気兼ねすることはないんだ。わたしからも、みんなに頼んでおいた。しかし頼むまでもなくみんなは、自分たちがどうすればよいかということは知っている」

「わたしのやることは、やはり陽子を一人部屋へ入れて、わたしも泊るようにすることだと思うんですが」

　老人は返事をしなかった。あきらかに困惑していた。

「きみの体が気になるのだ。陽子さんのためにも……それから病人をはなれて君だけの時間がいるんだ。さいわい午後はずっと面会時間になっているのだから。……遅いようだ、寝るとしようか……」

しかし老人は椅子をはなれなかった。

「陽子さんは、自分の仕事をよして、きみを生かすことを考えるんだと言ってたね、癒ってから……こうなったとき、人間は自分のやるべきことがはっきりと分るんだ、こうなってから……」

老人は動かなかった。くぼんだ両の瞳が蔭になって〈こうなってしまった〉塑像のように意志的だった。

「困ったもんだ。別れぎわになると、人間はばかに可愛いことを言いだす。自分のことよりもサナトリウムにゆくわたしのことや、わたしの婆あのことばかり、陽子さんは心配していた。美しい顔をして、純粋な気持になって、優しいことばかりを言うようになって、みんなにさよならをする。困るんだ、こいつが……」老人は涙をかくすためか夕刊をひろげた。

スエズ問題はだんだん悪化しつつあった。暴力はある場合、正当化され得るだろうか、と私は尋ねた。それをきっかけに私たちはばかばかしい政治問題について、あたかもその解決を今夜見出さないかぎり、床につくことが出来ないもののように論じあった。

老人とはその翌朝、セーヌ河畔の小さい診療所から出る病院バスで、手をふって別れた。すべての席は、見知らぬ土地へ運ばれていく病んだ労働者で満たされていた。河面には靄がたちこめ、河岸をたどってバスは不透明な空気のなかにすぐ見えなくなった。

向うへ着くと、ベッドがこの人々を待構えているはずだが、とくに老人は重い床につくことになるだろう。彼の年齢と病気と、この四、五日の疲労のかさなりを私はこの朝、かいま見た。まだ私が眠っているうちに、老人はこっそり寝室をぬけて、古びた椅子の上に、一晩中かかっても暖まらなかった体を坐らせた。人の目を意識しない彼の体は、その上で頭、胴、手、足とばらばらに置かれていた。彼は冷えたところを摩擦しようとこころみたが、脚は全然床をはなれない。それは椅子とおなじ固くてモロい静物だった。

私はそのまま眼をとじて浅い眠りをつづけた。どれ位の時がたったのだろう。か細い老人の声が小さく伝わってきた。

——昨夜、彼に話しておいた。煩瑣な一切の仕事は、きみたちにお願いしたい。葬式に至るまで。彼は覚悟しているようだ。可哀想だがそのつもりでいる。もしきみたちで間にあわぬことがあったら、サナトリウムへ連絡してくれれば、なんとか私は出てきます。しかしセスネイさんやジャックがいるから、彼らで間にあうだろう——

吉岡の短い返事が、かすかに聞こえてきた。

老人の走り去ったセーヌ河にそってサン・ルイ島の橋を渡り、おなじ朝靄のなかを河からはなれて私は家路へついた。

陽子は枕もとに小さい仏和辞典をおき、目を見開いて私のくるのを待っていた。昨日は私の顔を見ると、ユニベルシテルの病院へ帰りたいと嘆願したが、今日は、この部屋のひと親切よ、とつぶやいて、こちらを見ている二人の患者へ紹介した。

「わたしの夫《モン・マリ》です」

向いあわせの肥った老婆は、昨日もそうだったように返事をしなかった。中年の婦人は窓によりかかったまま、奥さんはフランス語が不自由なのでお気の毒です、といった。「ドイツ語でもおできになれば」

「あなたはドイツ人ですか」

「いいえ」彼女はそくざに打消した。しかし何国人だとも自ら説明はしなかった。フランスの土地で、仲の悪い隣国人だとはっきり名乗るのは困るだろうが、あきらかにゲルマン人の意志的な骨格をもった淑やかな婦人だった。

「あの方、看護婦さんと一緒になって、あたしのことといろいろ手伝って下さるのよ」

「向いの婆さんはロクすっぽ、モノを言わんじゃないか」

「あのお婆さん優しいひとなの。怖くなくなった」

陽子は美しい顔をしていた。だんだん小さくなり白くなって、少女の魂をやどした透明な昔にかえりつつあった。

頑丈な病院の人夫がやってきて、二回目の光線をあてるために彼女を固い手押車に乗せた。一枚の毛布に頭までつつまれ、わずかに目と口とだけをのぞかせた彼女は、病室の外を走っている廊下を眺め、エレベーターの低い天井を見つめ、やがて高い家々にはさまれた通りへ出た。

低くたれこめた空へ、彼女は大きく目をひらいていた。

「アメ！」

外の空気とはまったく別の気温のなかに住み、体より柔かいベッドにとじこめられた彼女には、雨の一滴でも顔にかかると白い湯気がたつのではないかと思われる。

旧式な手押車の鉄の輪は、健康な人間にしか通用しない荒々しい振動で通りを横切り、光線の部屋まで石畳の上を回転していった。

病人は苦痛のために少し眉をよせ、それ以外になんの思念もない悲しい赤子の瞳で、かたわらを歩く私を見上げ、その背後の空を見た。

長い一日のうちで、かいま覗ける風景を彼女はどんなに期待したろう。

パンテオンが通りをさえぎって丸いドームが大きくのしかかっているウルム通り。それを左へ入ったところが私たちの住家だ。――ああ、ほんとうにウチのそばなのね――

しかし病室に帰ると、彼女はもう遠いところへ連れ去られたようにしか思えなかった。


じっとふくれあがって動かなかった腹部は、氷山がとけるように汚物をおし出してきた。夜半、彼女が眠っていた隙にさえも、当人とは別モノのようにその作用は続けられていた。光線は患者を極度に疲労させると医者は警告したが、腹部はその警告さえもおし流していた。

午後、馳け足でやってきた私をつかまえて、デゴンフレ（腫れが小さくなった）よ、と彼女はつたえた。いまは何の病気だろうかという不審よりも、お腹のふくらんでいること自体が、彼女と私をいじめているのだと察知していた。そして現在、これは何よりも正確なことに違いなかった。

――光線ってスバラしいね――

ユニベルシテルの病院で連日いためつけられた注射も、塩ぬきの食事も、ここでは皆無だ。一日一回、光線室にはこばれる他は、ベッドでおいしいスープを待つだけだった。わずかながらも確実な度合をもって病人はスープを、サラダを、それからパンを消化しはじめた。

ドクトル・アビバンに会いたい、と彼女は言った。

「あってお礼を言いたいの。こんないい病院に入れて下さって……あたしの尊敬するキュリイ夫人の病院に入れて下さって」

いつ、ここがキュリイ病院だと知ったのか。光線が何を照しているのか、なにもかも彼女は了解しているのか。とっさに私は病人の顔をのぞきこんだ。

「もうすぐよくなるね」彼女は、はればれとして言った。

「きみはキュリイ夫人伝というのを読んだことがあるのか」

「ええよくおぼえてるわ。あの人がどんなに苦労して、この光線を発見したか」

「その光線はなにに効くんだろう」

「まあ読まなかったの」彼女はながながとその本の内容について話しはじめた。私がその本を読んでいないのが何よりもいまいましい。癌という字がその頁のなかに印刷されていなければよいのだが。

光線室の入口に陽子の名前のついた紙が貼ってある。手足をはぶいた彼女の体の輪郭が二つ、片方の輪郭の右下腹部に赤鉛筆で色があらあらしく塗りこめられ、他の方には背部が同じ赤色で丸く描かれていた。光線はここを狙っているようだが、何とかもっとうまいデッサンは描けないものか。ものものしい光線室の内部で、医者もあまり智恵のあることはやっていないようだ。

赤いタッチは、たんに場所を示したマークにしかすぎない。光線が狙っているそのモノ、的確に場所を指摘しているその内容について、これ以上に具象的な素描家ではないらしい。彼らは、外っ側から手さぐりで毎日そこを照している。しかし正体を知らぬものの消極的な方法が、いつまで患者の信頼をもちこたえられるだろうか。

陽子が、ふくれあがった箇所を無意識のうちにまさぐり、私はその手の届くさきを見とどけ、彼らはその場所に、自信をもって、ここだと赤鉛筆でシルシをつける。単にそれだけのことではないか。赤鉛筆を医者にとらせてくれた優秀なキュリイ夫人と、誠実なアビバン博士への賛辞を陽子はくり返してやまないが。

それは、明日にも癒ることを疑わない患者だけがもちうる心の安らぎだろう。

陽子は少しずつ同室の患者たちとなじんでいった。食欲もでてきた。ただ看護婦が、まえの病院の人たちのように優しければ。

「看護婦さんがくるよとおどかしたら、オニイが消灯時間でもないのにベッドへもぐりこんだね。面白かったな」彼女は二人で暮した三日間のユニベルシテルの生活をなつかしんだ。

「あそこの看護婦さんはみんな、あたしの友だちなのに」

私が向うの病院に泊るようになったとき〈嫌だった〉と彼女はうちあけた。

「へんな話だけど、泊ってくれるならエミルやポールの方がいいと思ったの」

これは容易に理解されることだった。大気の泥を靴の底にくっつけたまま病室に侵入してくるものは、これら閉ざされた世界の人間たちをおびやかすに充分だ。

病室に私が入りこむためには、一つの擬装が必要だった。まず健康な人間の制服をぬぎすてて、病人とおなじ色あいの扮装を身につけること。私があの夜、天候にそなえたレインコートを脱ぎ、人に会うためのネクタイをはずし、遮断された建物の内部の気温に合うために一切を洋服ダンスの中にしまいこみ、素足に室内履きをつっかけたとき、いくぶん彼女は安心したろう。

しかし彼女にはまだ厄介なことがあった。それは私が彼女の夫であるということだ。あまりにも身近に愛するものの存在は、つねに美しさを要求する。それは病人に、病人としての生活を許さないことだった。

「いまもそう思ってるのかい」

「だめよ」彼女はベッドの中で頭をふった。

「一緒に住んでからは、もうひとりでは眠れなくなったの」

「…………」

「オニイはどこに寝てるの、夜」

「おれたちの部屋さ」

「あたしもそこで眠りたい」

どんなにか私もそれをねがっていたろう。うす汚ない小さい、部屋ともいえない住家なのに。

「ほら……」

私は窓を指さした。左すみに、向いの研究所の屋根が近景をなして、徐々に右がわへ人々の住んでいる家々がおり重なって遠のいている。すべての建物は雨に濡れ、小さく屹立したエントツが寒い季節を待っているようだった。広い窓一面に空がたれさがり、すでに葉をおとした樹々が低い雲に孤立していた。

「どこ?」彼女は私の指さす方を見ていたが、探しはしなかった。窓をつたう雨のために、すべての風景はぼかされ、ふるえ、すでにスチームの入った病室からはこの気温の外にあるものは、まったく心象化されてしまっていた。

「あたし達の部屋で眠りたい、オニイの横で。あたしここへ来てから、どうしても眠れないの。それに向いのお婆ちゃんは朝まで大きなイビキをつづけるのよ。あたし何か投げつけてやりたいくらい、そのいびきがシャクにさわる」

向いの患者は相変らず、枕を二つも三つも背中にあてて上半身を起したまま、変らぬ目差しを正面の私たちにそそいでいた。それはしかし、別に私たちを見ているわけではなく、動かすことのできない体や首が、目の位置をおのずから固定させてしまったに過ぎない。物象に好奇をともなわない瞳はそれだけによけい、いまいましい。

私は窓の方へふたたび眼をやった。

「あんな近くで、おれは眠っているんだから……」

彼女はむなしい会話を続けなかった。健康な体で、私のかたわらに陽子が横たわる日はもうないのだろうか。私たちは雨を眺めながら、その日のくるのをじっと待った。

翌日も雨は降りつづいた。いつものように彼女の枕もとで、病人の小さい我儘を、たとえば毛布が少しずれているとか、シーツがしわになっているとか、それらをこまごまと気にしている午後、とつぜんマダム・セッサが入って来た。

なんの予告もないこの訪問は、病人の忘れていたノスタルジーを不意にかきたてた。いつもの白い看護服とは違ったうす茶のレインコートから、濡れたネッカチーフを解くその手から突然、陽子は遠くに住んでいる母を、その家族を思いおこした。

病室をつかさどるあの権威を一切剝ぎとられて、ひとりずまいの中年女が休日を知らない部屋ですごす、もの悲しい親密さをマダム・セッサはただよわせていた。彼女は、わが手をはなれた自分の患者に抱きついて両頰に接吻し、包みからボンボンをとりだした。

「さあ元気を出して」彼女は病人の頰をつたう涙をふいて、ボンボンの一つを口にいれてやった。

「ここのひとたちも親切でしょう。スープはおいしくいただけて」

陽子はボンボンを口にいれたまま「ウイ」と答えた。

「夜、ねむれるでしょうね」

「ウイ」

寄宿舎へ母親がたずねて来たときの子供のように、陽子は怜悧な瞳をはって、問いが期待する答えだけをケナゲに守りつづけた。

「なんてお利口さんでしょう」マダムはご褒美に別の包みをさしだした。中にはピカソの絵葉書がぎっしりつまっていた。

青の時代から現在に至るまでの各時代が細心に蒐められているのを、陽子はやつぎ早やに目を通しはじめた。

「もうひとり、あなたの好きだと言ってたロルジュの絵ハガキは、どうしても見つからないんですよ」

一応、母親の質問にこたえてしまったあとの子供は、もう何も聞いてはいなかった。陽子は目の上にかかげた分厚いカードを一枚一枚めくるのにいそがしかった。

この婦人の年齢にしてはいささか過労とおもわれる看護婦という職業から解放された今日一日を、彼女は前々から予定していろいろ買いあつめたに違いない。雨に濡れながら自分の楽しみのように。いつか彼女が、ロルジュという字のつづりを私に聞いたことがある。どうして、と私が聞き返すと、ヨーコの好きな絵描きさんだから、と彼女は言った。

夫の好きな画家の作品をそのまま好きになってしまう平凡な世の妻の好みが、いまはしかし悲しいことのように思えた。

マダムが別れの頬ずりをしてドアのほうへむかった時、突然陽子が泣きだした。

ノン！　ノン！　行カナイデ、行カナイデ
病人は両手をさしだした。

待ッテ！　ワタシヲ連レテ行ッテ！

婦人は病人のところへ戻ってきて、やさしく髪をなでながら、〈ここの人たちは親切だとあなた言ったでしょう。スープはおいしいと言ったでしょう〉と最初のせりふをくり返した。しかし陽子は、あたりかまわず泣きながら茶色のレインコートをはなさなかった。

ワタシヲ連レテ行ッテ！

マダムが雨の戸外へ立去ったあと、彼女は枕もとに散らばった贈物を、ふたたび手にとって見ようとはしなかった。

夕方になって雨はあがった。


いつものように彼女の小さい卓上には、スープといく切れかのパンが置かれ、炊事係の女は、どの野菜と果物をえらびますかとたずねた。

「ソウネ、果物は桃《ペーシュ》ガイイワ。ソレカラ野菜ハ、サラード・トマト」

桃を渡しながら炊事係は、トマトは今日はないので何かほかのものでは、とたずねた。

マダム・セッサの訪問から、陽子は子供のように他愛なくなってしまっていた。

「サラード・トマトガ食ベタイ」

親切な女は従業員用の炊事室まで出向いて探してみたが、トマトは見当らなかった。

「ワタシ、ドウシテモ食ベタイ」

女はためらわずに私の方を向いた。「ムッシウ、大急ぎで八百屋へ走ってきませんか。いま七時頃だから、まだ店は開いているかも知れません。トマトさえ見つかれば私がサラードをつくります」

雨あがりのうす暗い夕暮を、私は一散に走った。

――このような病人の我儘は許されるだろうか――それにしても探し出さねばならない。彼女の体に要求するものがあるのは、いいことだ。

わずかの間に病室には灯がともり、広い窓一面が不安な闇をのぞかして、それぞれのベッドの下に、闇と呼応した病気が巣喰いはじめた。看護婦は向いの老婆にしているように、陽子の背中に枕をいくつも重ねて上半身をおこし、ナフキンを胸にあてがい、ベッドわきから廻転式の食台を胸のまえに取りつけてやっていた。

待つほどもなく、炊事係はサラード・トマトを食台にならべた。やっとトマトのしたたる味を口にしたとき、駄々ッ子はほんとうに晴れやかな顔をした。

「さあムッシウ、今日の面会時間はもうすぎました」

私は看護婦にうなずいてみせ、フォークを陽子にわたした。看護婦は、私が手わたしたフォークをしっかりとその手に握りなおさせた。

ボン・ニュイ――彼女に、病室の人々に、いつもそう言ってから私は日の暮れた戸外へ階段をおり、かぎられた日数の一日を過去にした。


彼女がキュリイ病院に入院して以来、毎朝、私はルクサンブール公園に面したカフェで、コーヒーとパンをとりながら午前中をつぶした。メトロから一番近いこのカフェは、学生たちのノート整理や雑談やランデブーで、私を傍観者にさせてくれる。

すでに手紙は日本へ届いているはずだが、それがどのような波紋を故国の片すみで投げかけているか。その責任について私は考えなかった。ただ、一度拡げた波紋をかき消さないようにたえず投函する義務、というより悦びがその時から私に生じている。それはわずかな放心のひとときだ。

癒しようもない症状の経過を文字にするために、こと細かに回想し、誰にも真似ることの出来ない不幸の重みを目に見えない深淵に投込むために、朝食がすんでからのしばらくをその同じテーブルの上でつぶすのに私は懸命になった。不幸それ自体に没入しているとき、不幸は忘れられているものだ。

もう充分に秋だった。窓ガラスをとおして、陽がにぶく卓上のコップに室内を反射させている。実際にしゃべりあっている男女よりも、コップの表面で身振りをしている彼らの映像は、如実に生きている印象をあたえた。ふいと初山が目のまえに立った。

「偶然だね、ここへ朝食をとりに来たんだが」

偶然ではなく彼は私を探しまわったあげく、やっと見つけたのだ。

「どうだい。キュリイにはいい看護婦はいるかね」

「たいしたことはない」私は書きかけの便箋をふせた。

「彼女の具合は？」

「いや、光線が効いたんだね。非常に調子がいい」

「そうか、退院が近まったとは気の毒だ」

「安心してくれ。退院はしない」

「一生、預けっぱなしということも出来るのか」

「そういうことになったんだ」

妙なことに、初山は私の言葉を疑わなかった。それでは話が途切れる。彼らしく疑ってかかったらどうだろう。

彼はまともに私の顔をのぞきこんで頬を硬直させた。似合わない目つきだ。

〈どうしたんだい〉可哀想にこの男もちょっぴり後悔しているようだ。

「そうか……陽子さんはその事実を知っているのか」彼は声をおとした。「いうな。いいか、口がくされても陽子さんには言うな」

陳腐な言葉をつかったことを、彼は、あとで後悔するだろう。

また一人、陽子を裏切った。彼女に関する生命の秘密を、私はまた別の人間にもらしてしまった。

「きみも、口がくされても他人《ひと》に言ってくれるなよ」

私たちは外へ出た。パンテオンの裏のモンジュ広場では市がたっていた。野菜や魚が水に濡れて床のコンクリートが光っていた。彼は歩きながら何度もくり返した。

「そうか、そうだったのか」

雑沓の下を走っているメトロへ彼は降りていき、私はキュリイ病院の通りをアパルトマンに向かった。先日ルクリュ氏が持ってきてくれた植木鉢が、七階建ての整列した窓のひとつに、陽子の病室はここだと示していた。

今日、生きているだろうか。面会の午後が近づくのを私は怖れた。

しかし陽子は前日よりも爽やかに生きていた。海の底から一直線にのぼってくる魚のように、体内の重量をふり落しふり落し、汚物を背後におしやりながら、彼女は太陽のさしこむ海面にむかって夜を泳ぎきった。

新しい朝がきたとき、彼女は疲労の満足に息づきながら面会人に告げるのだった。

「今日はもっとデゴンフレよ」

私には病気が、魚の口から吐き出される空気の丸い球のように散っていくのが見えた。


日曜の夜を、マドモアゼル・セスネイは私のために取っておきのブドウ酒をあけ、暖い料理をつくってくれていた。すでにいくらもない日の一日一日を私がつぶしていることは吉岡から知らせてある。私たちは追憶のように静かに一枚ずつ皿をあけた。

「はやくヨーコがなおるように……」

老女はグラスをあげ、ゆっくり飲んだ。

「なおりません」

「どうして」彼女のグラスをおく手が、直截にテーブルのへりへ伸びた。

「誰がそんなことを決めましたか」

「医者です」

「イシャ？　医者にはそんなことが決定できるでしょうか」

「否定は出来ません」

「それは医者個人の見解です」

「しかし医者はあらゆる診察の結果、その結論に達したのです」

「診断は完全でありうるでしょうか、それに彼らは先ず、考えられる最悪の状態を告げるものです」

彼女の手はしっかりとテーブルのへりを握っていた。

「しかし彼らのデータが不完全だというには、遺憾ながら、現代の医学は進歩しすぎています」

「進歩？　しかしカンセルは癒せないというのは、医学は完全でないということでしょう」

「しかし陽子について、癒らない病気にかかっていると診断できる段階にはあるわけです」

「ユニベルシテルの医者が、あと二週間といってから今日で何日経ちましたか」

私は正確に一つ一つ指を折って勘定した。八日目だった。

「キュリイの医者は？」

「もっともつだろうとの見解です」

「よろしい。あなたはその医者のどちらの判断を信じているのです」

私はたじろいだ。ユニベルシテルを出るときドクトル・アビバンは、この調子なら二週間以上は持つだろう、と言った。マドモアゼルはひややかに笑った。

「ムッシウ、よろしいですか。一人の医者でさえその時々によって発言が変るのです。つまり決定している何モノもない。誰に死が決定できるでしょうか。……わたし達はヨーコが後日、この中に加わって晩餐をともにすることを願いましょう」

彼女はグラスこそあげなかったが、その日のために今日を祝うような静かで、しっかりした晩餐をつづけた。

私は疲れていた。暗いルクサンブール公園の鉄柵にそって帰りながら、いつか読んだ小泉八雲の短篇をおもいだした。

ある男が旅の途上、ゆきずりの娘に懸想する。二人は必ず結婚すると契るが、娘は後日不慮の死にあう。ながい歳月が流れ、男は周囲の事情から心ならずもある女と夫婦になった。やがて子供ができて、またひとつの歳月が流れる。ところが偶然のことから男は、妻と子を一時に失う。それからどれくらいの月日が経ったろう。男は旅に出て、ある宿へ泊る。夕飯をはこんできた女中の顔が、むかし約束して死に別れた娘にそっくりなのだ。男はおもわず女をいだき、娘の名を呼ぶ。ながいあいだ待っていました、と言ったきり女は男の腕の中で気を失う。それでこの物語はおしまいだった。やがて息を吹きかえし、男と結ばれたこの女は、たえて気絶以前のことを想い出すことはなかった。

ルクサンブール公園の鉄柵はまだ続いていた。暗い森がその中に囚われている。なんといまわしい連想だろう。なんという東洋的なしめっぽい筋書だろう。生命と愛が、諦めの底に沈澱しているこの美しさに、はじめて私は反撥を感じた。

病名の決定前夜、ドクトル・アビバンが予告したそのときから、私は陽子を別れる人間としてとりあつかってきた。私は彼女との別離を、その最後の日までに、どのように自分に納得させようかと苦しんできた。死というものを最終の目的としたこの営みは、まず陽子の生という現存の事実を度外視している。

——なにかの僥倖が彼女を生きかえらせるかも知れない。なによりも死の予告を病人が察知しないこと。病人と看護人の私がやがて置かれるであろう不憫な位置に、気安めのサジションを毎日あたえつづけること——

すべては、刻々に迫ってくると想定したある結果に、日々立ち向うおそろしさから、自分だけの逃避をねがって、はりめぐらされた気休めの鉄柵だった。

「東洋人トイウモノハ分ラナイ」とドクトル・アビバンが言ったとき、私は泣きわめくか、逆に怒鳴るかすれば彼らは納得するのだろう、とあのとき考えた。ヨーロッパ人の卒直な感情の表明を、私にも要求しているのだ、と受取ったのだが、それはあまりにも東洋的な考え方のようだ。

なぜ、彼の言うことを絶対者の言葉と思い込んだのか。彼の診断が一つの仮定にすぎない限り、別の仮定をたてうる余地はある。

なぜ、ドクトル・アビバンの推測に私は論理の反撥をくわだてなかったのか。

それはしかし私の怠惰からもきている。彼は目の前に立っている東洋人の沈黙がわからなかったろう。彼が、決定は明日の電話だ、といったその時から、私はぴったりと〈死〉の側についていたわけだ。死と生のあいだに置かれたとき、死の側につく方が安逸なのだ。そこには挑むべき闘争もなく、生に固執する者の悲哀もない。

二、三日前のことだ。いつものように陽子との面会時間が終ってウルム通りを、我家の方へ横切ろうとした私は、パンテオンの広場からまっしぐらに走ってくる一台の自動車を無視した。道の真中へ私が出たときに、自動車は私の位置まで達しているはずだ。急ブレーキがきかないとしたら——その結果、死ぬことになるかもしれないと思いながら私はつっ走った。自動車は当然のごとく大きな塊になって飛びこんできた。

あえない夫の自動車事故によって、ひとりとり残された陽子が、立上ることの出来ない体をベッドに臥せたまま寡婦の悲歎にくれ、いく日かのあと、誰も知らないこの土地で私のあとを追う。陽子の宿命のかたわらでの私の死は、人々の胸に美しさをそえるだろう。

——妻の看病に疲れはてて、茫然自失のうちに起きた不慮の死か。

妻の死のまえに心傷つき、自らを舗道の上にたたきこんだ覚悟の死か——

瞬間、自動車と私の体は無気味な音をたてたかとみえた。気まぐれなこのアトラクションはしかし、死の危機に真実さらされたことによって、生きのびたいという偽りない欲求を明確にさらけ出させた。私は夢中で逃げた。

陽子は生きている。——死が待伏せているとしても、私たちのなかに幾分でも死への期待はない。生きることを考えるべきだ。

吉岡も初山も、周囲の日本人は、一種のアクシダン、運命的だといえるだろうこの病気の性質について、早急にあきらめねばならないと思い込んでいる。彼らの善意は、むなしい励ましを残酷だと思いもするが、いたずらな説得も、また無益だと信じている。

彼らの友情は、患者という一応定まった位置よりも、その傍にたって小さく揺れている私に戸惑いを感じている。彼らにとって私もまた、ひとりの病人であったし、もっとはなれて見れば、彼らも、私によってたえず揺れ動いている人間にほかならなかった。

真面目にふざける初山までが〈死〉を絶対のごとく歎息した。

「そうか、この事実のまえでは、おれ達はなにも言えない」

ただ滝川老人は、患者の帰ってくる日のことを気にして、ピジャマの余りぎれの保存を私に強いた。マドモアゼル・セスネイは、医者の診断に対する論理の反撥を私に説いた。

体内に巣喰う三つの患部、頭、肩、腹を一つの病根とみるか、別個の病気と仮定するか。とりあえずどちらかを選んで詮索し、それではないと分ったとき、他の仮定へ移るか。あるいはそれだけの時間の消耗を患者の肉体に不利とみなし、先ず考えられる最悪の仮定を推して、手術とか他の手段、肉体を傷つける苦痛と肉体にとどめる傷あと、死に至るかもしれない危険――を無視してかかるべきか。

たんに医者はそれらの推論を組立てるデータと、ひとつの仮説を運行する技術とを有しているにすぎない。それが職業というものだ。

しかしこの職業人は、せっかく貴重なデータと方法を持ちながら根底において間違っている。現在、医学という組織の中で、医者はあまりにも分離した末端の使用人になりすぎてはいないか。ドクトル・アビバンは結核科の使用人だった。彼は背中が痛いといってきた患者に、結核医の着手すべきことを忠実に履行した。腹のふくらみには婦人科の医者が、その分野の仕事に従事した。いかなる局部的症状についても、先ず肉体全部が病気だという見方を、どうしてたてないのか。それをつかさどる使用人がいてもいいはずだ。

組織の中央部といおうか。患者は先ずこの部所に置かれ、大きく分離された内科、外科によって、肉体が表示している異常なものについて検討され、次に内科、外科の下で、局部的に分けられたすべての科において更に受持たされた細部的症状について検討する。一つの症状は、こうして組織の末端において、いくつかの病名を付せられるかもしれない。それは再度、中央部の方へのぼってゆくにしたがって綜合され、はっきりと正体を露呈するだろう。

一つの病名に固執することは危険だ。便宜上これらは名づけられるが、病気そのものは常に一つの部門内にとどまるとは限らない。縦の系列に使用人たちが組立てられているのではなく、末端に、横に配列されたこの組織はおかしなことだった。胸の医者が胸をおっかければ、先ずなにかそのような病気を発見するだろう。ドクトル・アビバンは軽い肋膜と診断し、ついで陽性転化の時期だと断定した。婦人科の医者は、彼の専門においては何も発見しないので、腹は正常《ノルマル》だと診断した。縦の系列にしたがえば、このような曖昧な病名が付いたり消えたりはしなかったろう。

もはやそれらは愚痴だ。あらゆる推定をおし流す一つの発見があったからには、それについての方法を考えることしかない。

——顕微鏡がとらえた癌といえる症状についても、まだ疑える余地はあるだろう——

ともかく私に分っていることは、この患者は現在生きているということだ。


なにかが間違っている。暗いベッドのなかで私はなによりも自分を疑いはじめた。すべての人間が死に追いこまれたとき、いかなる事実をも信じないあの異常な心理に、私もまたとらわれはじめたのだろうか。

陽子にだけ〈死〉は待っているわけではない。死はすべての人間を待伏せているものだ。お前は死ぬのだと、どうして陽子にだけその事実が立ち向ってくるのか。なにかが間違っている。私は眠れなかった。

果たして間違っているのか。ドクトル・アビバンは、駄目だと予告した肉体を専門病院に移し、キュリイ病院はその肉体に高価な光線を消費しつつある。彼らは治療に、希望の観測をたてているわけではなく、生命の貴重さを測っているのだ。いかなる状態の生命もそれが続いているかぎり、医者は生かすことに従事する。

これは事実だった。その事実だけが今は尊重される唯一のことだとおもわれた。いままでの私の行動に誤りはなかったか。誤っていなかったにしろ、その発想において大きな間違いが指摘された。

——やがて亡くなる人が、いまわのきわにトマトを食べたいと言った。せめてもの願いだ、どうしてもかなえさせてやりたい。

なんというみすぼらしい気持で、私はあの夕暮れを走ったことだろう。

——死を医者から言い渡された肉体が、なおかつ生きようとトマトを欲している。何としても与えねばならない。

パンテオン前で私はタクシイを拾った。無表情な東洋の青年を、タクシイの運転手は時々バックミラーでのぞきこんだ。おれの何を見ているのだろう。

「路上に杖をとめて、行き交う人々を見るのが好きだ」滝川老人は一緒に歩きながら私によくそう言った。

「せわしげに歩く一見幸福そうな群衆を見たまえ。決して総括されるべき群衆というものではなくて、幸福であったり、彼なりに不幸であったりするひとつひとつの顔なのだ」

運転手も、滝川老人のような十九世紀じみた嗜好をもっているのか。しかしバックミラーに見合わす彼の眼は、あきらかに私を憎悪していた。

〈ソルボンヌから学生の寄宿舎まで、メトロで十分とかからない距離を車で走る若いエトランゼ――、こいつはエジプト問題を面白がっているフランスの黄色い植民地の奴だろう。横柄な口の利き方はどうだ、坐り方はどうだ〉

滝川老人が覗きこんでみたところで、人の表情はそう語りかけるものではないと知った。

私は、アカデミーの雑多な画学生にかこまれてポーズをしていたイタリア女らしい裸婦のことを想い出した。パリに来てまもない頃だ。休憩時間になると彼女は裸のままポーズ台のわきで手紙を読み、さめざめと泣いた。休憩の五分間たっぷり涙をながすと皆の注目のなかで、けろりとポーズをとった。二十五分ののち休憩に入ると、手紙を手にしてまた泣いた。再びポーズをとる時は涙のあとかたもなかった。彼女は仕事の合間いく度となくそれをくり返した。私は裸婦の涙もポーズも信用した。

ユニベルシテル病院の廊下にも各病室にもマダム・セッサの姿は見当らなかった。この病院を私たちが発った日、彼女は洗いたての制服、ブルーのピジャマを陽子に着せて、娘を送り出すように、元気で帰ってくる日を待った。

そのピジャマを戻し、マダムの顔も見たいと病院を訪ねたのだが、彼女には今月一杯の休暇が病院からあたえられている、と他の看護婦から知らされた。九月一杯、まだその月が始まって三日しか経っていない。

陽子にとって彼女は母親だった。ここに来さえすれば会えるという安心感が、キュリイ病院の中でもやわらかく陽子を包んでいた。

しかしどうなることでもない。私はドクトル・アビバンに会うのを避けて、そそくさと病院を出た。なまじ誠実な顔なんかに出会わない方がいい。


私のためらいをよそに陽子は頑健に生きていた。

「オニイ、またひと仕事よ」

〈デゴンフレ〉は活発な動きを続け、汚物にまみれたピジャマが今日も私を待っていた。病室に入るとすぐに私は上着をぬいで、部屋につづいた、熱い湯の出る洗面所で、汚物の包みをもとの小柄な花模様の布に蘇生させた。

異質のモノが模様をかくしているほど、この作業は楽しかった。人間臭にまみれたこの触覚は、一時、私に彼女の病気を忘れさせる。

洗面所の鉄管を伝って、熱い湯とともにおし流されていくものが〈死〉だった。

「出るのはいいんだけど、あまりいそがしいので看護婦さんの来るヒマがないのよ」彼女は困ったような顔をした。

「大礼は小譲をかえりみずだ。ピジャマを汚さないことより、出すことの方が大事だ」私たちは笑った。

「とうとうオニイの赤ん坊になっちまったね」

「いいじゃないか。もともと、きみは赤ん坊みたいなもんだ」

「いいえ」彼女は頭をふった。「オニイがあたしの赤ちゃんだったはずよ、ザンネンだな、オニイの赤ちゃんになるなんて」

腕をたくしあげて、いくらでもオシメを洗ってくれるお母ちゃんへ彼女は抱きついた。

「あたし、もうユニベルシテル病院へかえらなくてもいい。ここでなおるまでいることに決めたの」

彼女がなじむように私もまた、ここのひと達に馴染んでいった。時おり、窓ぎわによりかかってドイツ婦人ともお喋りをした。パリの近くに夫と二人の子供がいて、彼女は日曜ごとに会いにいく身の上だった。どうして彼らの方が病院におとずれてこないのだろう。私は一度も彼女に見舞客のあるのを見たことがない。むしろ彼女が、それを避けているふうでもあった。いつも彼女は片隅で読書にふけっていて、気分をかえる必要のあるときにだけ私に話かけた。

「彼女はヨーコ、名前のどこに男性と女性の区別がありますの」

「語尾に子がつくのはたいていい女性です。しかしフランス語のように、ジャンが男の名で、その語尾にeをつけたジャンヌが女の名だ、といったはっきりした区別はありません」

「まあ、それは困りますわね、ヨーコというのは常に女の名前なんですの」

「そういえるでしょう。ヨーというのは太陽、コというのには、まあ意味はないようなもんだが」

「なんですって、名前にそんな意味がありますの」

彼女はさも面白いことを発見したように、ノートを取り出して書きとめた。YOすなわちソレイユ。

「ジャンは単に名前で別に意味はない。あなたの国には、そんなのはないんですか。たんに名前だけの名前」

陽子が遠くのベッドから笑った。すでに友情をもっているこの婦人は、私と同じように陽子の笑顔に満足した。

「まあ素晴らしい。ソレイユが笑うなんて」


時おり、病人たちは慎しみぶかくお互いの持物、アメ玉や果物をわけあった。配達係は読書夫人だ。彼女は小さなプレゼントを陽子のボンボン入れから黙ってとりだし、向い側の肥った老婆の枕もとにおいてやるのだった。

「メルシイ」たしかに口の奥で老婆は懸命に叫んでいる。

ある夜、陽子はお腹の急激な動きをおぼえ、枕もとの呼リンを押した——どうしたことか。いくら押してもそれが音にはならなかった。こわれたのだ。彼女はあせった。その時、癖のある老婆の押しっぱなしのベルが鳴りひびいた。いままで寝息をたてていた彼女が看護婦を呼んでくれたのだ。廊下に足音をきいてから老婆はふたたび寝息をたてた。

以来、陽子はグロテスクに変形された巨大な顔を、あたかも優れた芸術品のような面持で眺めることになった。

——あのひと、ルオーお婆さんよ——

巨大な体軀と老齢と、耐えつづけている沈黙のブロンズに磨かれて、ルオー婦人は部屋に君臨していた。だいいち彼女は何も食べなかった。時おり、ゆっくりと手をのばしてコップの水を静かに干した。肥った顎をしゃくると、本を読んでいるドイツ婦人が彼女の傍にきて、何の用事か、といった目差しでひかえる。指さされた袋の中から二つのオレンジをとりだすと彼女は一つを陽子の枕もとに持ってきて、残りのひとつを自分のベッドの窓ぎわに置くのだった。

さざ波のように静かな倦怠の友情交換式だ。陽子はメルシイというが、塑像はただ沈黙の目差しで応える。読書夫人はもとの頁をめくって、何事もなかったように先をつづける。

彼女らは、時おり私が運んでくるツクダ煮や塩こんぶをなにかのアクセサリーのようにしげしげとのぞきこんで、工芸的な東洋の食べ物を讃美した。それに白いご飯。それらを赤く塗った箸で口にはこぶ動作は、むしろ猛獣にならった貪欲な形態のこの国にあって、鳥禽類の可憐な習性をつたえるのだった。

——なんと優雅《エマーブル》な国でしょう。

しだいに読書夫人は日本にあこがれを持ちはじめた。それは哀しいことに、積極的な欲望を否定してかかる東洋のナラワシが、健康な体力の失せた人々に親近感をさそうのではないかと私にはおもわれた。

雨があがってから、季節がわりのうすら寒い日が続く火曜日の午後、ドクトル・アビバンがポールと一緒に訪ねてきた。

「マダム……」彼は丁寧に病人の手を握った。「気分はいかがですか」

「メルシイ、ドクトル・アビバン」陽子はフランス語のレッスンのように、かたくなって答えた。

「トテモイイ調子デス。アナタニ私、感謝シテイマス」

義務を果しているにすぎません、といった謙虚さで彼は病人の言葉を打消し「気分のいいのは何よりです」と言った。

どこにも医者らしいところは見当らなかった。ベッドにくっついているカルテを調べようともしなかったし、食欲、腹痛、その他の具体的な病人の調子についてもふれなかった。

あれほど陽子が感謝していたドクトル・アビバン。しかし彼女も特別な表情を示さなかった。義理の叔父が見舞にきたようなぎこちない丁寧さで彼は、お元気で、と言い、病人が別れの手をさしだすのを待った。

私たちが廊下に出たとき、看護婦が私を呼んだ。

「ムッシウ、二時にドクトレス（女医）があなたに逢いたいとのことです」それまでにあと五分しかない。

ドクトル・アビバンが、ここの医者と会っていろいろ相談するために計ったことだろう。しかし彼は階下へすたすたと降りていき、御機嫌ようと私の手を握り、それではポール、あなたは残って彼と一緒に、ドクトレスに会っておあげなさい、と言い残して出ていった。

彼が計ってくれたのではなかったのか、それにしてもいい機会なのに。どうして彼は女医に会ってくれないのだろう。再び階段をあがりながら私は彼の車が遠ざかっていく音を聞いた。彼は小心なほど誠実な男のようだ。

ドクトレスの部屋は地下室にあった。外来の患者はここで診るのか、とっつきの部屋には新聞や雑誌が備えてあり、何人かのひとが黙って腰をおろしていた。電灯のあかりだけで充たされているこの階は、かえって階上より明るかった。

待つほどもなく私は向いの部屋へ呼ばれた。四十をこしたくらいの女が、訛りのあるフランス語で、あなたが患者の夫か、とたしかめた。

「ウイ、マダム、彼が通訳です」私は話をポールにおしつけようとしたが、彼女はまともに私を見た。

「On《オン》 ne《ヌ》 peut《プウ》 pas《パ》 sauver《ソウベ》.（彼女ハナオラナイ）」

真昼間をさえぎった電気の光が白い壁を強烈に浮きだしていた。白い医療着の上で女医は腕を組んでいた。

いつでもこのようにぶち当る視点のない空間で、何者かが私を引きずり、据え、結果は〈死〉しかないのだと宣言する。聞きなれた言葉だった。適当な時間をおいてこの宣言を私に反復することによって、彼らは常に彼らの確信をたしかめようとしているのか。

――まだあの男は信じない。まだ彼は反抗している。まだおまえは――

のがれようのない真四角な部屋が、しっかりと私をつかまえて強迫にかかった。

この白い機構に隷属している者の発言に、どのような形で反抗すべきだろうか。無抵抗という卑屈な形の内面で、異常なほど消極的な粘り強い戦闘体系を形成する必要があった。

「Je sais（ワカッテイマス）」

「よろしい。では早急に彼女を日本へ帰す準備を」

「国へは帰さないことにしております」

「どうして？　こちらでは帰すつもりで、そのような手当てを彼女にほどこしている」

「間違わないで下さい。ここに彼女を入れた当初、その質問にはノンとはっきり告げております」

「それがお二人の意志ならば、今後の手当てはそのような方針にする」

面会の要旨は終った、と彼女は告げた。

「頼みがあるのですが。彼女を個室へうつしていただけませんか。おおよそ患者にたいする診察とその方針が決まったようだから」

今は忙しいから明日の同時刻に、そのことについては来ていただきたい、と言いおいて彼女は部屋を出ていった。四つの階段をあがってポールと私は陽子の病室へ入った。ここからは空が覗け、窓いっぱいに昼間の光が散乱していた。

「ずいぶん長いことドクトル・アビバンを見送っていたのね」

陽子はユニベルシテルの医者と会ったことに満足し、以前の通訳者とも静かな友情をとりかわすことを喜んでいた。

「ポールにアメ玉をあげて頂戴」

これは生活だった。彼女は自然な感情で生きていた。

「いよいよスイス国境のサナトリウムに行くのがあと二日になったので、お別れにきたのです」とポールは神妙な顔をした。

「あら淋しいわね。エミルも一緒なの」

「そのうち、みんなよくなりますよ。あなたもいらしたら」

「そうね……」彼女は私にたずねた。

「オニイ、あたしと一緒に行く気ある？　だけどよすわ。半年も一年も、やっぱり淋しいわね」

ポールはちょっとだけ笑ってすぐ真顔になる癖がある。

「エリーズが二、三日前、パリに帰ってきました」

「まあ、お姉さんが」

「まだ足は悪いけど、あなたに会いたがっているので、ちかぢか訪ねるでしょう。今後はわたしのかわりにエリーズを使って下さい」


ポールの帰る途を、私もいっしょに出て、ゲーリュサック街をとおり、そこからいくらもないルクサンブール公園近くのエリーズの宿舎《ホワイエ》を訪ねた。

彼女は面会用のサロンで谷沢としゃべっていた。エリーズはもともと小柄な女だったが、久しぶりに見ると以前よりもっと小さく見えた。

あした約束の女医との面会には彼女がついてきてくれることになり、私は陽子の病院へ引返した。いつもより少し暗くなって、吉岡の部屋へ夕食をとりに私は薄暗い階段をのぼった。服が肩にくい込むように重い。

彼の部屋へ入るなり、管理人室の郵便受に入っていた電報を、黄色い電灯の下で拡げて見た。

pray well again（回復ヲオ祈リシマス）

私が投げこんだ重い石が、波紋の底ではね返って来たのだ。「pray well again」差出人は彼女の親でも私の親でもないのが、私を安心させた。義父が友人たちに早速連絡したものだろう。そうした行動を彼が持ちえたということが、波紋の犯人をやや落着かせた。

すでに感動することさえ億劫になった私の肉体に、遠い日本から届いた文字が目の前で拡がっているのは、一時的にしろ安楽椅子を与えてくれたことにはなる。ふかぶかと体を埋めて、この横文字の空しさと友情と希望にひたろう。

食事が終ったころ、エリーズのところでさっき会ったばかりの谷沢がやって来た。

「あした十二時かっきりに、ユニベルシテル病院へおいでになるようにと、ポールからことづかってきました」

何の用事だろう？　私の不審よりさきに彼は言葉をついだ。

「なんだか知らないが、その時刻に彼の病室へおいでになるように」

「もう少し早くは駄目だろうか。私は午後二時にエリーズと、キュリイの医者に会わねばならんのだが」

「知っています。その頃には充分帰れると思います。三十分ぐらいの用件だと言っていたから。向うの面会時間は十二時ですからね」

たぶん、ドクトル・アビバンから何かの話があるのだろう。すでに彼らへ無抵抗の体勢をつくっている私は、素直にうなずいた。

翌朝、いつものカフェで軽い朝食をとってから、ダンフェル・ロッシュローのデパートで私は、陽子から頼まれていたピジャマを探した。一枚ないしは二枚を一日のうちに洗濯しなければ追っつかないので、乾くのを待ってはいられなかった。夜、部屋でかけるアイロンよりも彼女にあたる光線のほうがなお強烈だ。彼女は元気な悲鳴をあげていた。

たくさんある中から私は、うすいブルーで縁どった淡い模様を引張りだした。それは長いネグリジェだった。セパレでないと当人も不便だし、まして洗濯係の私には困るのを承知で、あの病んだ体を飾るにはこれ以外にないと思いこんだ。

まだ早い。彼女の買物を小脇にかかえ、歩いてユニベルシテル病院へ行くことにした。

いつもより寒い朝で、モンスリイ公園は霧がかかっていた。このようにしてだんだん朝の霧が濃くなってパリの冬がくる。これはその季節の前ぶれだった。

歩いていく先に花壇が拡がり樹々が少しずつ現れる。視野をよぎった向うがわに病院があるという現実感がとり去られ、どこまで歩いていっても涯しない先々まで、誰に見られるでもない花が咲いて、柔かい路は樹々のあいだにしか通じていないように思われた。たしかに私はなにもかも忘れていた。つねに私をおびやかしている時間も、ここまでは入りこんでこなかった。視界をさえぎられていることが逆に私を解放したのだ。

浅い池のふちで鳥の飛びたつ羽音がした。しかし霧の中で何も見えなかった。見えないものを信用することはない。眷族も社会もみな霧の彼方だ。おれだけしか見えない。おれだけしかいない――。

私は無限の霧に包まれたまま病院のドアを開いた。

いつのまに路はここへ通じたのだろう。固い階段はそぐわなかった。

「わざわざお呼びだて致しまして」とベッドに腰かけたままポールとエミルは挨拶した。

「どうぞ、その椅子におかけ下さい」

ふたたび医師の宣言のまえに立たされるもの、と思い込んでいた私は腑におちないまま、おたがいママゴトの主人公のような慇懃さで向いあった。

「明日、われわれはサナトリウムへ発ちますので、お別れの前にぜひ話したいことがありまして……」ポールは話に入るまえに、いつでも口上をのべる。

「昨日まで、私はあなたと同じ意見でした。つまり陽子さんの病状を本人に知らせないこと、しかし、これは全く間違ったことだと分ったのです。どうかよくお考えになって下さい。昨夜ドクトル・アビバンとも話しましたが、もう本人に知らすべき時期ではないか、と彼も言っておりました。短期間の日数しか残されていないのですから、本人はいろいろ整理しなきゃならんことがあるだろうと思います。かたわらにいるあなたや、離れている御両親へのことづけ、ともかくこの世と別れるには大事なことがたくさんあるはずです」

「べつにないかと思います……」

「どうして、それがお分りになりますか。陽子さんに聞いてみられたのですか。つまりね、われわれは非常に間違ったことを今までしていたのです。陽子さんのことに関して、陽子さんの意志を無視していたということは大変なあやまりでした」

ドアの方でノックするのが聞こえた。ぼやけた磨りガラスをとおして谷沢が立っていた。

「ちょうどいい。彼にも聞いてもらいましょう」私はそう言いながらドアをあけた。

「そのつもりで来てもらったのです」

彼らは新しい来客を、椅子に坐らせた。

「話をつづけまして……現状をあなたから本人にお話しなさり、今後のことについては陽子さんの意志の通りにされることが大事かと思いますが、いかがでしょう。もちろんそういう重態の御病人の意志がしっかりしているということもありますまいから、今後は二人で御相談なさって、ということだったらよろしいかと思います」

「相談する必要もないかと思います」

「どうしてです？　すべての状況があなたのところでとどまっているのはおかしなことじゃないでしょうか、御病人はあなたの奥さんですが、それは〈あなた〉ということじゃないんです」

谷沢が、私の方を見ないで言いだした。

「日本の家族制度に大きなあやまりがあるんでしょうね。妻に対する一切の権限を男が持っている。妻は自分に隷属した物だと思いこんでいる。この考えは早急に改めねばならんでしょう。お互いに一つの人格を持ったものだという認識の上にたてば、これは容易に理解のいくことだと思うが」

「そうです」ポールは力をこめた。

「だいいち、ここには陽子さんの御両親もおられない。本来ならば、御当人も入れて、その方々とも相談しなきゃならんことです。ましてあなただけしかおられないここでは、みんなの責任があなたにあるようなものです。相談すべきことがあるにしろないにしろ、あくまで本人の意志を尊重してかか

かいったようなことについて」と谷沢が付けたした。

「あなたは今まで、なにごとも陽子さんに相談してこられなかったのですか、たとえばパリに行くと
それまで黙っていたエミルが、やわらかく私にたずねた。

「ひとりの人間が死ぬということは、大変なことですよ」

「相談すべきことがないというわけはないじゃありませんか」

らねばならんことでしょう」


「もちろん、生活のうえでいろいろ相談してきました」

「そうでしょう。それならなぜ、今度は相談なさらないんです。わたしは思うんですが、人間にとって生死の問題が一番大きなことだと考えられます。どうでしょう、これは相談すべき一番重大なことだし、今はその時期だと思われるのですが。仮りにあなたを、陽子さんの立場に置いてみたらどうでしょう。あなたの死は、もう幾日かのあとに決定している。それを陽子さんやわたし達みんなが隠している。あなたはその処置を喜ばれますか」

「そう、正直に言ってくれたほうがいいかもしれません」

「そうでしょう。それだけの簡単なことをわたし達は言っているのです。あなたから直接言うのがいやなら、わたしから伝えてあげてもいい」

「けっこうです。言わねばならんときはわたしから言います」

「じゃあ、なるべく早くそうなさったら」

生きているうちに言うべき〈時〉はない、と私には思えた。

「どうしてですか。あなたはいま、自分だったら教えてくれた方がいい、と言ったじゃありませんか。陽子さんの場合だったら無視してかまわないんですか。陽子さんはあなたの妻かも知れないけれど、単独にひとりの人間としてみた場合、あなたの考えは許されないように思うんですが。あなたが本人ではないという意味では、あなたも私たちも同じことです。もちろん、夫婦という関係を無視しているわけではありません。だからこそ、こうしてあなたに相談しているわけです」

「わかりますが、あなた方の意見にそうわけにはいきません。どうして、陽子は死ななければならんのですか。どうして死ぬと決めてかかるんですか」

そんな通告は、死を誘う結果にしかなるまい。

「ここまで現状が逼迫していて、まだあなたはそんなことを……」

ポールが、やりきれないような顔をした。

「昨日、ドクトル・アビバンから聞いたのですが、もう本当にあと幾日しかないそうです。これは我々としてもほんとうにお気の毒なことなんで。それはともかく現状だけは、はっきりと見つめねばならんと思うんですが、あいまいな時期ならもちろん、われわれとしてもこんなことは申しません」

一番尊重しなきゃならんのは真実だけですよ、と谷沢がつめよった。

「真実を知ったために、その衝動から病人の死が二、三日早まったところで、それがどういう意味を持っているのですか。それよりも個人の意志を抹殺し、真実を阻止することの方が結果的に重大です」

いいえ、とポールが谷沢をさえぎった。

「現状を知ったら死が早まるとばかりは考えられません。わたしは数日前、ある患者にこの病院で会ったのです。それは陽子さんと同じような病気で、もちろん医者からは、はっきり見放されていました。それを知って彼は非常な混乱と不安におちいり苦しんだそうですが、フランス人の彼はカトリック信者として病院をはなれ、一年半、自分独りで死の恐怖とたたかいつづけ深い苦しみから信仰が肉体を支配するものだと知ったそうです。……彼はだんだん立直り、先日この病院に診せにきたときは、もう立派に癒る状態になっていました。肝心なことは、人間が苦悩におちいったとき、それに直面しなきゃならん、ということだと思います。苦悩が人間を培うもので、陽子さんの場合も今までこのような大きな苦悩に逢われたことはないんじゃないでしょうか。この苦悩を、陽子さんがうけいれて人間的に苦しまれることが立派な事だと思いますが、……そのフランス人にしたって、苦悩を味わったから生きたので、そうでなかったら、とっくに死んでいるでしょう。神からあたえられたこの尊い苦しみを陽子さんが受けられるように、……なおるなおらないは別として、もうあと幾日しか生きていないあいだに、その経験をつまれるだけでも、どんなにか立派なことじゃないでしょうか」

カトリックと反対のカテゴリーで生きている谷沢に、私は問いかけた。

「あなたもそのように考えますか」

「いや……」彼はちょっと困惑した表情になった。

「わたしは、人間、なんといいますか、つまりユマニテの問題として言っているのです、……くどいようだが、どんな状態においても個人の意志は尊重されねばならんということを」

ドアが開いて、病人たちに昼食が運ばれてきた。

そんな不潔なものを咀嚼する人間じゃないといった面持《おももち》のポールとエミルに、食事をとることをすすめ、私はポケットからタバコを取りだして火をつけた。

彼らはベッドの上へ食器をはこんで、もとの位置に腰をおろし、食べるのはここの規則とでもいうように、むっつりと食事をはじめた。

「いやア、結婚しないわれわれから言うのはへんですが、というより、だからこそ言えるんですが、夫婦というものは美しいものだとはじめて知りました」

食事を見られていることの照れかくしもあろうが、いくらかなごんでいった所在ないエミルの言葉に、私は吐き気をおぼえた。

「もちろん恋愛結婚でしょうね」

ますます私は吐き気をおぼえながら同時に、おかしなことに空腹を感じた。ながい間、私は空腹という健康な感覚を忘れていた。しかし甦ってきた空腹そのものの感覚はやはり惨めなものだった。

——なんとまずいタバコだろう——私はなおも煙をくゆらしつづけるよりなかった。時計は一時にさしかかっていた。

彼らは、私が二時にエリーズとキュリイ病院で約束があるのを承知していたので、食べながら先を急いだ。

「それからね、もう一つ言いたいことがあるんですが」

「…………」

「これは今までの話が決着してからにすべきことなんだが、陽子さんを日本へ帰すようにされたらいかがですか」

「どうしてです」

「キュリイで最初のとき、あなたは陽子さんを帰さないように言われましたね」

「今もそうです」

「昨日、キュリイの医者に会ったときも、あなたはそう言われましたし、そばにいた私も、それがいだろうと漠然と考えていたのですが、これは誤りでした」

「あやまりとは」

「あなたの奥さんであると同時に、陽子さんの御両親からみれば陽子さんは可愛い娘さんですから」

「承知しています」

「つまり、あなただけが唯一の肉親として、病人の一切のことに関して決めるのは間違っています。あなたよりももっと彼女のことについて権限をもった人のそばにおいて、その指示をあおがれるのが適当なことじゃないでしょうか」

「………」

「病院側では帰した方がいいと言っていることを、御両親へ問合せられましたか」

「問合せていません。おそらく両親も、わたしとおなじ考えだと思っていますので」

「そんな……」

――狂人を相手に今までしゃべっていたのではないか――

憤りをおさえた訝かしい表情が三人にただよい、わらい声にさえ変った。法廷はこういう雰囲気だろう。

「あなたは御両親の意志さえも無視しているのですか。つまり病人も、その家族も、あなたが断ち切っているのですね」

「いまの場合、帰すということはセンチメンタルです」

「ばかな……」谷沢がたまりかねて大きな声になった。

「家族もなにも避けて、最後を二人だけで暮そうとする方がよほどセンチメンタルだ。親子という関係さえ無視して、妻だから独占していいという日本的センチメンタルの可否を、まず考えてみようじゃありませんか」

「それよりも、もっと先になって陽子さん自身が死を悟られたとき、両親に会いたいと言われたらどうしますか」判事はポールだった。

「その時、帰そうたってもう帰れるだけの体力がなくなっていたら？　あなたの責任をお考えになって……」

「いや陽子さんだけへの責任じゃない」再び谷沢が発言した。

「御両親への責任はどうとるのです。遠い異国で娘を病気にさせ、親にも会わせずに死なせた責任は」

「いや病気のことについては、誰にも責任はないでしょう」判事は思慮あり気に言った。

「癌という病気は、これは不可抗力ですからね。なにもご主人の責任といったかたちで、御両親から責められることはないでしょうが」

彼らの饒舌に私は疲れた。これ以上ここに坐りつづける根気が失せた。

「時間がないので失礼します。今日の話はよく考えてみることにして」

いや私たちはなにも強制しているわけではない、と三人が応えた。

「ただわれわれは、間違っていたという結論を得たのであなたに御相談しただけです――もちろん、最終的判断はあなたにお任せしますが、言われるとしたら今がその時期だと思います。病人が考えたり言ったりする体力がある時でないと、後になって言われても、もう仕方のないことですからね。彼女の苦悩にあなたが力になってあげられてこそ、あなた方の関係は立派だといえましょう。早い方がいい、別れに際して陽子さんは、あなたに言いたいことがたくさんあるでしょうし」

「ないはずです」

彼らの一方的な厚意に対して、私は坐りつづける義務はない。しかし立ち上るのも億劫だった。

――陽子が言いたいことは今までみんな言ってきた。これ以上私に何も言うことはあるまい。あるとしても、それはわざわざ陽子が言うまでもなく私にはわかりきったことだ――

「それでは日本に帰るかどうかについても、陽子さんの意見はわかっていますか」

「彼女が、パリにとどまると答えることはわかりきっています」

陽子はパリへ引越してきた。それだけのことだ。どの地で死ぬか、そんなことは生きている人間が考えることではない。

これ以上私は坐りつづけることも出来なかった。ぼやけた視点の先で、絶対者の映像をもった三人の影が見えた。いつの間に、彼らまで白い壁をバックにして立ちはだかる人間の列に加わったのか。

——一度、この固いおれの椅子に彼らを坐らしてやりたい。おれは存分に同情してやる。つらいでしょうな、奥さんは。あなたは言わない方がいいと思いますよ、いわない方が。それから昼飯を半分わけてやる。彼らは慰めの長い言葉に感謝したり憤ったりしながら、どうにもならない惨めな疲労のクサビを大きく打ち込まれるだろう——

憤りでもなく悲しみでもない異状な疲労のすえから、私は涙をぽたぽたと落した。生暖く流れるものの感覚のなかで、「そうはっきり言わなくても、遠回しに本人に知らせる方法はある」という三人の声が続いていた。

5

約束の時間は過ぎていた。すでに陽子のそばで私を待っていたエリーズを伴って、急いで昨日と同じ階段をおりた。

「どこに行くの」陽子は不審がった。

「お医者様に会うのよ」エリーズの言葉に、私は注釈する必要があった。

「個室を頼むのさ」

白い壁のまえに立たされて私はふたたび、彼女の死が疑うべくもないことを確認させられた。eをマルセイユ風に強く発音するフランス語で、女医は、昨日につづいて、日本に帰することについて話を続けた。

なによりも最後まで陽子をキュリイ病院におく私の意志を、はっきり相手に知らせて、一人の部屋に移してもらうことだけを主張すればいい。

「それでどうしようとなさるのですか」

「わたしもその部屋へ泊って、看病したいのです」

「それよりは、今の部屋のほうが好都合じゃないでしょうか。他の患者がいるということは気がまぎれますし、それに突然の場合、ほかの人の眼があるほうが……」

「その為に私が一緒に寝起きしたいと思っているのですが」

「それならば故国《くに》にお帰りになって、一緒に暮されたら」

「その問題は、帰らないということで済んでいますから、どうか」

「じゃあ、あなたは私に何を要求なさるのですか。わたしは医者ですが、この患者はもう医療よりもモラルの問題になってきているのです」

「モラル？」エリーズがこの言葉をきいて問い返した。

「現在の状態について、患者に知らせるべきものでしょうか」

さっき階段をこの地下室までたどるあいだ、午前中の三人との会議をかいつまんで彼女に語ったとき、エリーズは委細承知しているという面持《おももち》だった。彼女も、この意見には参画していたのだ。

「日本の習慣は、わたし存じておりません」と女医は答えた。

「しかしフランスでは、重症の患者に死を知らせることは習慣上ないのです。ヨーロッパのどこにもないでしょう。ただスウェーデンは本人に知らせる習慣になっていることは聞きましたが、どこまでそれが実践されているか、これは私にはよく分りません。習慣はともかく現在、病状が安定しているこの患者に真実を知らせることは禁物です。デモラリゼ（気力を沮喪）して突然に死ぬということさえありますから」

看護婦が入って来て、私たちの相手に急ぎ用事があることを知らせた。

「ではおわかりになりましたね。話はこれですんだかと思います」

「いいえ、全然……」

相手はちょっとおこったような顔つきになり、まだ話があるんだったら明後日にして欲しい、と言いのこして看護婦と一緒に出ていった。

「あなたお聞きになったでしょう」

舗道を歩きながらエリーズは私に念をおした。

「医者はモラルの問題については、習慣を固執するんですね。形式上でもそういう一つの規約をつくっておかないと、とても出来ない仕事かと思います。たとえば、あの女医さんがカトリックだったら、また違った考え方を持つかもしれないと思いますよ」

「カトリックではこういうとき、患者に知らせる習慣なのですか。習慣という言葉がおかしかったら、形式といってもいいですが」

「カトリック以外の、つまりあなた方はこういう時、どういう考え方をなさるんですか」

「死にのぞんで？」

「そう、死後の世界をお信じになる？」

「死後はなにも無いということです」

「まあ、どうして信じられないんでしょう。死後の世界で、われわれは初めて救われるんですよ。その世界があるということを陽子さんが知られたら、現在は苦悩ばかりの状態ではなくて、肉体を離れて第二の世界へ入る準備のときだということを納得なさるのに。それが救いなのですよ」

私たちは彼女の宿舎《ホワイエ》の前まで来ていた。私は病室に待っている陽子が気になった。しかし彼女は言葉をつづけた。

「それじゃ、わたし達の肉体が滅びたあとはどうなるか？　つまり肉体とは何か、お考えになったことはあって？」

「いいえ、考えたことはありませんが」

「陽子さんが救われるのは、死後の世界をお信じになる以外ないと思いますよ」

彼女は確信をもっていた。この強烈な自信の背後にあるカトリックの美しさを、陽子の枕もとでささやかれないとも限らない。それは憂うべき事態を招くだろう。

「考えさせてください。いま陽子に、死後の世界があるんだということを納得させようとしても無理なことですから。つねづねそれを信じているものならば、自然な状態で救いにもなる言葉でしょうが。陽子には、なによりも死を知った怖れの方が先にくるかと思うんです」

「いきなり信じなさい、とは私も言いません。ただ次の世界があることを知らせたいのです。現在に救いがない限り、どうして死にのぞむことが出来ますか」

「ええ、その方法、わたしも考えますから、あなたもお考えになって……」

私は、わけのわからないことを口走った。〈考える〉という時間の引伸しで、彼女をつなぎとめておく以外の余裕がない。別れたあとでも、私はエリーズの確信がおそろしかった。

翌日、私が病室のドアを開いたとき、看護婦の白い姿が陽子におっかぶさるようにのしかかっていた。

「ムッシウ、遅すぎました」

——え、遅すぎる、何が——陽子は看護婦の蔭で見えなかった。看護婦は白い目を私に向けた。訪問者は邪魔だといった白い目差しだった——が一応そうした虚勢のあとでやっと病人から体を起こした。うつぶせに黒い髪でかくされた小さな顔が、看護婦の体が離れると同時に、私に抱きついてきた。

それは待っていた人への抱擁ではなく、目の前に現れたこの人へ訴えたいといった、せっぱ詰った動作だった。終夜を泣きあかしたような、疲れた小きざみの涙がまみれ、くちゃくちゃになって顔全体を濡らしていた。

「どうしたの、どうしてたの、どうしてこんなに遅いの、どうして来なかったの」

嗚咽のまま彼女は私を離さなかった。まだ面会時間がはじまってから二十分しか経ってはいなかった。しばらく嗚咽をつづけてから、ようやく彼女は目をあけたが、両腕をからませたまま二つの瞳孔はそれでもまだおびえたように私を見ていた。

「ずっとあたし泣いてたの」

燃えるような体温が伝わってきた。今日も陽子は生きている。

「あのマダムに、家まで行ってくれるように頼んだの」

窓ぎわの読書夫人が軽く私に会釈した。

「どうして」

「あなたの来るのが遅いから」

たった二十分のあいだを。しかし私にはわかる。これ以上、陽子をひとりで放っておくことは出来ない。なんとしてもこの病院に、二人で住むことが急がれた。

「はじめは窓から、あなたのくるのを見てもらってたの」

「昼飯を食ってたんだ」

「家が見つからなかったといって、マダムは引きかえしてらした」

「マダムも病人だから、勝手なことはあまり……」

「いいえ、あたし、あなたに事故が起きたと思ったの。なんでもなかったのね」

彼女はかるくうなずいて、まわしていた腕を私から離した。

「マダムに挨拶して頂戴」

夫人は窓ぎわから私に笑ってみせて、それっきり読みさしの開いた頁に眼をおとした。ルオーお婆さんは、この寸劇のあいだも終ったあとも不動の姿勢を続行していた。

私は化粧室に入って寝巻を何枚か洗いおとした。昨日買ってきたネグリジェは、彼女の顔によく合った。ただ、洗うのは骨が折れるだろう、という本人の予測に違いはなかったが。

いつか看護婦長から、ここで洗濯は厳禁だ、といわれていたが、私はこっそりこの日課をくり返すことに執着をもっていた。私がそば近くにいるという安心から、夜眠れない病人は湯の流れる音を聞きながら、いつの間にかうとうとと眠りにつくのが、習慣になっていた。

「ホレ、こんなシャレた真似が出来るよ」

彼女は片肘を枕にして、化粧室から出てくる私の方へ、体を横にしてみせた。手術後の抜糸の終らない肩は、幸いにも化粧室へ向って起せる側の位置にあった。

ようやく、これだけのことを精一杯の力で私にしてみせられる今日の喜びを、どうして苦悩という美化された観念で叩きつぶさねばならないのか。「オツな真似が出来るじゃないか」という私の満足を期待している小さい命を、明日は終りになるのだと、どうして予告しなければならないのか。

いま、彼女に言うとしたら……しかし左腕と左全身で耐えながら、無心にあびせかける微笑を目のあたりにして私は、これだけが今の我々を支えている〈すべて〉だと判断した。


日が暮れた。一日が終る。私の部屋から、庭に一列に並んでいるピジャマのはだけた胸もとを眺めながら、予告する何物もない、と私は信じるのだった。死の予告——ばかげた遊戯だ。

明日着るために、ピジャマの湿りがしたたり落ちる。明日はこれを着なくてもいいんだ、と予告した瞬間から人間には死しかない。それは生きている人間と矛盾している。ドクトル・アビバンが最初に予告した二週間は、あと二、三日で終ろうとしていた。

訛りの強い、南方の血がまじった女医と三度、私は向きあった。

「あなたは何か患者に言いませんでしたか」

聞きづらいフランス語だ。地下室の強い電球がぎらぎら光っていた。

「何かとおっしゃると」

「何だか知らないけれど、彼女は夜通し泣いていたそうです」

「存じています」

「もちろん、刺戟するようなことを彼が言うわけはありません」とエリーズが答えた。

「ともかく、病院内では医師の指示に従ってもらいます。往々にして肉親の方がとり乱されるために、患者にショックをあたえて、われわれとしては非常に困ることがありますから」

女医の一方的に権威をもった言葉は、私に少なからず信頼感をあたえた。

「そのことについてですが、彼女を個室に移していただきたいと思います」

女医は権威の表情をたもったまま、私を見つづけていた。少ししか分らない異国の言葉を判断しようとするのはおそろしく疲れる。

私は医師との会話を殆どエリーズに任せていた。その方が会話の中で物を考えるにも有利だ。しかし、いったん通訳という媒介を置くと、自分なりにわからせようとする努力がなくなって、もう違った文法の構成による異国の言葉のさえずりを聞くだけになった。

それでも女医は私にむかい、言葉をかけた。

「あなたはいつでも同じ問題を持ってこられますが、あなた自身決めて下さらないと困ります」

「…………」

「個室の必要はないと、わたしは前から言ってるじゃありませんか。個室が必要な患者はわたしの方から指示します。だいたい、個室のお値段というのをご存知ですか。大変なお金ですよ」

「知っています」

私はできるだけ落ちついていった。

「え、そんなお金があるんですか。そんなにお持ちなら飛行機で日本へ運ぶ費用が出せるじゃありませんか」

「どうしましょうね。それもそうですが」エリーズは私にたずねた。

「金のあるなしと、日本へ帰すかどうかは別問題です。帰さないとははじめから言っている」

エリーズから私の返事を聞いた女医は、女同士で話したいといった風に、私を度外視してエリーズに問いかけた。

「彼の判断を私たちは採用するわけにはいかない。失礼だが患者も彼も、あまりに若すぎる」

「いいえ、マダム。彼は三十をすぎています。一般に日本人は若く見える。わたしだって三十をすぎているのです」

年齢を表明されたにも拘らず、子どもの骨格をしている目の前の日本人に、相手はからかわれているような戸惑いをおぼえたらしい。

「ともかく、両親の意見を採用しましょう」

「彼らの意見がそうです」

証拠を見せろと言えば、適当にポケットに入っている日本字の紙キレを出せばいい。女医は権威のたて直しでやっきになった。

「とにかく、個室は満員です。どこかそういう施設の病院へ行かれたら」

「ええ、ユニベルシテル病院だったら、個室へ入れてくれますわ」

女性同士で向い合わせたのがまずかった。お互いの言葉に一貫したものがなくなり、さえずるような早口になった。

「そんな適当な病院があるんだったら、どうぞ引越して下さい。このムッシウは個室を希望しておられるんだから、一刻も早い方がいいでしょう」

「ええそうします。さっそく向うの病院へ連絡して」

「どうぞ、当病院では、もう彼女にほどこす治療はありませんから、ここにいても何の意味もありません」

「と申しますと」女二人の問も答も詰問調だった。

「光線は限界にきております。あと患者に残されているのは輸血だけです。それは、どこの病院にいてもできることですから、ご当人たちのご希望の環境の中で続けられたらよろしいでしょう」

事実、昨日から陽子には輸血が始まっていた。その現場にいあわせながら、光線が限界にきていることに、私は気づかなかった。

昨日、ひげの男が枕もとに現れたとき、陽子はおびえた。それは頑丈な、労働者風の男だった。若い医者は彼女の腕に針をさし、別の針をいかつい男の腕に通した。「なにごとです」医者は持ってきた道具を整えながら、私の顔も見ずに transfusion、と答えた。

「輸血だそうだ」

「ああ、あたし血が少なくなったのね。かわいそう、この方。あたしのために血を取られるのね」

見知らぬ男に白い目をむけたことを彼女は羞らった。

「ありがとう、メルシイ。アナタオ気ノ毒ネ」

赤い色が透明なチューブを走っていくのを、お互いに見つめながら、気の毒だといわれた男は、病人に片目をつむってみせた。

おかしなことに、その午後、屈托なくしゃべっている陽子が、どうもひげの男に見えてしようがなかった。

「どうだ具合は」

「アンプウ・ミュー（少しいいわよ）」

こいつは油断できない。急にフランス語がなめらかになった。


――それじゃユニベルシテルとの連絡がつき次第、明日にでも向うへ送ることにしましょう――

女同士は意地のようにその一点で同調した。

――やめてくれ、それはおれの意志じゃない――この結果を反転させるためには、まず女同士を引離し、年齢相応の風貌をもった人を連れて出直す以外にない。

最後までこのキュリイ病院に置くこと、そのためにはユニベルシテルの名前を出さない方がいいと、

郵　便　は　が　き

料金受取人払郵便

福岡中央局
承　認

18

差出有効期間
2026年２月
28日まで
(切手不要)

８１０-８７９０

156

福岡市中央区大名
二―二―四三
ELK大名ビル三〇一

弦書房

読者サービス係　行

通信欄

年　　月　　日

このはがきを、小社への通信あるいは小社刊行物の注文にご利用下さい。より早くより確実に入手できます。

お名前

（　　歳）

ご住所

〒

電話

ご職業

お求めになった本のタイトル

ご希望のテーマ・企画

購入申込書

※直接ご注文（直送）の場合、現品到着後、お振込みください。
送料無料（ただし、1,000円未満の場合は送料250円を申し受けます）

書名	冊
書名	冊
書名	冊

※ご注文は下記へＦＡＸ、電話、メールでも承っています。

弦書房

〒810-0041　福岡市中央区大名2-2-43-301
電話 092(726)9885　FAX 092(726)9886
URL http://genshobo.com/　E-mail books@genshobo.com

私は地下室へ続く階段の途中でエリーズに説明していたのだ。

「さあ早くユニベルシテルの方へ電話してみましょう」再び階段をとってかえしながら、エリーズは私を促した。女医との別れしなに、今日の会話は決して満足なものではなかったから、明日また会いたい、と言って私は別れてきたのだ。

「なにを躊躇してるの、それ以外にないじゃありませんか。二人で暮らす、というそれだけよ。モラルの問題だって、あの方もおっしゃっていたのに」

それに間違いはなかった。もはや輸血だけしか彼女に施すことが出来ないとすれば、ユニベルシテル病院でも、或いはあれだけ帰りたがっているローモン街の部屋でもいいことかも知れない。

しかしすべての話が唐突だった。二、三日まえ女医は、日本に帰さないなら、そのような治療方針で当病院はやると言ったばかりだ。それが話の途中から、ひとりの部屋に入れる必要はないと言い、次にその部屋はふさがっていると持出し、果ては当病院にいる必要さえない、と言い出した。結果的には彼女の言っていることに間違いはないとしても、それは感情の対立をはなれて話し合うべき筋合のものだろう。

別れぎわに女医は、同じことをくり返してしゃべる時間はもうない、と言った。私はそれほど毎日、ワケのわからないことを言い続けているのだろうか。女医ともエリーズとも違う私の根本的な意見は、患者はあくまで生きるものとして扱わねばならない、ということだった。いや、女医はその線にそって処置をほどこしているのだろう。

しかし、あとは二人ですごせる場所を探すことだ、という彼女の提案は間違っている。

死を待つ生活というものはそれ自体に矛盾がある。生活とは生きている、ということだ。医学を知らないと非難されても、私はこのまま引きさがるわけにはいかない。病院にゆだねる限り、キュリィという施設のととのった病院におくべきだろう。陽子がここでひとり死んでいったとしても、仕方のない結末だと私は目をつむる。

エリーズが吉岡の部屋までやって来て、彼や中条に彼女の意見への賛成をもとめた。私はエリーズから、私以外の意見の人々から、いまは解放してほしかった。

彼女が立去るのを待って、私は吉岡にあらましを述べ、彼の意見を求めるかわりに滝川老人のところへ走ってくれと頼んだ。

私の意志を正確に了解し、それを相手に正しく伝えられるフランス語、というよりも冷静さと矜持において、老人以外にないと決めたのだ。彼が一日サナトリウムをぬけだせる許可が貰えるか、パリまで六十キロを馳せる体力があるか、これは分らないことだったが、吉岡は明日を待たずにそのままモーター・バイクで出発した。すでに夕方の五時だった。

要するに私は、私の意志に共鳴してくれるであろう老人に、そば近くいてもらいたかったのだ。

彼の出発を見届けて、病院へ引き返した。

待ちかまえていた陽子は、個室の首尾はどうなったかと聞いた。何だか満員のようだが、明日また医者に相談することにした、という私の返事に彼女は女らしい判断をくだした。

「ひとりの部屋が高いようだったら、べつにかまわないのよ」

「そんなことはない」

しかし適当に事実をまじえた嘘をつく方が安心させられるだろう。

「すこしは高いようだが、百フランか二百フランの違いだ」

婦長が入ってきたので、私たちは会話をやめた。

夕食まえまでしか面会はみとめない、と婦長はきつい顔をして言った。すべてが私を憎んでいるのだろうか。

今まで空いていた読書夫人の向い側のベッドに、小柄な老婆が入院してきたばかりとみえて、買いたての部屋着をまとい、寝るでもなく坐るでもない恰好で私の方を見ていたが、婦長が出ていくと近づいてきた。

「ここの面会は四時までだというんで私の姪は追い出されちまったのに、アンタはやっと今ごろ追いだされる」

部屋の人たちは、この新入りのお喋りにうんざりしているようだった。婦長もうんざりしているのだろう。私は取り合わなかった。

日暮れとともに雨が降りはじめ、すっかり暗くなってから、雨脚は烈しく窓をうちはじめた。少しずつ日が短くなる。夕食がはじまろうという団欒のひととき、病室は打ちひしがれたように静かだ。

吉岡はサナトリウムへ着いただろうか。入院費のことを心配している陽子は、今夜眠れるだろうか。

私はしだいになにかを懼《おそ》れてきた。

この病室の人たちはみんな、死を待っているのだろうか。自分の病気を知っている人々なのだろうか。死を予告する習慣がスウェーデンにはあるというが、まさか実行されてはいまい。医者が看護婦を従えて各病室をまわり、それぞれのベッドに、あと幾日、あと幾日と言ってまわるとしたら。

不動のルオーはじっと眼をとじていた。ドイツ婦人は読書をやめて雨の流れる窓に背をむけていた。入る早々みんなに不機嫌な印象を与えたことを意識している老婆が、ひとり窓の闇にむかって喋るかわりに、しきりと手を動かしていた。

夜中の十二時近くノックの音がして、吉岡のかわりにのっそりと、白髪の半田が顔を出した。

「やあ、どうしたんだい。調子がいいんだってね」

「奴かね?」

「オナカがひっこんできたって言うじゃないか」

「………」

「食欲も出てきたってね」

「それに違いはないワケだ」

「それなら上々じゃないか。もうわれわれに面会を許してくれたっていいだろう。実際こんなケチンボな亭主はいないよ」

私はフランス人がやるように肩をすくめた。

「なにがダメなんだ」

「やつは死ぬんだ。うるさいね」

初山のときと違って、突然、彼の語気が変った。

「おい、ほんとうか。どうして今までおれにかくしてた、それが本当ならおこるよ」

なにも表情まで改まることはない、友情からくる自然な身振りとしても。私は疲れている。話はごく自然にしてもらいたい。

「病院でそう言ってるだけのことだ」

彼は、医者から見放された患者が今までに助かった例をいくつもあげて、彼女を生かそうじゃないかと提案した。

勇ましく提案しながら彼は、あんないい人が死ぬわけはない、といささか感傷をともない始めた。白い壁のまえに据えられて、お前のアガキは無駄だと宣告してくれるいつもの方が、まだ私には快かった。発言者に対して、いいしれぬ憎悪に満たされているとき、病人は完全に私の側にあった。生かす、という言葉が持っている僥倖の空しさと快感にあるとき、陽子は私のそばからはなれ、一つの目的となって私と相対する。

「駄目なものなら放っておかずに、切り開いてもらおうじゃないか」うるさく彼はテーブルをたたいた。

「医者はつねに慎重すぎる。危険性の多い場合は手を下すことを避けるもんだ、籠城はよくないね。どうなるか分らんとしたら撃って出よう」

雨の音はつづいていた。吉岡は面会日でもないサナトリウムで、果たして老人と会えただろうか。

半田は勝手に予定をたて始めた。

「菅沼教授でも角教授でもいい、とにかくキュリイ病院の医者に会って、手術しろといってもらおうじゃないか。通訳も積極性のあるやつをえらんで、じゃんじゃんかきたてよう」

びしょ濡れになって、やっと吉岡が帰って来た。

老人の返事が伝えるように、女医を説得させうる人間としてはジャック・ルクリュ氏でもよかったし、マドモアゼル・セスネイでもよかったと、これは吉岡が発ったあと私も考えた。入院して三カ月の期間内は絶対安静だというサナトリウムの掟にしたがって、老人に外出の許可は与えられなかった。院長に翌日、直接交渉してみて電話するという滝川老人の返事を吉岡は伝えた。

陽子は離れた世界に住んでいるという実感だけが、その夜私を捉えてはなさなかった。

夜がようやく明けた頃、庭をへだてた管理人室でしきりと電話のベルが鳴っているのを聞いた。誰もが寝しずまっている頃だ。滝川老人が呼んでいるんじゃないか、私は起きなかった。どうして電話口へ出ていかないのか、老人はこんなに叫びつづけているのに、やりきれなく長いベルの音を私は寝たまま聞いた。

なによりもエリーズをソッとしておくことが必要だった。吉岡が彼女の宿舎《ホワイエ》へ、そのような気持を伝えに出かけた後、半田から電話があった。

「菅沼教授を今日、キュリイにさしむけることにした。その女医ってやつと談判してもらおうじゃないか」

ほどなく当の菅沼教授がやってきた。通訳としてエリーズにかわって関がならび、半田が昨夜からの表情を保ったまま連なった。行届いたものものしいスタッフだ。

大勢の足音を聞きながら、私は馴れた地下室への階段をおりた。

女医は、もう私と何も話すことはないといった態度で、わざとらしく初対面の日本の医師に病状を説明しはじめた。

キュリイ病院の診断を聞いた上で、なおかつ切開するなり、もっと強烈な光線をあてるなり、なにか強硬な手段をとるようにはかってもらいたいと、半田は早朝に菅沼教授をたたき起こして力説したに違いない。教授は、一応よく聞いてみてからにしまして、と私に会うなり言った。そして彼は女医の説明に熱心に耳をかたむけていた。

みんながやってくる前に初山からすでに電話があって、今日、日本の医師が立合うと聞いたが、通訳にこのことを強調させろといって光線の種類をあげてきた。

Isotope radioactif これには二種類ある。Cobalt（コバルト）と Phosphore（燐）

このメモを関に渡して、人々の背後から、憎いとも可愛いとも言いようのない女医の顔を私はのぞいていた。彼女が私に語る何ものもないように、私もまた、すべて聞く必要のないことだった。

女医は、わけの分らない男として私を迷惑がっているので、この会合は二人の医者だけで静かにすすめられ、通訳は手持ぶさたなまま適当な時間をもって切りあげられた。

あまりにも無抵抗な日本の医師に従って、皆と一緒に半田はしぶしぶ地下室を出た。

ローモン街に立ちよって吉岡と中条を途中でさそい、大勢は病院近くのレストランの二階で車座に腰をおろした。

昨夜とうって変って、誰も何も言いださなかった。菅沼教授はタバコの箱を裏がえしにして、Reticulo sarcome としたため、向い側に坐っている私に指し示した。

「こういう病気だそうです」

二階は私たちのほかに客はいなかった。彼は横文字の下に肉腫、と書きたした。

「日本語では一般にこういう呼び方をしております」

ドクトル・アビバン以来、病名というものの無意味なことを私はよく知らされてきた。プロというものは、やたらと類別し、それに名称をつけたがる。まるでそれが目的のようだ。

「お気のどくですが……」彼は口ごもった。まことに医者らしかった。タバコの裏に記された〈病名〉の本人でも、これほどの実感は出せまいと思われるほど、彼の悲しげな表情は見事だった。

「方法がね……」

「全然ないというわけでもありますまい」半田は全部までいわさずに相手の顔を見守った。

「ま、よく看病しておあげになるより……それに個室は満員との話ですし、そうでなくてもキュリイで治療をうけたがっている患者が沢山いるのですから、そこにいる必要のなくなった人々は、やはり席を空けてもらいたいような意向です」

「あとどれくらい、もつと思われますか」

「それが分りません」

医者は絶対ではない。ただ、意見としてわだかまりなく答えてもらいたい。

「ほんとうにわからないのです。一週間で駄目な人もあれば、三年間生きている人もありますし」

――三年間、私はたじろいだ。

「もちろん実例でしょうね」

「そうです。それも、歩いて帰れるようになって、いったん退院しました」

「なおったということじゃないんですね」

「なおりません。退院させるわれわれの方でも、それ以上もたないということは分っているのです」

なんという因果な病気だろう。

「一度でも退院できるようになると、本人は喜ばれるでしょうにね」

喜んでいいことだろうか。三年間の執行猶予。

私は三年前をふりかえってみた。金が無くて、どうにも困っていた時だ。陽子がパリに来たいという願いにも、応えることはとうてい出来なかった。それでもなお私がパリにとどまるに違いないと陽子は察知して、日本で職を求めていた。思いだしてみると、これには、生きる意欲がなまなましく打ちだされている。このとき、あと三年ですと、そっと耳うちされたら、その生活はどうなっていただろう。

私たちにとって、これ以外の生き方は、生活とは言えまい。かりに今から三年を区切られて陽子は退院してきたとして、いったい私たちはどう一日を保てばよいのか。その間、何をしようというのだ。私は仕事を続けられるだろうか。彼女はそれをたすけられるだろうか。誰しも明日は死ぬかもしれないという危機にさらされているとしても、区切られた三年間という歳月だけは放棄したかった。死は予告なしにやってくるべきだ。

みんなは昼飯を食べ終った。

「わたくしは妻をなくした経験がありますので……」と菅沼教授が誰にともなく話しかけた。

「戦争中でしてね。軍医に狩り出されて私は外地に行ってたんです……可哀想でした、あの物資のない時で」

誰もがひっそりとしているので、彼は小声になった。

「じゃあ、死に目に逢えなかったんですね」中条はしんみりと尋ねた。

「ええ、もともと体の弱い女だったので。痩せ衰えて亡くなったそうです、その次のは私が看取りましたが」

「………」

「いや二人なくしたんです。戦争が終って私は北海道の大学に勤める。どうも不自由だし、それの妹を二度目に迎えたわけです。死んだ女房の親たちを、私は実の親のように慕っていたもんですから」

陽子には妹がいる。奈々子と呼ばれるその少女は、私が横浜を発つとき姉と一緒に送ってきた。あれから四年、すでに大人の体をもったであろう彼女を、話の中に突然、連想し、連想したことに私は、どうにもならない憤りを感じた。

うそだ。そのような理由で人は結婚できるものではない。

「子供を産むので友人の産院に入れたのですが、分娩して二日目、ジフテリアで母親の声が出なくなったんです。妊婦の場合は、こいつは始末のわるいものでして。突然呼吸が止まっちまった。それから四十分ぐらい、わたしが人工呼吸を続けたんですが、ついに息を吹きかえしませんでした。今なら何でもない病気ですがね……死んだのがうそのようでした。姉と違って体のいい女でしてね。それが突然だもんだから、生きているときのそのままで横たわっておりました。十日ほどして、私が子供を連れて帰ったんですが……産院から、生れたばかりのを抱いて人力車に乗るとき、車夫に、お母さんはお連れにならないんですかと聞かれまして」

過去になると、このように語ってきかせられるものだろうか。それにしても哀しい愛情のテーマは、なんとも陳腐な臭いがする。彼は離別の反復によって、かくも優しい表情をたもち、つねに患者の側にたつようになったのだろう。

きびしい過去というものは、人を雄々しく見せるよりも、わびしい存在におく。聞いているみんなは静かになり、ちょうど芝居を見たあとのように、自分の過去がそれほどでもなかったことに心なごみ、この語り手に同情した。

私もいつか、このような語り手として、人の涙をさそったりするのか……いまいましかった。彼は知られたくもない自分の過去を、似たような男へ同情のあまり、慰めのつもりで語りもしたのか。

面会時間を理由に、私はひとりレストランを出た。石畳の上を、陽子の待っている病室へ急ぎながら、なおも妹の連想が追っかけてきて腹立たしかった。

みんなは食べおわった皿を目の前にして、ひとつ空いた椅子に同情の幻影を坐らせ、なにかを語り続けているだろう。暗々の彼らの友情は、陽子とともに私を日本に返してやることだった。

すべての友情が私をさいなんできた。逃れたい。この地を離れてより遠く、パリより遥かな地へ陽子をいざなって、二人きりで逃れたい。

「けさね、ユニベルシテルの女医さんが見舞にきてくれたよ」

陽子は今日もまた、爽やかだ。マドモアゼル・セスネイからセザンヌの絵葉書が届いていた。

「はやくなおって下さいって書いてあるわ」

陽子の知っている人は、みんな優しかったし、事実もう少しで、優しい人々の期待に手が届きそうな快さだった。

同じ建物の四階下で私を待ちうけているあの白い壁は、彼女を健康なもとの体にして返す代償に、私を連日、仕置の場として鞭打つ地下の密室に過ぎない。

彼女のそばにいる時、二人が生きていること以外はなにも考えられなかった。

「もうすぐヴァカンスが終るわね」

私は真剣に、彼女の学校が始まることに心痛めた。

「どうだ。おれと一緒に郊外の病院ですごさないか」

「ここだっていいじゃないの。あたしこの病院が好きになったの。あとそんなにながく入院しているわけじゃないし」

「入院しているあいだは、おれと一緒の方が好都合だろう」

「ここでひとりの部屋に入れば？　どうなったの？」

「満員だそうだ、ひとりの部屋は」

しばらく彼女は考えているふうだった。

「この部屋になおるまでいて、退院したってかまわないよ」

このまま、この病室にいたってかまわないことかもしれない。看護婦たちの患者を扱うあらあらしい態度は、ときに私を悲しませはしたが、それは決して医療上、差支えのないことだろう。愛情は盲目的に相手をいたわりすぎる。私以外のあらゆる人の動作が不満なのだ。しかし、つねに私という存在がそばにあることによって、病人は病人の意識を持たされるのかもしれない。完全に、私が彼女の手足になることは、彼女から手足を奪うことだった。適当な乱暴さは病人に必要だろう。死の予感を暗々のうちに認めているからこそ、何でもない事象のすべてに特殊の意味をつけたがるのだ。

「それもいいだろう」そう言って私たちは今日を別れてきた。

このままあの病室に、陽子を置きざりにしてもいいだろうか。医者の予言した結末をみるまで、私から離れたところに放置してもかまわないだろうか。陽子の希望どおり、あの病室から元気で退院することだってありうる。

彼女にその事実を隠すことによって、この唯一の時期を救いのないものにしてしまっている。ポール達が口をそろえて言うように、私の現在のためらいには根本的な誤りが目隠しになっていはしないか。

夜のベッドの中で私は眠れなかった。滝川老人が、私の希望する病室同居に賛成の気持がなかったのは、私の弱さが彼女に伝わり、彼女のそうした衰えがまた一層、私を弱いものにしてゆくという悪循環を懼れたからのことではなかったか。

彼女は、四人部屋でいいという、脆弱でないモラルを今なお持っている。その気持を支持するのは乱暴すぎることではないだろう。

ポールが出した一つの例、死の宣告に苦しんで苦しんでながい歳月のすえ、ついに生を獲得したという男の話。こういうことは言えないだろうか。もしこの男に死の恐怖がなかったら、もっと早くなおっていたかもしれないということ。苦しみが救いになり、救いが生を獲得するという話の展開はうまく出来すぎている。その病気はなおるべき病気だったにすぎない。

精神が肉体を左右できるものなら、死とか生とかに拘泥しない状態をもって最良とすべきだろう。どちらか一方が頭のなかにあるとしても、それは死の恐怖だけしか打ちだしてこない。

疲れていたが眠れなかった。遠くで電話のベルがけたたましく響いてきた。この夜更け、誰かが私にかけて来たものに違いない。からだを起してみると、ベルの鳴っている方角が他へ移った。頭のどこかで痛みが音のカタチになって、体内を乱打してでもいるのか。ベルはたしかに続いていた。

キュリイ病院へ陽子が入院した日、患者の住所欄へ、医者は電話番号を私から聞きただしてわざわざ自分で書き込んだ。急用の場合は電話をかけるか、病院の者が訪ねていきます、と小さく耳打ちしたことを覚えている。

部屋着をひっかけて私は、中庭をよぎり管理人室まで走った。おかしなことに、その方へ近づくにしたがってベルの音は弱くなり、消えた。そのまま私は門をつっきり、ウルム通りの角まで上履きのまま出てみた。すぐ目の前に小さい教会が黒くうずくまり、それに続いたキュリイ病院の大きな窓が黒々と深夜を反映しているだけだった。

「きょうは何曜日？」へんな質問だった。

土曜日だ、という私の返事に彼女は怪訝な顔をした。

「たしかに土曜日なの」

「おかしなことを気にするんだな」

「だって変じゃないの、日曜日でもないのに。今日、光線かけないのよ」

すでに光線はマキシマムに達した。予告されたこととはいえ、次の処置を決定しなければならないところまで私は追込まれていた。

「なんにもほかにしてないのか」

「今朝、輸血されたわ、また」

それらの事実はもうどうでもいい。彼女をひっさげて何処かへ行かねばならないとしたら。しかしこの二、三日私が考えあぐねたすえ、決めたことは、やはりキュリイにとどまる、ということだった。キュリイ病院の個室へ入る、ということだった。

誰も私の決意に賛意を表すものはいない。滝川老人も吉岡も、ただ無言で抗弁した。女医は、満員ですという断り方をしたが、これは彼女の勝手な言いぶんで、はじめに言った「ひとりの部屋に高い金を払うなら、その金で日本へ帰ったら」というのが定見だろう。エリーズは、お金があるなら個室もいいでしょうね。金が払えなくてあとで捕まる心配さえなかったら、と軽やかに言った。

「お金は使うためにあるんですから」

吉岡が滝川老人を訪ねていった翌々日、ジャックに委細を頼んでおいたという老人からの手紙が来ていた。そうだ彼に会おう。

あくまでキュリイ病院にふみとどまるという私の意見を、女医に伝えること以上に、ひとりの部屋の獲得ということについてジャック・ルクリュ氏は必要な人物だった。

その日、会社の昼休みを延長してルクリュ氏はやってきてくれた。「どういうことなんだい、ムッシウ」

オンドビリエの田舎以来、久しぶりに会った彼は、例の調子でさっさと自分の役割を聞きたがった。

「それでは医者に会うよりも、会計課にいって訊いてみよう」

かくべつ事務的な能力のある男とは思えなかったが、その行動には無駄がなかった。

会計課では、滝川老人と来たときと同じ計算法で、一カ月三十四万七千フランになる内訳を、青い紙片に、前とは違う若い女が書いてくれた。

「で、その部屋は現在あるんですか」

「あります」彼女は少しもためらわずに答えた。「お入りになりますか」

ウイ、と私が言おうとするのを、ルクリュ氏はおさえた。

「そう、それじゃよく考えて明日伺うことにします」

「いや、いま決めてもいいことだと思う」私は彼に説明した。

すでに光線は今日からかけなくなっているし、この中からそうした治療費を引けば十万ぐらいは安くなるだろう。

若い女はふたたび青い紙にペンを走らせた。

「個室にお入りになるとすると、今までの社会保障の適用がすべてなくなり、入院当初にさかのぼって入院費用を請求されることになります」

青い紙には、現在の四人部屋で、そうなった時に支払うべき金額が数字で書きこまれている。約十万フラン近かった。

「かまいません」私はルクリュ氏にまず答えた。

私の決意をみて、若い女は言った。

「主治医が、この患者は個室に入れた方がよい、という診療上の方針から許可される場合は、もちろん、社会保障が適用されるのですから、わたしから主治医に相談してみましょう」

彼女は、はじめの表情をくずさないまま事務的にことを運んだ。「明日は日曜ですから、では明後日に」

外に出ると、ルクリュ氏は青い紙を私に渡し、月曜十時、ここの玄関で待合せようと約束した。

私たちはゆっくりと病院の大きい窓の下を歩いた。

これはしかし、望みうすいな——と彼は呟いた。

「主治医との交渉は今までのいきさつでわかっているようにpetite chance（ちっぽけなチャンス）だ。駄目なときは止したほうがいいだろう。たいへんな金になる」

ルクリュ氏までが反対した。理由はわかっている。どうにもならない結末にむかって一カ月三十四万フランを埋めてゆくという私の決意が、おそろしくも、哀れにもみえるのだ。

金額というのは単に数字にすぎない。莫大な数字が内蔵している可能性を取りだしたとき、私の決意は狂気の沙汰にもとれようが、それを上廻る数字を私が持っていれば、よその病院よりもおいしいスープが味わえるために、夜中、看護婦のかわりに私が手助け出来るそれだけのために、この数字をゼロにしても決しておかしいことではない。

ここのスープは彼女の気に入っていた。この病院が家のすぐ近くであることも、かなり気分を安めていた。それだけの理由で充分だ。百万という数字のゼロをいくつかはぶいて千という単位にし、一カ月これも同じに単位をさげた三百フランを月々病院に支払うとしたら、誰も文句はいわないだろう。結果、ゼロになったらやめるだけのことだ。

「それだけ金を出せばなおるというのなら別だが」幾人ものひとが私に忠告した。

そんなことでひとは金を出したり、ひっこめたりするのだろうか。げんに彼女と私の生活があり、それだけの金を私たちは持っている。食い入るように見いるみんなの瞳に、私が狂人でないことを知らせるにはどうしたらいいのか。二年まえ、私はパリで無一文だった。そのときは誰も私を狂人扱いしなかった。

——きみたちは金というものと金額とを混同して考えている——

しかし誰も笑わなかったし、応えなかった。ただ遠巻きにして私を見守るだけだった。

病室ではルオーのお婆さんが読書夫人に、口述筆記を枕もとでやらせていた。彼女は小説家だった。からだが動かず、口もろくにきけなくなった老齢の彼女は、なにをこの世でまだ言いたいのだろうか。それとも、死ぬまでいつづけるであろう病院の入院費を稼ぐために、出版社へ原稿を送らねばならないのだろうか。読書夫人にしか理解し得ない目の動きで彼女は自分の表現を急いでいた。陽子はそれを、うっとりと眺めている。

　お互いが共通の言葉でしゃべり、もっと動けるからだで交際したら、ひとりひとりが、これほど見事な映像を投げかけはしないだろう。病人たちに今のままの現状を望むのは苛酷なことだが、彼らの願いにそわず流れている時の経過は、陽子をもひっくるめて、それはきびしく美しい世界だった。

「郊外の、パリを離れたところで、おれはきみの看病をしたいんだ」

　今日の日まで、さっきまであれほど固執していたこの病院を投げすて、二、三日前から去来した〈遥かな地〉を決行しようと私は企てた。ここでひとりの部屋に彼女をおいたとしても、地下の白い壁がつねに私に対決を迫り、みんなの友情が私を狂人のように扱うかぎり、私たちの生活は平静な昔にかえれないとさとった。

「そう、オニイがそれを望んでいるのなら」と陽子は答えた。「そこはどんな病院？」

「もちろん、きみとおれだけの病室さ。郊外だから野原が見えるだろう」

「スープは？」

「ここと同じか、もっとうまいくらいだ」

「知らない看護婦さん？」

「馴れれば、ここのひと達と同じようになるさ。それに病室には、おれが泊るんだから」

「光線は？」

「あるとも。ある病院に行くんだから」

「まあ、いい病院」

子供のような幻想の会話だった。私は闘争からのがれたかった。陽子のことよりも私の避難場所として、私はそこに住みたいと願い、その夜は憑かれたように幻想の実行にかけずりまわった。

翌日の夜までに、それは具体的な数字となって、私のところへはね返ってきた。

菅沼教授は、自分の勤めているパリ市内の病院におおよその連絡がついて、自分の恩師が診てくれることになりそうだと電話をくれた。

角教授からも電話があって、こっちの方は私の希望する郊外のクリニックをあたってくれていた。いずれのクリニックも施設は立派だし、病人に理想的な食事と部屋を与えてくれるだろう。ただし入院費はキュリイの個室なみに三十五万はかかる。そのほか自分で購わねばならない物をふくめて、まず四十万フランは用意された方がいいだろう、とこれは老婆心をふくめた周到な計算がなされていた。

つけ加えて彼は、ただし癌専門のクリニックというものはない。施設においてキュリイなみを望むことは不可能であるが、クリニックだから病人のいたわり方は丁寧なものだろうと結んだ。

「で、あなたの予想では、病人はどれくらいもつと思いますか」

「わかりません」電話の声は、きっぱりと答えた。

いまさら遠慮や気がねは困る。金の都合もあることだから、卒直な医者の意見が欲しいのだ、と返事を要求した。

勿論、はっきりした予想というものはたてられないだろう。医者のみたてた期限に間違いがあっても、これは発言した者の責任ではあるまい。「そういう意味での期限の憶測は?」

「それが……」電話の声は、正直に逡巡を伝えてきた。

「正直なところ、ほんとうになんとも申しあげられないんです。淋巴腺に入った病素がどこへ出てくるか予想できませんし、その出た箇所での進行状態も一定していないので、医者にもその点はまったく分らないことです。ただ、いままで何べんもお聞きになっているように、若い人に出た場合、これは急速に発展していく性質は持っております」

「ではあと一週間ということもあり得るし、三年のちの可能性も」

「全く、そうとしか言えません」

ともかく羅列された二、三のクリニックを、実際に彼があたってみてくれることになって電話は終った。

私は焦《じ》れた。一カ月四十万。私の金がゼロになるのは二カ月半で充分だ。わずか八十日しか私の全財産は続かない。八十日のあとも病人は生きているとしたら——自分では気づかなかったが彼女の命と財産が同じ日にゼロになることを暗々のうちに私は、仕組んでいたようだ。したがって、金がなくなったあとまで、生き続けるであろう見通しがたったときには、この胸算用について建て直す必要がある。

陽子がながく闘病するためには、一カ月四十万はあまりに架空の数字だ。ではこのままキュリィのベッドに臥せさせるか。これは一カ月一万八千フランだと考えたときに、私たちの財産は厖大なものにみえてくる。彼女が命を絶ったあとにまだ、金が残ることを私はおそれた。

夫の誠意を金にすり替えて、妻がいなくなった時には綺麗さっぱり無一文、という男の逸話を自ら作りあげているようだ。

推理小説のように、医者と私は女主人公の命をめぐって葛藤をつづけながら、なお敗者の美しさをも筋書の中に書込むことを忘れてはいない。

最後に、エリーズから電話がかかってきた。女医にむかってもとの病院へ移す、と言いきった彼女は、不自由な脚をひきずってユニベルシテル病院におもむき、受け入れる用意の確約を果してきた。

ユニベルシテル。陽子の病気に対しては無力の住家だ。学生食堂のような固い肉。それだけでもうんざりした。彼女の喉をひときれの肉も通らないだろうと考えたとき、現在のうまいスープはかけがえもなく尊いものだった。クリニックにはそれがある。

パリを離れた遠くにユートピアの所在を探していた私は、周到な計算をあとまわしにして、一刻も早く二人して、この地を離れることを急いだ。


約束の朝、定刻にルクリュ氏はキュリイ病院の玄関で待っていた。

すでにここを離れることを心組んでいる私は、気楽な気持で彼と会計課へおもむくことが出来た。ながいこと待たされたあげく、たったいま女医と会ってきたという、例の若い女が顔を出した。

「困ったことに医者は、この患者の個室を認めてくれません」

「かまいません」

私にはもうそうした希望もないうえに、あの女医には取合わない陰険な態度が出来上っている。

「ムッシウ、よく考えてみたまえ」

彼は私の返事を勘違いしたらしいが、彼女も勘違いしたらしかった。

「主治医の賛意がなければ、全額を支払われても個室へ入ることは出来ないのです」

もはや私には関係のないことなのに、事務員は厄介にも女らしい厚意を示した。

「いいえ、いま一つ方法があります。当病院は厚生省の直轄下にありますから、ここの医者といえども厚生省の指令に反対することは出来ません」

彼女はまた、青い紙に書きこんだ。

「厚生省のこの方にお会いになって御相談なさったらいかがでしょう」

ここの医者といえども〈反対〉することは出来ない、という語気に、彼女の女医に対する反撥の意志が強くにじんでいた。

「つまり主治医は強硬のようですな」ルクリュ氏は尋ねた。

ちょっと返答に言いよどんだが、彼女は医師の意見というのを伝えた。

――この患者は当病院で治療する特別必要のない者だし、その意見を主治医が強硬におしたければ退院命令をだす権限もある。すでにユニベルシテル病院へ返すという双方の話合いが成立している以上、他の談合すべき事柄はないはずだ――

いかにもあの女医の言いそうな言葉だった。当病院の方針、あるいは医療上の卒直な意見というのは意地悪い女の感情をよく表わしている。

「困ったことになった」とルクリュ氏は顔をしかめた。

たしかに女医は私を窮地におとしいれて喜んでいるのだ。私は憎んだ。はっきりと憎むことができた。

明日、昼から厚生省に二人で出向くことにして私たちは別れた。ルクリュ氏は、別れしなの言葉を忘れなかった。

――これもまたあまりに小っぽけなチャンスだ――

私は大急ぎで車を拾い、今朝がた、会いたいと電話をくれた日本学生館《メイゾン》の角教授のところへ走った。彼の部屋には大勢のひとびと、初山、関、半田、中条、菅沼教授、それと角教授の友人という若い医学生が集っていて、陽子を、というよりも私をどう扱うかについて話し合っているようだった。

椅子はどれもふさがっているので、私はベッドに腰をおろし、一緒に来た吉岡が横に坐った。これだけ大勢の人々が並びながら、誰からも話のきっかけとなる発言がなかった。それはすでに彼らだけで、動かし難い一つの方針が出来あがったことを意味している。

追いつめられたこの男に、自分たちの方針を説得するには、どう切り出せばよいのか。その課題を前にして沈黙を固持しているようだ。重々しさのためにみんなは退屈そうな姿勢をとっている。私が決して狂人でないことを、それだけを示すために、私はみんなに親しそうな微笑を送った。誰も応えない。まずい仕草だった。

窓ぎわのテーブルに朝の陽が射していて、安物のコップが美しかった。

「コーヒーをくれませんか。パンもあれば、なおけっこうだが、バターはあってもなくてもいい」

笑ってみせるよりはこの方が自然な演技だろう。遠慮のない豁達さも空腹の要求も、健全な私を表明してみせる。

横着な客の申し出に、角教授はすぐさまアルコール・ランプに火を入れた。彼の迅速な動作は最大級のもてなしだった。

皆にすすめたにもかかわらず私独りがコーヒーを飲み、それほど空腹でもないのに皿の上に焼きたてのパンを積みあげた。

「どういうことになりましたか」

試合を前にしたスポーツマンの、これからひと試合だといった気軽な慌て方で、私はコーヒーをすする音を効果的に出した。

「いろいろ調べてみたのですが」

角教授は、ひとりひとりにコーヒーを入れてまわった。彼の仕草も効果を意識しているようだった。

「われわれの調べたところによりますと、患者を収容するための病院と、治療だけを専門にした病院と二通りあって、キュリイはつまり治療だけを目的とした病院だということがわかりました」

「じゃ、治療が終ったら預からない、というタテマエですか」

「そのようです。光線の完全な設備をもっているのはあの病院だけで、フランス中の患者は、あそこのベッドが空くのを待っている。奥さんの光線は、あと一カ月待たねばかけられないそうです。それまで体がもてばまたかけることになるんですが。そのあいだは、もとの病院で待機して欲しい、ということでしょう。またその期間が来たら、もちろん入れるそうですから……いかがでしょう。そのあいだ、光線治療を受けたがっている他の患者に、ベッドをゆずってやるというお気持になられては」

彼は質問の形をとらず説明の方法で問いかけ、相手にその言葉はただちに了解され、彼が期待している以外の返事はありえない仕組になっていた。医者としての彼の才能は別として、この表情はまことに医者らしかった。

「郊外のクリニックに移すことにして、面倒なことをあなたに依頼したわけですが」

「それで、昨日お電話した二、三の病院をあたってはみました。いつでも受け入れるという返事は得ております。ただしキュリイほどの設備は、どこのクリニックを探しても見当りません。ご存知のように、最近はコバルトなどという以前の数倍の威力をもった原子爆弾が出来ております。それが爆発するときに生ずる放射能を治療に当てるのですから、それを保管するだけの設備だって容易なことではありません」

みんな黙って聞いていた。

「クリニックにお入りになりますか。それならば、うちの教授からすぐ連絡していただいて手を廻しましょう、しかし奥さんは治療する必要が今はないのですから……」

「ない、というのはキュリイ病院の見解であって、他の病院ならばまた、違った意見があるものだと思いますが」

彼はさきほど紹介した医学生の方をふりかえった。

「きみ、他の医者には違った意見があると思うか」

見知らぬ人への遠慮と尊厳さをもって、問われた男は角教授に答えた。

「キュリイ以外のところが、他のいい方法を持っているかもしれないというようなことは、お考えにならん方がいいんじゃないかね」

彼は私の方を見なかった。「治療方針としてはキュリイだけでとおされる方が賢明だろうな」

教授はしずかに聞いていたが、やがて生真面目な表情で私の意見をうながした。

「方針は別として、キュリイにおれないものなら、多少とも居心地のいい病院を、という意味でクリニックを探してもいいのです」

「それだったらユニベルシテル病院へお帰りになることをすすめます。キュリイと同じ、公立の病院ですから。つまりキュリイが治療の場所なら、ベッドはその下に配置されたユニベルシテルのような病院がその役目を持っているものだと思って下さい。ユニベルシテルに移されても治療方針は、キュリイの指令をつねに受けるものですし、再び光線をかけられる期間になればもちろん、優先的にキュリイへ入れることにもなります。クリニックに入られれば、そうした組織とはまったく、縁を切ることになりますが」

懇切な説得のしかただった。みんなだまって聞いていた。みんなの意見を雄弁に伝えてくれる彼にたいして、誰も発言の要はなかった。

「私たちは、あなたが奥さんを連れて日本へ帰られることが一番いいと思っているのですが、それはあなたが希望なさらないようですし……パリに残られるからには、親身に本人を看病したがっているもとの病院へ住まわれることが、なによりいいんじゃないかと考えるのですが」

別の面からの組立て方にもソツがなかった。日本へ帰った方がいい、ということも、私の反感を買わないようにうまく彼はもちだした。

「あなたひとりではお疲れになるだろうから、本当は御両親やなんかが充分に面倒をみてあげられる病院が、患者には一番いいんですが……いろいろ迷われるよりいっそ、そうなすっては」

私は皆を見た。吉岡までが私の眼には応えなかった。大勢の中で、私の知人でない一人の男、医学生の眼が、こんな付添人のわがままは沢山だ、と応えていた。

角教授は私の頑なな表情をたしかめると、帰国の話は打ちきった。

「まあ、ユニベルシテル病院だったらここからも近いし、我々としても多少、力にはなってあげられるかと……」

これ以上、彼にしゃべらせることもなかった。今後も遠慮なく、あなた方の意見をきかせて欲しいと、ことさら慇懃にのべて私は部屋を出た。彼らの意見に従わねばならぬことはいかにも口惜しいことであり、一言の反撥も出来ずに今後も彼らの瞳のなかに据えられるであろうことは残念に思われた。しかし何よりも私を淋しがらせたものは、ユニベルシテルの、あまりにも安い入院費にちがいなかった。追いつめてきた筋書がこわれる。ユートピアの崩壊はまだ我慢できるとして、あまりにもケチな金の出し入れは推理小説にも恋愛小説にもなりえない。

キュリイ病院の前で乗りすてたタクシイに二百五十フラン払いながら、世の中はこんなにも面白くないものかと、私は自分にむかって憤りをおぼえた。

「みんなからオレンジを戴いたの」

陽子は人の住んでいる家々よりはるか上の、空だけしか映らない部屋にいる。私もここで眠りたかった。

おかえしに、私はアメ玉を配ってあるいた。読書夫人は好きな色のをひとつとって口に入れ、低い声で、あと二週間したら退院しますの、と言った。

「ああ、家へお帰りになるんですね」

「いいえ……」

お互いの病状と経歴については、ここでは言わないのが礼儀なのだろうか。救いのない病気で一律にしばられた人々ばかりのここは住家なのか。他の誰にも聞きとれないくらい彼女の声は小さかった。

新入りのお喋りは私に、しつっこくアメ玉の礼を言い、今朝がた、陽子の毛布が落ちそうになったのを整えてやったと、くどくどと言いはじめた。

私が陽子のそばへ戻るときも、この老婆はくっついてきて、彼女に、毛布の具合はどうだと聞いた。

メルシイ、とだけ陽子は答えた。

「いやな婆アだ」

親切なひとよ、と陽子は言った。

貯えもなく、稼ぐことのできない年齢に達した人々は、アメ玉が正直に貴重なのだろうか。金持のくせにキレッパシ一つ貰っても有頂天になる人間もいる。どちらかは知らないがともかく、老婆が自分のベッドへ引返した時、私は安心した。お喋りの人間が同室しているということはおそろしい。こういう人間は早耳だ。患者たちに何を伝えないともかぎらない。

「あのメシャン看護婦が昨日からとても親切になったのよ。変ね」

陽子がメシャン（意地悪）とよんでいる看護婦に、私は一度も会ったことがなかった。彼女は夜やって来て朝帰る当直だった。

ある夜半、陽子は夢うつつの中で排泄したが、看護婦は汚れたシーツを替えてくれなかった。朝までこのままで我慢しろという彼女の言い分に、陽子はメシャンとがなりたてて以来、その看護婦のことを私にぐちっていた。一度その女に会って、少しばかりの親切を私は要求したかった。しばらくするうちに、憤りはうすらいできた。陽子の他人に対するたった一つの憎悪が、人間の猥雑な世界に停まっている証拠として、私に響いてきはじめたのだ。

「どうして親切になったんでしょうね」

看護婦もかつての私のように、はからずも、患者の病状を知らされたのだろう。私と同じうしろめたさが、この変貌をきたしたに違いない。私は答えられなかった。

今までのどの看護婦よりも親切になった、というのを黙って聞くよりなかった。

「光線をかけないのよ」

「当分、光線は休みだそうだ。あれは非常に疲れるんでね、数回かけては暫く休み、休んでからまたかけるという方法をとるんだそうだ」

「どれくらいお休みなの」

「一カ月、そういう医者の話だった」

「まあ、まだ一カ月以上もかかるの。あたしの病気？」

「…………」

「あたしね、キュリイに来た時、今頃はもう退院できるつもりにしてたの」

「とにかく光線をかけないあいだ、この病院を出なきゃならんのだ。ここに入る人たちがたくさん、よその病院で待ってるとかで」

「そうでしょうね、光線は効くもの」

一時的には、たしかに効力のあるものかも知れない。しかし彼女の体内に芽生えた悪性の症状は、光線を当てられていない他の部分で大きく伸びている。これを最後まで光線が追っかけた時は、同時に体が放射能のために破壊されてしまう、と医者は私に説明した。次の光線を待つまでの間は、と角教授も私を説得した。しかし彼自身、次を期待していないことはわかっている。

しかし、これは医者の良心と称ばれるものだろう。私も、期待されない次の機会を待つことにした。

「ユニベルシテルの病院に帰る気はないか」

「郊外には行かないの」

この何日間か、夕暮れが少しずつ早くなっていくように、彼女の眼のふちに茶褐色のかげが濃くなってゆく。瞳は透明さをまして、瞳孔が美しく光りはじめていた。

「きみはどっちに行きたい？」

彼女は口ごもった。すでに彼女は、私がいずれかに決めているのを見ぬいていた。

「スープならうまいものを運んでやるさ」

「あなたの選んだ病院でいいわ、二人で住めさえすれば」

気味悪いほど陽子は素直だった。すっかり馴染んだこの病院を出ることにも反対を示さず、先日からあんなにも夢見た、窓から野原の見える郊外のクリニックを私がとりやめたことにも不満を示さなかった。

あれほどにもおそれていたかつての日々。腹痛の夜と、活動を停止した腹部の異状なふくらみ、一日数回の注射。再びユニベルシテル病院に体を横たえることを彼女はおそれているはずだ。現在、与えている薬のどれが効いているのかわからないとアビバンが告白したあの病室は、私にとってはエジプトの寝棺を大きく拡げたような印象だけを残していた。

彼女が私の転心に不満を示さないというより、不審がらないことがなんとも悲しい。過去の会話や印象は、わずかのあいだしか、彼女の体内に残らなくなっているのだ。

「ユニベルシテルでもいいわ」

うわの空のように、しかも一心に彼女はなにかを考えていた。生きることに疲れ果てた人が、目の前の状態を否応なしに受けいれるため、気休めの設定をその中で組立てているようだった。

「セッサおば様に会えるわね」

会えないのだ。彼女のヴァカンス、九月は、まだずっとながく私たちの前に横たわっていた。一日をかくも未練がましく過去にしていく私に、彼女が病院に立ち戻ってくるという十月は、現実感の稀薄な形でしか呼べない未来だった。

溶けることのない雪渓が谷を埋め、空と岩肌とが同じ冷気につつまれているスイスの山、その山巓に向って運ばれてゆく高山電車。幾人かの旅人にまじってマダム・セッサは、人の住まない静寂を眺めているはずだ。

なぜだか、ヴァカンスの彼女の所在を私はそう思い込んでいた。私も時おり、旅人であった。シシリーの海ぞいの丘、オランダの北に向かって流れる河。独りのときもあったし、たまたま旅の人々と一緒になったりもした。

マダム・セッサのヴァカンスを、まだ私の行ったことのないスイスの山頂だと、どうして決めたのだろう。病院に来ていないというだけで、パリにとどまっていることだってありうる。彼女は未婚だった。そのせいであの清楚さをたもっているとは考えられない。むしろ彼女の過去には愛憎の葛藤があり、打ちこまれた痛手が、特定の人を愛する力を奪い去ったのだ。そうでなければ、彼女の献身には納得がいかない。彼女には人を愛するより、つねに忘れようとする努力があるように思われた。

まるで汽車が出るように死の時間をあわただしく気にしながら、なんの準備もない定着の一日一日を、淡い空想で支えようとする時間が私に多くなった。

郊外のクリニックがそうだった。窓から野原が見えるという二人の生活は、陽子の弱まった肉体が私を駆りたてた幻想だとすれば、人々の世界より気温の冷徹な山巓の連想は、マダム・セッサの心情が醸し出したものに違いなかった。

陽子と向いあっているとき、私は彼女の死を信じなかった。彼女の安定した感情は、絶えず神経をはりめぐらしている兵士に、休息を与える任務を自負しているようだった。

翌朝、厚生省におもむくはずだったルクリュ氏と出合い、そのまま二人して病院の地下室へおり、ユニベルシテルへ移す旨を彼から簡単に伝えてもらって、女医との感情のゲームを終りにした。

「そりゃよかった」とルクリュ氏は、はじめて彼の気持をもらした。最初から彼はこの結果を望んでいたが、私の思惑にしたがって、その行為を助けるという友情の慎しみを知っていたのだ。

ユニベルシテル病院へ移動させる旨の電話をおえてから、また用事があったら、と言ったきり彼は自分の仕事場へ向って、すたすたと去っていった。

当分は彼に会うこともあるまい。ルクリュ氏の友情を陽子に伝え得ない口惜しさを覚えながら、私は彼のうしろ姿が街角に消えるのを見送った。

午後四時、私たちは再びユニベルシテルの病院車に揺られて、キュリイ病院を遠ざかった。

乾いたように晴れあがった九月の空の下を、苦痛すら訴える力もなく陽子は走りつづける。なにも考えてはいないようだった。たったさっき、あれほど涙をためて別れたキュリイの人々も彼女の網膜からは消えていた。

執拗な対人間の感情をたちきって、ただ瞳をとじ、動揺する時間に身を任せている。静かな喪の幕が垂れさがったように、うつろに柔かな陽ざしが彼女の肉体をくまどっていた。

キュリイの病室で、彼女が担架に乗せられたとき、あのお喋りの老婆が泣いた。どこへ連れて行くのだ、と窓のふちで読書夫人が私に尋ねた。ここでの治療はすんだのだ、と伝えたとき、彼女も泣いた。

——フランス語がわからないことは幸せです——

運ばれていく幼い陽子に、臥せたきりのルオーのお婆さんは奇妙な声で、さよならをくり返した。お互いの顔が見られないまま陽子は小さく手をふって、生きた静物に別れを惜しんだ。

ドアの外へ出たとき、陽子はもう廊下を渡る人になりおおせていた。いつの日か、どのような形で、残されたひとりひとりがこの部屋を去ってゆくのだろう。彼女らの涙は、彼女ら自身の結末を健康な私に訴えていた。

車の振動と立ちならぶ家々とが秋のひかりを点滅させ、うすい一枚の毛布のしたで、遠いところから拉し来ったように彼女の肉体だけが幽かにふるえていた。雑然と住んでいる人間の巷の騒音がうすいガラス窓から、どうして私たち二人に伝わってこないのか。静寂が私にはおそろしかった。

いつか運ばれてきた道を、同じ白い自動車はふたたびたどる。祭礼のときのように速度を警戒しながら徐々に動いている車は、進んでいるというよりバックしているといった方が正確だろう。雨のそぼ降る日、キュリイ病院の赤い門をくぐった位置から逆に長い壁にそって後退し、やがて広い下り坂へ出る。パンテオンは家にさえぎられ、タクシイやバスの走る広い通りをこの白い車だけがバックするのだ。ギアーをはずしブレーキをふみ、サイドブレーキをかけても車はそれ自体の重さで下っていく。空気の稀薄な海底へ沈んでゆく溺死者のように、彼女の抵抗はうつろになった。

クロード・ベルナール通りからグラッシェールの、歩きづらいうねった道がながながと続く。

私たちがこの道を運ばれてきたのはいつだったか。現在だけにしか信頼をおかなくなってしまった私に、埋もれた昨日までの日数はたしかではないが、無意に引返しているこの道程の記憶はたしかだ。

オーギュスト・ブランキ通りからパンテオンの白いドームが空にはみでて小さく映る。犬しか歩いていないサンテ通り、市立病院と監獄の壁が、モンスリイ公園までのあいだを陰気に続く。

ユニベルシテル病院、三階6号室の、もと私が寝ていたベッドに彼女の肉体は打上げられた。間断なく打ちよせる波を漂って、ぐったりと砂浜に臥すように、狭いベッドの中で陽子は手足をばらばらにして眠った。喪失した記憶のなかで、まだ大洋の振動がつづき、乾ききらない海水が黒い髪を濡らしたまま白いシーツの上にうねっていた。

陽子が以前寝ていた6号室の真中のベッドには人の気配が残っており、洗面台の上には女の装身具がきらびやかに並んでいた。

——誰かいる——尋ねるよりさきに看護婦が、この患者は他の病室へ移すからと、急ぎ私を安心させた。

ベッドに投げすててある紫色のうすいガウン、卓上に拡がっている大きな花弁の花々。この女が必要とする装身具を私は窓ぎわに腰かけてひとつひとつ検討した。

口紅も眉ずみも、とりどりの花の色も、どれも陽子には要らないものばかりだ。砂の上に臥している素脚の女には海の一色でたくさんだった。早く、この患者を他の部屋へ追いだしてくれ。次第に憎悪が見知らぬ女に起きはじめた。

陽が落ちてから婦長がやってきて、この患者を今日じゅうに他の部屋へ移すことは不可能だと伝えた。主治医が不在のため明朝まで待っていただきたい。そのためあなたのベッドも用意されないが、特に今夜は十二時まで病院にいることを許可する。今日じゅうに用意できなかったことは許して戴きたい、と言うのだった。

十時になっても、紫のガウンの中身は病室へ帰ってこなかった。見知らぬ男がそこにいるために、彼女は着替えることも寝ることも出来ないでいるのだろう。

十二時までというのをきりあげて、私は病院を出た。

6

再び二人の生活が始まる。彼女は臥したままだろう。傍の椅子に私は坐り、終日お互いに生きていることを見守り続ければよい。いつまでか、何も考えることもない住家だ。

それは新しい闘争の生活でもあった。私たちに挑みかかる人間がいなくなったとき、敵は目に見えない時間というカタチに変って苛《さいな》むだろう。彼女の体力が引延し引延ししてゆけばよいのだ。それが何十年も続けば、癒ったということと同義語だ。

これはしかし奇妙な同棲だった。病院の秩序の中で、同じ部屋の中では、死刑を受ける者と、その宣告をいい渡された者とは別人だった。

寝つかれない夜をすごして私は朝早くベッドからぬけ、旅に出る人が急にあらたまって部屋を整えるように、たいして役にもたたない部屋の整理にかかった。

ほどなく初山がやってきたのをしおに、二人してサンミッシェル通りへ出た。室内着やシャツや、なにしろ不足なものばかりだ。

「セーヌ河のあたりまで歩いて服装を全部ととのえろ」と初山が言った。

「病院は女だらけだから、我がますらお派出夫会も少しは楽しませてもらわんとな」

晴れて風もないのに底冷えのする朝だった。私たちは坂の上まで引返して、いつものカフェで朝食とも昼食ともつかぬクロワッサンを注文した。

コーヒー用の砂糖がないのに気づいてそれを請求すると、顔見知りのガルソンは言下に「ノン」と答えた。

「たしかに砂糖は渡しましたよ、ムッシウ」

いいや貰っていない。私が大きな声を出すと、店の親爺までが疑わしい目つきでこっちを見た。いつの間にかフランスの世情は一変していたのだ。スエズ問題はいつ戦争に拡がるか分らない。人人は食糧の買占めに走りだし、商人は物資を店頭からかくしはじめていた。

途中、私は吉岡の部屋へ立寄り、ユニベルシテル病院に陽子の好きな食物を中条や初山と話しあって毎夕運んで貰えないかと相談した。彼はこころよく引受けてくれた。

——毎朝十時、私は陽子の食べたいという物を吉岡へ電話する。それによって彼は材料を整え、お春さんをわずらわして作ってもらい、夕方、病院へ運んでくる——

この煩瑣な仕事を、ともかく彼らはやってくれるだろうが、そこいらの店に出ていないフランスでは特種な食糧を探し求めるときの困難さはどうなるのだろう。

初山と別れ、私は部屋に帰って、彼がフラノだと教えてくれた買いたてのズボンをはき、四年ごしの背広を着て、寝巻と歯ブラシを風呂敷に包んだ。二人の生活のために何かもっと持っていくものはないだろうか。〈無人島に行く時、貴下は何を持参するや〉という昔読んだ雑誌のアンケートにはいろんな回答がのっていたが、いまの私には何ひとつ見つからない。

掃除の女が入ってきて、いつまでか留守にするだろう私たちのベッドを整えにかかった。

「マダムはまだ退院じゃないんですか」

彼女はうす汚れたデイトリッヒみたいだ。整った顔だちだが情愛の持ちあわせがあるのかないのか、いつも私は迷わせられる。

「当分はね……」

かくれたスターに見送られて私は部屋を出た。

6号室のドアをあけると、陽子は昏迷の淵から目だけ開いて「どうして、あたしここへ来たんでしょうね」と呟いた。

「なにがさ」

「いいえ、あたし、どうしてこの病院に帰ってきたのか分らないの」

「昨日、運ばれて来たことを覚えてないいんだね」

「そうじゃない。オニイが一緒に泊れるっていうから、あたし達来たんじゃなくって」

昨夜別れしなに私は、婦長の言ったことを彼女に伝えたはずだった。聞いていなかったのか、忘れたのか。いずれにしても、彼女は事実以外のなにものも受けつけなくなっていた。

「だからさ、今日から泊れるはずじゃないか。部屋のひとは、もう別のところへ移されているようだし」

「じゃオニイはいつから泊るの」

「今日からさ」

彼女は信じなかった。疑いもしなかった。それっきり白日の砂上にさらされているもののように、眠りふるえた。

柔かい毛布も、調節された気温も、なにひとつ彼女のからだを防いではくれなかった。凪は身辺をなぶり、陽は照りつけ、大洋の轟きは今もまた、小さいからだを波の中に巻込もうと強迫し続けていた。熱は昨夜から四十度を越えている。

陽が落ちてから、私はそっと病院をぬけだし花壇を横ぎってゆるい勾配をおり、つい目と鼻の先にある日本学生館《メイゾン》へいった。

すでに初山も半田も、医者と称する男の部屋で待っていた。ばかばかしい秘密会合だった。その男は佐多博士といった。

「彼はねェ、菅沼教授や角教授が、どうして癌と決めてしまっているのか分らんと言うんだよ。切り開いてでもみたのか、って怒ってんだ」半田がわざわざローモン街の部屋へ訪ねてきて、私にこういったのは二日前のことだ。

「また、あらたなる意見か。結果は同じことだ、やめた方がいい」

「死を待ってるよりいいだろう。とにかく佐多さんは君と会おうと言ってるんだ。かれは癌専門の医者だぜ」

半田はほんとうに手術や解剖の好きな男だ。一見、希望を与えてくれそうなこの説は、目新しさのために、大方の定見とは異なって魅力があった。

あれは医者じゃない。生理学者だ、と、たまたま私の部屋にいあわせた関が、半田に注釈をいれたのはつい昨日のことだ。

「医学博士は医者じゃないか。癌研究所に通ってりゃ癌は専門だろう」彼は強硬だ。

関は小声で言った。

「キュリイ研究所で癌の研究をしてるんだが、臨床じゃなく生化学の部門に属している男だよ。わかりもしないくせに角教授に食ってかかったりして」

ひそかにどこかで、私を囲んで医者たちが反撥しあい、多くの友情がそれぞれに対立していることを知って、私はうそ寒く感じた。

その夜、佐多博士は、敵を意識したらしい態度で自己紹介をした。「医者ではないが癌の研究にたずさわっている者です」

それから彼は、どうして病人が癌と断定されたかについて、説明を乞うた。

「そうですか、キュリィ病院で培養の結果、断定されたというわけですね」

彼はひるまなかった。

「キュリイならば間違いない、と考えていいでしょう。しかし、癌とは何であるか、ということが現在の学界では知られていない。よろしいか、キュリイが発見したものは癌ではなくて、癌の症状なのです。このような症状のすべてを逆に癌と断定してよいか、これは問題のはずだ。ひとくちに癌といっているが、おのおの場所によって随分違ったものであるし、その発展もいろんな形がある。現在はなにも分らないから癌という呼び方をしているが、もし将来発見された時には、全く違った病名にいくつも分けられるはずです。症状が癌に似ていることだってある。もちろん、医者はこれも癌と断定する」

「あなたのお考えでは、切り開いてみるとか……」

ところが彼はそれを主張しなかった。腹からすでに肩と、後頭部へ廻っているという私の説明に、彼も後退した。そうして、誰もがこのようにおし黙ってしまうだろうことは、最初から私に分っている。

「なにも癌とはきまらないが、かなり悪質のようです」

彼は医者と同じように逡巡しはじめた。

「癌はどうして出来るのです」

社交的に話を切りかえたわけではなく、私が知りたいことはそれだった。

「それも分らない。何の端緒も摑まえてはいないのです。アメリカでは、金にあかして厖大な実験をおしすすめているが、やはり依然として謎です。彼らは実験段階をことごとに報道するから一見、めざましく思えるが、これに反しフランスは一つの端緒を摑んでも、それに成果があがるまで、じっくりと研究所の中で続けていますから、どちらが先とも言えない。ただどこかの国が発見すれば、世界中のものとなります……ある医者が、毎日兎の耳をなぶって遂に癌をつくったことから、一定の刺激を体の一部分にくり返すことも原因のひとつにはなっているようです。しかし全く別の症状が突然、癌に変貌することもありまして」

「たとえば疲労している部分が突然……」

「ありえますね」

私はたじろいだ。陽子がパリにこなかったら、これまでの長い疲労がなかったら。

「疲労から、とばかりお考えになるのは愚です。なるときは日本にいたってどこにいたってなるのです。原因がわからないのだから」

なんという病気だろう。納得のゆく答をしてくれる者はいない。お前のせいだ、と私を指さしてくれてもいいのだ。私のせいでもない。本人のせいでもない。偶然にも陽子の体内にふって湧いたひとつの悪い芽だ、という運命的な言葉はますます私を苛らだたせる。

インチキ宗教の御託宣か、とまがう抽象的な言葉、臨床の専門家も生化学の学者もうやうやしく私に教えてくれた言葉は〈芽〉だ。段階でもなんでもない。私と同じ素朴な疑問にぶっつかったきりだ。あれだけ病名をつくりたがり、類別したがる彼らにしては臆面もない。

「あきらめてはいけません。終戦直後の肺病患者のように、命さえながらえていれば次々と新しい薬が発見されて、遂に駄目とされていた病気を征服した例もある」

ともかくすべてが、患者を扱うように気休めのいたわりを私に投げかけている。陽子が現在だけを信じるように、私は佐多博士の話を聞きながら、四十度の赤い線に彼女がゆさぶられている事実だけしか頭になかった。

私が病室へ帰ってきたことにも陽子は気づかなかった。夢うつつに苦痛だけを訴えていた。夜通し、どこが痛むのか。

「あたしにも分らない、あたしにも分らないの」と言いつづけて夜明け方、襲われたように眠りにおちた。

ようやく彼女はキュリイ病院のときの体温に近づいてきた。二晩が過ぎて陽子は初めて、私の新しいズボンに気がついた。

「よく見せて頂戴」

枕もとに椅子をよせて私はその上に立った。少し長いようだ。

「冬のズボンじゃないの」

ズボンにも季節があるのか。たしかに病人が残念がるように、私がベッドに入り彼女が看護を引うければ、すべてがうまくいくはずだった。病気がなおるまでこの不器用な看護人は、しょっちゅうズボンを上へたくしあげて歩くことだろう。

枕もとによせた椅子に腰をおろし、何気なく開いた夕刊の一面に、陽子ぐらいの年恰好だろう、日本の女性の写真が大きく目についた。殺人事件だった。この女性は、昨日フォンテンブローの森を疾走する自動車の中で殺され、道路に捨てられた、と報じてあった。

「まあ、かわいそうに。ひどいことをするものね。誰が殺したの、誰が……」

誰かはわかっているようだったが、自動車の行方は不明となっていた。陽子はその、誰か、を憎んだ。若い女の命を奪った誰かを、異様な憎悪をこめて、哀願するように口走った。

「どうして逃がしたの、犯人を」

私は写真の顔が恐ろしかった。生真面目そうに両の目をすえ、正面をむいた整った表情が、そのまま読む人を見すえていた。

刃物が喉にささるまで、彼女に、死は予期されないことだったろう。一瞬にして、生命を支えるに必要量の血が、傷口からあふれ出たのだ。それから四十分、彼女は呼吸をつづけていた、と結んであった。

写真は、かつて幸福な日に撮られたものであろう。事件とは別の表情で、しかも別人でないこの顔が、新聞の活字と一緒にひらひらとたゆたうのがおそろしかった。

事件への恐怖から陽子は、とりあえず目の前にいる私を犯人のように見すえた。彼女の異常な憎悪はどこからきたのだろう。

おいよせ、お前はこの道の果てに死が待っているとおそれているのか。予告しないおれをおそれているのか。そうではあるまい。暴力に抵抗できない体が、たんに怯えているのだろう。私は新聞を買ってきたことを悔いた。

「あたし、起きて夕食をとるわ」

なにを思ったのだろう。なにを彼女が言いだしても、私にはおそろしく感じられた。今はだれよりも私が、宣告に追いつめられた人間だ。

私はこっそり夕刊をとりあげた。ありふれた殺人事件が、日本人であるということのために、いつもと違った衝撃をあたえもしたが、この写真の顔が持っていた健康な肉体が、今更のように貴重にしのばれた。ふいとその時、全く苛酷なことを思いついた。

この肉体の細胞が死なないうちに、陽子の体ととり換えることは出来ないか。死人の眼球を移植することには成功している、それだったらこの犠牲者はちょうどいい。

私はスプーンで病人の口に食物を入れてやりながら、そのからだを注意深く見た——一刻を争うことだ。もしこの体の移植が可能なら——。

海岸の小さな入江、波が夜空に不気味な白さだ。私は女の首すじに唇をあてた。どうしたの、と女が呟いた。

——なんでもない。昨夜、あの人が波にさらわれたんだ——

私と肩を並べて女は闇を見ていた。波の音がはげしい。私は波のはるか下に漂っている裸を見ていた。溺れた裸の女は、手脚を思いきり伸していた。

低い雲のしたで入江の丘が暗く聳え、私たちをとり巻く夜の闇から、波は砂浜の小さい二人めがけて絶えず走ってきては泡沫となって消えた。

近頃、私は絶えて夢を見ることがなかった。酔っぱらいの神経のように、極度にはりつめながら行動過程にまったく自信のない、いわば目覚めたまま夢と同じような、現実感の皆無な世界に住みついたのだろう。

消灯前に打たれた注射のせいか、陽子はぐっすり眠っていた。死んだ女が誰なのか、傍にいた女が誰なのか。私には、海底に横たわっている暗い緑の奥の白い肉体と、闇の中に生きている女の柔かい首すじの感覚だけが残った。

ふたたび眠ることもできず、私は夜の白むのを待つよりなかった。

ふいと陽子が目をあけた。彼女のそばにより、便器をあたたかいシーツの中に入れた。私は赤ん坊の欲求を知りつくしている。排泄された量に、彼女も私も満足した。

「オレンジを食べようよ」

くらい朝の静寂《しじま》の中に注射がとけ、睡眠から放たれた彼女は、爽やかな食欲を訴えた。

私たちは黙って朝の空腹をみたし、空が白むとともに深い眠りにおちた。

新しい注射をするために、朝食も昼食も与えられず、空腹のままたえず軽い咳をくり返していた陽子は、漠然とすべてを疑いはじめた。キュリイ病院に行くまえ、ここに住んでいたときから、注射やレントゲンその他の検査で、しばしばこのような空腹の状態におかれていたが、それが果たして何の効果をもたらしたか。いままた、同じことをくり返して何が彼女に与えられるのか。

いつの頃からか、患者という名で少しずつからだの自由を奪われ、絶えずおしよせる苦痛の波動に彼女は泣きはじめた。誰に訴えるでもなく静かにベッドに埋まって泣いた。

——どうして癒らないのかしら——

誰の返事をも待っていない声だった。しばらく彼女は枕に深く顔を伏せていた。

——医者はわたしを実験材料にしてるんじゃないの——

不審の独りごとを聞くのは私だけだった。彼女は、部屋にいるたった一人の男にも、問いかけようとはしなかった。

半田はまた新しい医者を迎えて闘志をかきたたせた。厚意にもそれぞれの趣味があるようだ。彼の部屋で今夜、旅行で来たA省病院の医者二人が食事をとる。

「いいかい、今度はほんとうに会う必要があるよ、放射線科の主任だからな」

これ以上医者に屈服しないために、再び半田が私を誘わないために、病名判断の易者と喧嘩をするのも面白い。陽子に夕食をとらせてから、日本学生館へお茶をもらいにいくと称して、わたしは病院を出た。

半田の部屋ではちょうど、食事が終ったところだった。

「いま伺ったのがこの方で?」と色のあさ黒い放射線主任は、すき焼のあとの茶碗に湯をいれながら私を見た。

誰がどう説明してくれていようと医者は、一応本人の私から現状を聞きたがる。彼の方から説明を求めながら、食事のあとの飽満さから、彼はなにも聞いてはいなかった。

「一時的には光線は効きますからな」

顔の皺は一層あさ黒くよどんでいた。「うちでも癒ったつもりで帰っていく患者がおるが、気の毒でして」

もう一人の医者は彼の配下らしい。誰よりも傾聴しているふうな顔付きだ。

「癒らない患者を扱うのが私の専門だから、やりきれませんで……奥さんのはめったにない癌ですな。わたしの七年間のA省病院勤めでも二人しかない。めずらしい、まったく珍らしい。若いひとにねェ。いったい奥さんはお幾つで」

そう言いながら、男はマッチの棒を楊枝がわりに口にくわえた。「お子さんはお在りかな」

彼はマッチの先に、食事の残余をとり出した。

「在ったら厄介なこってすぜ」

一緒に食事しおわった二人を見ながら、彼は茶をすすった。

「フランスまで来てね、実際……」

日本の医者、というより権威をかさにきた人々が、回転椅子をずらして問いかけるあの横柄な面構えを、私は想い出した。

自分以外の人々の安寧と秩序はおのれの双肩にあると自負しながら、自分以外の人々の存在は、お茶のあいまの噂話にしかないとタカをくくっている人間の、彼はまぎれもない一人だ。そこでは他人の不幸ほど面白いものはない。

彼はその標本をパリまで来て、まじまじと見ることに満足している様子だった。

「こっちに来て、もうお長いのかな」

彼の座興に応えてやることはないのだ。ひとつひとつ問いかけては茶をすすり、歯を掃除し、みんなに向って主要な人物のみが許される憐愍の表情を投げかけていた。

まったく何の暇つぶしで、私はこのような場所にとびこんだのか。陽子が、お茶を貰いにいくことはないと止めたとき、どうしてその気にならなかったのか。もう半田も誘わないだろうが、彼らを相手に不真面目な会話をやろうと私も考えないだろう。

これから夜の見物に行く、と彼らが立上る前に私は病院へ引返した。陽子は眼をあけて、帰りを待っていた。

夜明け方、彼女は昨日のように、オレンジを欲しいと言った。もう以前のように夜の恐怖はなかったが、異様な喉のかわきでしばしば眼をあけた。

六時頃、看護婦がやってきて5ｃｃの注射を二回打った。

またしても食事ぬきの空しい朝を、雨が静かに降りそそぐ。陽子は窓の外を、流れて行く時間を、ぼんやりと眺めていた。

キュリイの時には、光線と睡眠不能があった。ここでは注射と排泄不能とがある。キュリィでの睡眠不能には旺盛な夜じゅうの排泄が原因だったが、すべての人間の寝息を聞く空しさは耐えがたかった。光線にとってかわった注射は、彼女に夜を忘れさせたが、同時にそれは排泄機能の停滞でもあった。夜中にしばしば眼をさまし、幾度か試みたすえにやっと少量の目的を果たすだけだった。

——あたし、なおるのかしら——

注射が要求する空腹が、一層その不安をあおった。咳が雨のなかに弱くつづく。

すでに癒っているはずの手術後の左肩の傷口も開いたままだった。ふいと彼女は寝息をとめた。信頼すべき夫は近くにいる。

夫は学生の頃、肺浸潤で一年ほど寝たことがある。兵隊のとき、ソ満国境の病院で再発し、ひどくなり、病状の進行過程にしたがって、死体安置室の隣の部屋へ移された。死の宣告。

彼女の知らない以前の夫のこうした一時期について、健康な彼女は、ある種の敬意をいだいていた。

「その病室の窓からはなにが見えて」

「なにもないさ、雪ばかりだ。ときどき、豚が通っていた。黒い豚が」

「まあ黒い豚！」

彼女は讃嘆した。この人には死の不安や、病気の苦痛がなかったのだろうか。誰よりも病弱でありながら、決して死ぬことのない強靭な人間として彼女は夫を愛していた。

苦痛にゆがんだ目を開いて、彼女はまじまじと私を見た。しかし夫の顔は、どこが、どれほど痛いのか何も察してはいなかった。

過去の苦痛がなんだろう。経験がどこまで人の肉体を理解するというのか。なまじ死と隣りあったことのある、この男の自負が腹立たしかった。

「オニイにはあたしの痛み、わからない」

今日までつねに彼女の傍にあって、信頼の目差しをうけていた優美な座から、私はまっしぐらに失落し、孤独の影が拡がった。なんとうぬぼれた男だ。横臥の生活者を、ぼんやりと私は眺めているだけではないか。


再び彼女は眠りにおちた。ようやく私も瞬時の深い眠りにおちる。

——痛い《マル》……痛い《マル》……——

彼女が遠くで叫んでいるようだ。

それからいくらも経たず夜が明けたとき、私は彼女の片腕がふくれ上っているのを発見した。

あれは、ほんとうに叫んでいたのか。あんなにも叫んでいたものを、おれはどうしてあの時はっきり目覚めなかったのか。どう自分を責めてみても仕方がなかった。マル！　と叫ぶだけの表現では、大げさな身振りのヨーロッパ人には通じないのだろう。看護婦は平気で静脈注射を皮下へ20ｃｃも打込んでいた。

　マル、というたったひとつの異国語で、苦痛の大小や性質の微妙さを表現しなければならないエトランゼの状況が悔まれる。入院した当初から、この意志伝達の不足は、患者と医師のあいだをかなり混乱させてきたはずだ。

　湿布で包まれた左の腕を彼女は見つめている。自分たちの言葉の不足よりも、親代々受けついできた自分たちの国の忍従の美徳を疑ってでもいるのか。

　苦痛に耐えること、耐え忍ぶこと。それも確かに立派だが、からだから反射的に出る声を自然に吐き出して、それからあとを耐えても遅くはない。フランスの医者は習慣の違いに戸惑いもしたが、陽子の戸惑いはそのまま肉体に反応した。

　今もなお異国のベッドに陽子を寝かせつづけていることを、私は後悔した。

　昼近く雨の音にまぎれて、角教授が小さくドアを叩いたが、中には入ってこなかった。廊下に出てきた私に彼は、日本の週刊誌を手渡し、二、三日このかた咳が続いているようだが、胸の方に癌が廻ってきたのではないか、と言い置いて帰った。

　彼女宛に父から三通と、友人から二通の手紙が届いた。連続した単調な雨と寝息のしじまの中で、私はひそかに手紙を読んだ。

陽子宛の手紙を本人に知らせずに開封し、病名に関する部分を削り適当に前後をつなぎ合して、作りかえる行為は〈本人に最も重大なことを隠し、すべての事実を私までで喰止めている〉ことから当然起こる、もろもろの小さい罪のひとつだった。

女同士の手紙、それは男が想像しているよりはるかに恋愛に勇敢であり、自分をいつくしみ、大胆に告白する性質をもっていることなどを知った。

私の知らない小さい発見のたびに、少しばかり罪の意識がわいた。陽子に今の病状を告げないかぎり、この行為を続けなくてはならないだろう。しかし、私の眼を意識しない差出人の手紙を見ることはもうたくさんだ。私は病人をゆり起こし、いっそこれらの内容をそのまま読んでやろうかとも考えた。

もう一通の絵葉書には丁寧な字がならんでいた。

——パリのこの夏は涼しかった由、蒸し暑い東京ではそのことも羨ましく思われます。新しいアパートのピアノはすてきですね。ピアノを弾いたり縄跳びをしたり、陽子夫人はたいへん忙がしいことでしょうね。——

これが本当だった。差出人が想像したこの生活は、それほどトッピな幸福ではなかった。

新しく手に入れた汚いが自由な住居、売れるまで預ってくれ、と家主が置きざりにしていったピアノ。キイは二つほど狂っていたが彼女が楽しむには充分だ。部屋の前の狭いが陽の当る中庭では、いくら彼女が縄跳びをしても平気だろう。七月のある日、たった二カ月まえ赤いニギリのついた縄跳びを彼女は買ってきたばかりだった。

なにかが狂っている。いつの頃からか、これらの道具だての一切を放棄した生活は狂っている。

あと二週間ぐらいだろう、とドクトル・アビバンは再び廊下で告げた。彼が最初に予告した二週間は四、五日前に過ぎていた。はじめに言った言葉を彼は忘れたのだろうか。再び平然と、彼は二週間という期限を区切った。

二週間、それは単に近い将来を警告しているに過ぎない。よろしい。今後いくらその言葉を反復させても医者の良心として少しもかまわない。

エリーズが果物の包みと小さい瓶をもって階段をあがってきた。彼女は、ルルドの水（聖水）を手に入れたから患者に飲ましてもいいだろうか、と廊下で私と立ち話をしていたドクトル・アビバンに尋ねた。

「ウイ、もちろん、悪いワケはない」

彼女はまた訊ねた。

「あなたはルルドの水をどうお考えになります」

カトリック教徒の医者は、どう答えたものかと生真面目に考えたあげく、返事に窮した。

「もちろん、わたしは奇跡を信じないものではない」

ドクトル・アビバンの答にエリーズは満足した。

医者は軽く会釈して、階段の下へ大きな体を運んでいった。

「あなたはお信じにならないんですか」

彼女は、わたしの怪訝な眼つきが気になるようだった。

「残念ながら、医者を信じない以上に」

わざわざルルドから取りよせてくれた彼女の厚意に対して、私は意地がわるかった。

「でも、その実例を否定することは出来ません」

「わたしは目に見たものしか事実とは認めないので」

「すべて疑ってかかるのですね、あなたは」

「そう、あなたがとりあえず信じてかかるように」

この水が効くためには、聖水という心理的な効果しかないだろう。

「不潔でなければ、なにを飲ませたってかまわないが、ルルドの水だと病人に教えるならば断ります」

彼女はそのラベルを説明すべきだと言いはらなかった。彼女にとっては聖水だった。それで充分だ。

「医者のアビバンも信じてることですから」

「その水のなにを信じているのでしょう」

「聖水だということですわ」

「つまり、駄目な患者もなおる、というのですか」

正直のところ私は、そんなものを飲ませたくなかった。

「みなが皆、なおるものとは限りません。神のおぼしめしがあったとき……」

「じゃあ、なおらない患者は、神のおぼしめしがなかったというわけですね」

「まあどうしてでしょう。死もまた、神のおぼしめしですわ」

そうだ。死はとりわけ、不幸というものではなのかも知れない。それは生と同じくらいの悲しさだ。

二、三日まえ、スイス国境のサナトリウムに行ったエミルから陽子宛てにきていた絵葉書には、改宗と全癒をお祈りします、とあった。

〈苦しみはわかちあえるもの、貴重な一日一日の体験を無にすることのないように〉

彼らの意志に、未だ従わない私を非難しているのか。ようやく私は彼らの善意を疑いはじめた。陽子に対する隣人としてのあれほどの献身を。

救済の快感が彼らを支配している。徐々に私は、今までの厚意を忌まわしく思いはじめ、彼らの背後におっかぶさっている宗教を憎みはじめた。

しかし、エリーズが持ってきたルルドの水を何気なく飲まされた陽子は、おいしいと、小さい瓶を見つめて讃歎した。

彼女がうとうとと眠りはじめたのをみて、私は近くのカフェに行き、初山とこの光景を話し合った。ルルドの水を承認した医者に、彼の職業と宗教の矛盾はないのか。

「ないと思う」

「立派な矛盾じゃないか」初山は主張した。

「エリーズからルルドの水を提出された時のドクトル・アビバンの逡巡は、矛盾というよりは単に異教徒に対する気がねではなかったろうか。宗教と職業は対立するものではなく、宗教があたえた職務なのさ。矛盾するものだったら、彼は宗教を捨てるより医者という職業を捨てるだろう」

「そうならば、カトリックは彼になんの意味もなさないじゃないか」と初山はさえぎった。

「宗教は、思索や行動にモラルの制限を与えるものだ。彼がなんの反省もなしに、すっかり出来あがってしまったモラルで行動しているとは考えられない。ルルドの水にしたって彼は悩むだろう。ただ今の場合は許可したっていいだけのことで、信じるということとは別だ。彼はその水が決して害になるものではないと知って、それを信じるものにとっては心理的効果もあると考えたに違いない」

「それでは、不潔なものだった場合は断るだろうな」

「もちろん」彼は言下に答えた。

「矛盾があるからこそ宗教の存在理由がある」

「宗教は、人間の矛盾を少なくしようとするところにあるんじゃないか」

「まさか」彼は打消した。

「しかし早い話が、エリーズや、ポールに、カトリックはあらゆる行動の軌範となっているだろう。彼らは、だから自信を持っている」

「そういう人もあるということだよ」

「いや、それがほとんどだ。九割がそうである場合、あとの一割のために宗教は意義があるとしても、九割の犠牲者をどうするんだ」

「犠牲者？」

「自分の意志というものを根こそぎ奪われて生きている人間たちは、宗教の意志に反しているが、残念ながらカトリックはこのような人間を確かに大勢つくり出している」

「しかし自分で考えることの出来ない人間たちは、一定の戒律に入れることが、秩序という面からは合理的だろう」

「待ってくれ、それは危険な要素を持っている。アビバンは、陽子に近い将来の死を告げて、準備をさせるべきだろうと言ったというが、これは医者として間違った考え方をしている」

医者は医学の限界を知っている。生命は医者のあずかり知らぬものだと認識しているはずだ。近親者の私には、後二週間という診断を何回くり返しても構わないが、患者自身に告げた場合の結果的な虚偽、ならびに心理的動揺の責任はどうなるか。

「彼自身の口から聞いたのか」

ポールはサナトリウムへ発つ前の日、わざわざ私をユニベルシテルへ呼びよせて、ドクトル・アビバンもその意志です、といってあの話を切り出している。

「ポールがそう思い込んでるだけじゃないのか。病人に死を宣告するという方法は一般にカトリックにはないのだ」

「それならエミルやポールが主張したことはカトリックに反する。おれは彼らがカトリックに反した意志を持っているとは考えられん」

初山はこの問題を、かねて知り合いの神父と論じあっていた。

神父は、異教徒にカトリックをおしつけることを、まして思考する完全な体力を無くしている時に、それをおしつけることは一種の強迫だ、と答えていた。神父は直接私と会っていろいろ話してもいいと申しでていた。無駄なことだ。自信に満ちた人間が、まず相手の意志を受入れることから始める認容と懐柔の態度を、私は好まない。今はそのことに費やすべき時間もないが、これ以上フランス語を聞かされるのもたくさんだ。

おしつけちゃいかん、と言いながら神父は〈カトリックに改宗するには、先ず神の存在を信じさせることだ〉と誰しもが抱く一般的な説諭の仕方で彼の気持を吐露している。

「キリストは、神がこの世につかわしたフィス（子）であるという最も大事なことを、先ず納得させることから始めねばならん」

初山は神父の言葉遣いを真似てフランス語で続けた。

「したがって、ポールの行なった改宗の方法はカトリックの形式の面にてらしてみても、あやまっている。死後の世界はある。肉体はもちろん、消滅する……シカシ仏教ノヨウニ死後ノ肉体ガ豚ヤ犬ニ生レ替ルトイウ、グロテスクナ考エヲ、我々ハ持合ワセテイナイ」

神父はそう言ってるんだ、と彼は笑った。

「ポールや谷沢にも、もっと大いに主張してもらおうじゃないか。いいか、今後奴らとの会話を俺は記録するよ。このテーマは現代人必読の書だからな」

彼は、いい暇つぶしができた、暇つぶしで悪ければ楽しみだな、と言いすてて立ち去った。

エリーズが再び持ってきてくれたルルドの水を、陽子はためらわず口にした。いつまでも瓶にいれた水が清潔でありうるはずはない。

「うまくなかったら吐き出せ」

口にためていた水を彼女は全部、吐き出した。すでに聖水も、ありきたりな自然の理屈どおり、腐れかかっていたのだ。

——オニイちゃん——陽子が夜半にぽつりと呼んだ。

——ヨーコ、もしかしたら死ぬようなことはないでしょうね——

はっきりした語調だった。私は自分のベッドに臥したまま腕を組んでいた。

——オニイちゃん——

暗い時刻の中で、声は小さいお下げの少女のようだった。組んでいる指と指のあいだを空気が蒼然とぬけていった。

「どうしてだ。どうして、そんなことを考えなきゃならんのだ」

「わからないから訊いたの」

ブールヴァールの灯が格子の綾になって、光を天井に映していた。

「きみは今、生きてるじゃないか」

私は返事を待った。小さい彼女は私を信じて、そのまま眠ったのだろうか。目覚めている様子もなく、寝息の気配もない沈黙がのしかかってきた。女学生の陽子が、私の妹のところへ遊びにきていた幼い折り、妹にならって、彼女も私をオニイちゃんと呼んでいた。

夜が明けるまで幾度か、オニイちゃんと彼女は私を呼んだ。急いで便器《バッサン》を彼女のベッドへもぐりこませるのだが、冷たい感覚にふれると病人の排泄の体力は消えうせた。どんな些細な欲求でもエネルギーが要る、ということを私は知った。

夜の白む頃、看護婦が大きな注射針をもって入ってきた。

「non! mais non! pas piqûre（いやよ、あたしは嫌よ）」

陽子の声に、私は反射的に床《ゆか》へ立った。

彼女は今まで病院の指示を、一度も拒んだことはなかった。二本の脚で立って歩いていた、かつての彼女がモノを拒むときには、きっぱりした決断があった。しかし強い一言の迫力を失くした拒絶は、弱いすすり泣きにかわった。

――注射はいや、ノン、non, pas piqûre――

昨夜の恐怖をくるんでいる左手をあげ、赤ん坊のように彼女は眼をはらした。

愚鈍な看護婦だった。前世に良くないことをしたために、世界中の人が寝る夜をひとり起きていなければならない性《さが》なのか、暗くなってから現れる宿直の彼女は、生来の愚かさに加えて冷たい感情しか与えられていなかった。私が病人をなだめるのを、固く口を結んで見ていたが、いきなり病人の腕を摑んで針をさした。入らない。静脈を探してふたたび刺しかえたが無駄だった。

「mais non! mais non!」

陽子は怖れた。幾度か無謀な痕跡を細い腕に残して、看護婦は一滴の注射もできないまま部屋を出ていった。

昨夜来から間断なく痛む後頭部と、開いたままの肩の傷口の鈍痛と、再びふくらみ始めた腹を抱えて、拒絶をおし通したあとの陽子はひとりベッドに臥していた。

いつになく眠れないままに迎えた朝だった。

「まえ、ここにいたときより悪くなってるようよ」

やはり、私に向って訴えるよりなかった。「キュリイにいたときは、バッサンをひとりでしてた」

彼女は、横向きに寝かせて、とせがんだ。しかしこれも不可能だった。試みたあと、彼女は乱れた呼吸をととのえながら私を見上げた。

「キュリイに居たときは、横になれたね……」


昼すぎ、マドモアゼル・セスネイがドアを叩いた。

ひとびとの面会を拒んではいたものの、あれほどにも悲しんでいる老嬢には会わせるべきだと考え、面会に来てくれることを、私は吉岡に托していた。どうにも抵抗しがたい一日一日の消耗を前にして、いまの時期をはずしては、陽子が自分の意志を伝えうる日はもうないかと危ぶんだのだ。

瀕死の陽子を、死に近づいた当然の形としてやつれはてた姿をマドモアゼル・セスネイは想像し、あたふたとやって来たのだが、意外にも可憐な少女を発見した。

——死ぬひとではない。もしこのまま、ベッドから起きられずに終るとしても、それは死ではない。だんだん子供にかえり、赤子に変化し、ついにはひとつの点になって還元し去る者のあどけない姿だ。

二人は静かに手を握りあった。陽子の汗ばんだ体温が老嬢の手に伝わり、そのまま離れなかった。

陽子は握りあった手を、マドモアゼルの手にあずけたまま眠りにおち、やがて顔全体にじんわりと汗を浮きあがらせた。

老嬢が足音をしのばせて病室を去るのにくっついて、タバコを買いに私も外へ出た。日曜の夕暮れを人々は家路に向っている。太陽は、しかし、まだ夜を感じさせはしなかった。なんというういい天気だ。

——ディマーンシュ——

老嬢と別れ、ひとりタバコをすいながら人混みとは逆の方向へ、病院にとって返しているとき、私は妙な恐怖におそわれた。〈陽子は机の上の手紙の束から、すべてを知りはしないか〉

さわやかな空が、私たちとかけ離れた、あまりにも高いところにありすぎる。

〈わたしはドアを開く。彼女は、うそつき！　と私に向ってかまえる。二人の生活の最後のときだ、わかってくれ〉

タバコを捨てて、私は急ぎ病室へもどった。

歩けるはずのない病人は、いつもの位置にいた。私は歌うように言った。

Aujourd'hui est dimanche.（今日、ニチヨウ）

陽子は訂正した。

Nous sommes dimanche.（今日ハ日曜デス）

熱は七度に下がっていた。

夜のスープとトマトを食べさせてから、彼女がうとうととまどろむのを期に、私は外出着と着かえた。

「どこへ行くの」

「…………」

「あたしが癒るまで、どこにも行かないで」

マドモアゼル・セスネイが夕飯を運んでくれるというのを断わって、私が彼女の家へ出向く約束をしたのだ。

マドモアゼル・セスネイと聞いて彼女は納得した。

「なんども何度も、有難うといってね。それから慌てないで行くのよ」

陽子さんへ僕とぼくの妻とのアミチエを、折りをみて低い声で伝えてくれ給え。たきがわ――

彼女は眠っていた。身近にいたわりかけるどのような友情も、もはや彼女をゆさぶることはなかった。私も、病人から解放される瞬時を、疲労の底でまどろみ続けた。

確実に彼女は二時間おきに、喉のかわきか排泄を訴えた。

夜明け方、私の周到な看視にもかかわらず、看護婦はおしまいの方でまたもや静脈をはずした。残る右腕をも湿布された陽子は、心底からこの病院を出たいと思いはじめた。

エリーズがオレンジを、マドモアゼル・セスネイがりんごを、吉岡がお春さんの作った夕食を、それぞれ携えてきては消えた。

新聞は徐々に拡がってゆくスエズ問題の危機を告げ、日本女性《ジャポネーズ》殺しの犯人逮捕を報じていた。角教授が運んでくれた日本の週刊誌には、殺人犯と間違えられて死刑を受けたイギリスの不幸な男の写真がのっている。

小さい机の上は、それらの事件で一杯だった。彼女はそれらのなにひとつ見るのも怖れた。新聞のついでに買ってきた婦人雑誌『エル』には、どの頁にも冬のモードが満載されていた。流行のあわただしい変遷、寒い季節の予告、騒乱の世情、私にとっても、これらは忌まわしい廃品の山だった。

ときどき、私がつかむガラス器具は、その手をはずれて床に散った。なにもかも私の手にふれた途端、そのものの本来の価値を失くしてしまうようだ。

ドクトル・アビバンは、彼女の生命の期限を見究めることの困難な理由として、淋巴腺を廻っている癌が今後、体内のどこに発生するか分らないからだ、と言った。

「喉や肺にくれば呼吸がとまってしまうだろうし、脳にくれば意識の混濁をきたすだろう。それをはずせば幸いなことだが」

彼女は弱い咳を出しはじめた。

私たちも廃品になりかかっている。机の上を全部取り払ってくれ、と彼女は私に懇願するが、そんな物より私たち自身を取り払うことのほうが簡単だ。

二人の両親たち、かずかずの日本の友人たち、遠くから届いたそれらの手紙が洋服ダンスの中で山積みになっていた。殆どが病人には読ませられない性質の文面だったが、たまに行き届いた文章が、柔かく彼女に語りかけたにしろ、それは細い神経のため、かえって横臥の病人を苛だたせることにしかならなかった。

海を渡ってくる故国の執拗な愛情から解き放たれること、彼らの忘却の果てで生きること。彼らにとって私たちが完全に遊離するためには、私たち自身の現形をとどめないように粉々に打砕く必要がある。コップや体温計が手から滑っていくたびに、自分自身のこの手で、生命をぶち毀す日も近いと、私は頭の一隅から大声をたてて笑った。

ポルト・ボンヌール！（コップや皿が毀れることを、幸福をもたらす、という）

「やめて！」

私の手が震え、飲ませようとしたスープがシーツの上にこぼれた。彼女は、まじかな匙を、その手を、相手の私をじっと睨んだ。

かなり長い時間のように思えた。

「プラトー（食器の入っている盆）を、あたしのおなかに置いて頂戴」

ふくれあがった腹の上に重いプラトーをすえ、自身、箸を手にして食事をするというのだ。

枕をいくつも背中にあてられ、上半身を斜めにして私に起こしてもらった陽子は、一瞬、峻厳な貌になり、真直ぐ前方を見据えた。

それは、はっきりと戦いを宣した表情、生死を自分で決定しなければならぬ核心にふれた姿勢だった。

さっきまでの嬌声が、私の頭のなかで大きく空転した。陽子は見事に動かなかった。それはルオー婆さんの静謐とは似ても似つかない意志の彫像だった。見開いた眼にみるみる涙がたまり、黙ってスプーンをもちあげスープを口にした。

よく食べた。梨を両の手に握って、滴る汁をすすった。終始、前方を見据えたままだった。

「夜のピキュール(注射)をやめてほしいの」

「どうしてだ」

「あれは眠り薬の注射よ、あたしは自分で眠りたい」

彼女はたしかに何かを知った。知った人間の強靱さだ。拒否することの出来ない申し出の確信が、私を惨めにした。


夜、夢を見た。彼女が、闘争の表情を私のマスクから剝ぎとってしまったのか。看護人の拠りどころのない疲労が、行動と共に意志をも奪い去ってしまったのか。瞬時瞬時をまどろむ長い夜を、夢が絶えず圧迫した。夢というより私の体内に幻覚が侵入しはじめたのだ。

周囲に笑い声がたちこめ、だんだんと喚きに変り、それがいくつもの人間の形になって八方から私を囲み、なぶり、打ちすえ、襲いかかる。

夜明け近く、再び笑い声の囲いから私は逃げ場を失いあがいたすえ、眼をさました。

陽子が私を呼んでいる。何気なく便器《バッサン》を彼女のベッドに入れようとすると、彼女は拒んだ。

「ただオニイを起してあげただけなのよ。夢で泣いていたから」

次の夜、私は夢を伴わずに夢精した。乾いてしまった湖のように、なんの幻想もくぼみに漂ってはいなかった。深夜の涙は彼女を目覚めさせたが、体内の奥深く伝ってきた陰湿な涙は、ただ私だけを濡らした。

――ああオニイ――

彼女は眼をさました。喉がかわいたのだろうか、そば近くコップを持ってきた私の顔を彼女はまじまじと見た。

「あれから二カ月たつのね」

あれから、彼女が入院してから、私たちの部屋のベッドを離れてから。

繃帯にくるまった両腕をさしのべて、彼女は眼を見開いたまま、なにも言わせまいと、私の口を自分の唇でふさいだ。


もはや看護人の体力が限界にさしかかっている。毎朝のドクトル・アビバンの回診が、私にはおそろしい時間になっていた。彼の言葉は日ましに、きいたこともない異国語に変り、頭痛が、立っている私の姿勢を絶えず圧迫した。病人は、私という通訳に問いかけるかわり、直接、医者に疑問を投げかけるようになった。

たしかにあの日以来、闘争のバトンを陽子に渡して以来、暗々に廃品のみすぼらしい幻想にむかって私は陥ちていくようだ。

死後の世界はあり得るだろうか。それは「無」という見事な感覚の世界として、時に私を誘いはじめた。

ドクトル・アビバンは表面さりげない態度で、孤絶されたこの一室を見守っている。いつか私が自分を見失い、支配者の彼の手から完全に遊離してゆくか。あるいは幻想のカタチで陽子を奪い取るか。医者の感覚で彼が警戒しているのに対して、私はまた、彼を死の患者の忠実な実証者として見守り続けた。

彼は陽子のあらゆる疑問――乳房のしたに新しく腫れあがった瘤、一向に腫れのひかない両腕、床ずれの苦痛、何よりもこの病気の本質、投げかけるそれらの問いに対して、たったひとつの言葉しか用意していなかった。彼はそれをどういう想いで叫ぶのだろう。たしかに叫びだった。

――トレビアン――

彼女の信頼をどう維持していくか、ということだけに今は医者としての彼の才能の全部がかかっている。彼は病室を無表情に去りながら、かたわらの婦長に、今後注射はとりやめる、と告げた。

陽子は短い一言の医者の表情を捉えて離さなかった。回診のあとしばらくおし黙っていた彼女は、病気がいつまでかかるものか、ドクトルに聞いてきて欲しい、と私に頼んだ。

「もっと長びくものとしたら、オニイの仕事に差支えるから、自分でいろんな事をやる練習をしなくちゃ」

私は廊下に出ていったが、ドクトル・アビバンを追っかけなかった。

どこからこの強靭な信条を彼女は引きずりだしてきたのか。そばの男が、生きることへの信頼を喪失しようとしているのに。

朝、陽子は血痰を吐いた。あわてて廊下に出ようとする私を、彼女は制止した。

「だれも呼ばなくったっていいのよ。なおるときは何もかもなおるものなんだから」

夕方、彼女に宛てて両親から一通の手紙が届いた。それは故国を離れた肉親へ伝える一家健在の、ありきたりな文面だった。

「どうしてでしょうね。あたしの病気を知らないのかしら」彼女はいぶかしがった。

今まで病院に宛ててきた両親の手紙のどれも、本人には伝えなかった。彼らの驚愕をそのままどうして読んでやることができよう。陽子の危機を知らないものとして今後、お手紙下さるように、と私は、故国へ請求していた。

結果がこれだった。彼女へ微塵の不安もいだいていない肉親に対して、むしろ陽子はある不安を覚えないわけにはいかなかった。

手紙の中には一枚の写真が同封されていた。樹々を背景にした彼女の父と母がむつまじく手を握り合って並んでいる。母は片方の手にハンドバッグを娘のようにしっかりと持ち、ほほえみかけた瞬時の表情のまま動かなかった。

「まあ仲がいいのね」

写真を手にかざしていた彼女は、やがてそれを握ったまま、眠りにおちた。喉の乾きと同時に、痛みが彼女の首のまわりを締めつけはじめた。

夕方、お春さんの作ってくれた魚の煮つけを持って、いつものようにやって来た吉岡が、なんということもなく私を病室から誘い出した。

私たちは花壇までおりて、ベンチに腰をおろした。彼はなにか言いよどんでいる。

「お春さんは今月と来月にかけて三つの展覧会に出品しなきゃならんそうだ——。それにからだ具合がよくないらしいんだよ。絵はまるで出来ないし、旦那もいることだし」

吉岡はぽつりぽつり語った。こんなことを並べたてていれば分るだろう、というあてどもない説明だった。わかった、充分にわかった。

「そうか今後、お春さんをわずらわすわけにはいかんな」

「困ったことになったけど、しょうがない。今日まででおしまいにしてくれって言われてきたんだ」

遠く右手の学生レストランへ向って五、六人の男女学生が、嬌声も足音も伝えずに夕暮れの中を横切っていった。

哀れだ。赤い煉瓦の三階に横たわって、人々から見捨てられかかっている病人が哀れだった。お春さんの拒絶は、私と陽子以外の生活者〈人々〉を突然、おもい知らせた。私の妻、それは人々の生活に介入してはならない私とだけの共存者だ。やがて人々の視界から消え去ろうとしている見すぼらしい生活者だ。救いのない不安に哀歓の色どりをほどこし、それを私以外の〈人々〉に訴えることの卑劣と傲慢に対する、これは拒絶に違いなかった。

吉岡は私のかたわらで、同じ風景を眺めていた。彼は今後どうしようかと思いわずらっていた。その無言の彼の厚意にさえ、いまは気を許してはなるまい。拒絶できない人間の善良さに甘えることの不遜を、お春さんの〈拒絶〉は教えていた。

「きみも自分の仕事があるだろう」

「…………」吉岡はますます言いよどんだ。

「今日きりで君も落ち着いてくれ」

彼は返事にまよい、一通の航空便をポケットから出した。「親父が病気らしい」

しかたなく私は、ひとの手紙を開いて読んだ。

——老いさき短い親が、必死のおもいでお前をパリへ出しているのに、友人の細君の世話で明け暮れるとは何事か——それだけで私には沢山だった。短い大要の合間合間に、弱ってゆく老人の肉体がくどくどとのべてあった。

吉岡を心配させているこの内容は、他人の私には他愛もないように、彼の親父にしてみれば、息子の友人の、その細君への奉仕をやめろというのは当然だろう。私は頷いた。

「きみも明日から自分の仕事をしてくれ」

彼は私の顔にまともにぶっつかって、そうしよう、とは言いかねた。

「誰かが料理さえ作ってくれりゃ、おれは運ぶだけのことはやるよ」

吉岡の気弱さをつっぱねる自信はなかった。私もまた、彼と同じように曖昧になった。

周囲の勧告を敵視して〈日本へは帰さない〉と立向った、たった独りの自己過信が悔いられる。「人々」に対して「我々」の側に入れていい存在は、遠く離れた土地で悶えている彼女の肉親か、私の肉親しかいない。

遠すぎる。すべてが遅すぎる。人々の住んでいる地上から三階高い空間に、彼女は放り出されてしまった。樹や建物や舗道が、人々の生活のために、彼女のベッドから遥か遠ざかったところで構成されている。私をもこの機構にとり残して、ひとり陽子は舞いあがっていくようだ。

彼女は魚の煮つけを、友情の終末を、おいしいおいしいと言って食べた。

こうして私は彼女へ、小さな秘めごとを又つくる。お春さんにだけは面会に来て欲しいという友情の幻影を、今後もなお抱きつづけさせるためにも、あのように美味しい料理をどこからか携えてこなければならない。

私は眠れなかった。三階の生活者を残して、地上にその糧を探し求める明日からの秘めごとが悲しかった。

陽子はしっかりと眠った。その深い混沌のなかで彼女の手は、乳房のしたの新しいふくらみをまさぐっていた。


冬の季節がやって来たのだろうか。夜明けと共に霧が、朝を茫漠とにじませている。

「ああ今日は気分がわるい」と陽子は呟いた。

まるで牢獄の壁のように、朝は私たちの病室をとり巻いていた。倦怠感が私を締めつける。どうしたというのだろう。喉の奥から、はじきかえすような痛みがこみあげてきた。

朝も昼もなかった。病人は乳色の空気にとざされて、うつうつと白昼を眠っている。私は立上って部屋を歩いてみた。廊下にも出てみた。いくら動いても喉の痛みは離れなかった。

昼の食事が運ばれたとき、陽子は眼をひらき、つねにない私の声に気がついた。

「風邪がうつったのかもしれない。だめよ、あたしの食器のものを食べては」

彼女はそう提案した。彼女の咳と血痰を風邪だと思いこませるために、私は言われるままにおかずを半分ずつ小皿にわけた。

「オニイはどのように痛むの」彼女はなにげなく私に尋ねた。

わらいたかった。大声をあげてわらうよりすべのない昼飯だった。もし彼女の病気がうつるものなら、私は合法的に自殺の可能性をあたえられている。

彼女の瞳は、凶器を体内にひそませている殺人者の不安におののいていた。だからこそ彼女は、何気なく私に問いかける。いつのまにか、私の生命を掌握しているのは彼女の側にあった。


どれくらいの時間が経ったろう。青い布表紙の本をローモン街の部屋まで探しにいって欲しい、と彼女は私に頼んだ。今日のよどんだ空気は、時間さえ停止させているようだ。

ほおっておかれた人気のないローモン街の部屋へ、メトロに揺られて私は帰っていった。かびの匂いが四隅からたちこめ、動かないカーテンの内側で、数日間とざされた空気が壁や床にしめりついて、この部屋はとっくに死んでしまっている。

旅行用の大きなトランクをくまなく探したあげく、彼女の依頼した本はその底から出てきた。

かつて彼女が学んだ学校の宗派による教典を、かび臭い部屋に坐って、私は開いてみた。宗教というものについて私は無知だったから、いかなる神をも信じない点については頑固だった。彼女がこのようなものをパリまで携えてきたことを、そのような何かを信じていることも今まで知らなかった。

しかし彼女もこの期になって初めて、神の起用を思いついたのかもしれない。それでもいいはずだ。

とり散らかした雑多な荷物をトランクにしまいながら、ふいと、黒いネクタイを彼女がパリに持ってきたことを想い出した。

「これ一本あれば冠婚葬祭みな間にあうじゃない」冗談めかして言いながら、黒に銀のほそく入ったネクタイを、彼女はあの時どこにしまったんだろう。

ふいにうかんだ単語の意味が思い出せないとき、それが人混みのなかであるにも拘らず、どうしても辞書をめくりたい衝動にかられることがある。現在に支障をきたすわけでもないのに、それを納得させないことには次の行動に移れないあの奇妙な執念にかられて、私はネクタイを懸命に探しはじめた。

どこにもない。墓地のしめりをもったこの部屋と共に埋没したのか。ながいこと無意味な捜索をつづけたが、ネクタイは見当らなかった。

部屋に灯がともっているのを見つけて吉岡が、なかば気味悪そうにドアをのぞいた。

「どうしてそんな物を探すんだ」

彼は、部屋の片隅で汗ばんでいる私の顔にぶちあたって、それ以上は言わなかった。この男はたしかに狂っている。吉岡は、部屋と部屋の住人から避けるようにして私を戸外へ連れ出した。

「今から日本学生館《メイゾン》に行く。きみにも来てもらいたいんだ」


メイゾンで、私たちは半田と初山に会った。

吉岡は、お互いが知っているかぎりの日本女性をならべたてて、誰かお春さんにとってかわる援助者はないだろうか、と言った。いま〈人々〉に依頼できるとすれば、金銭を介入させるより途はない。

だが日々の報酬で生きている日本女性がこのパリにいるだろうか。三人がならべたてたいずれの女性も、この方法で依頼しにくい条件をともなって皆の脳裡をかすめるだけだった。

「よし、ますらお派出夫会で当分やろうじゃないか。その間にアルバイト娘を見つけ出すことにして」

提案した初山は、毎夕、半田の部屋にやってくる、と言いだした。

「おれと半田オッサンで作るよ。オカさんはそのあいだ、娘さがしだ」

「むすめ探しはおれにやらせてくれ」

まったく半田にはそれが似合う。いずれにしてもこの三人の料理は、誠意をくうような味がするだろう。

なにも送る必要はないというあなたの言葉ですが、あえて送らせて戴きたい、という手紙をそえて陽子の母から食料が、病院あてに届いた。

空を伝ってきた贈物を、厳重な紐をときほぐして箱から私が取出すのを、陽子はもどかしく待った。ちょうどそのとき運ばれてきた病院の夕食に彼女は見向きもせず、ひとつひとつの罐を私にあけさせた。

しかし海苔は、かわききった病人の口のなかで、やたらと唾液を要求し、雲丹《うに》は喉に異常な刺戟をあたえるだけだった。彼女は、もはや具体的な、どのような愛情も受けつけなくなっていた。

「なおってから食べよう」

言われるままに私が、それらを洋服ダンスの上に置くのを確かめてから、彼女はふたたび病気と相対した。

——わたしは必ずなおす——

陽子はひとりつぶやき、ナフキンを自分の腹の上に敷いてくれるよう、私に命じた。

ナフキンの縞模様は、その下におおわれた腹のふくらみをはっきりと見せて、スープ皿を安定させるのに骨が折れた。

「こうすればオニイと一緒に食事ができて、おいしいよ」

彼女は、まだ湿布のとれない右手にスプーンを握った。


朝、まだほの暗いうち、彼女は私を呼んだ。喉のかわきや、排泄の要求ではなかった。

「ガングリオン（瘤）が、ここにまた、出来てる」

首の右わきに、はっきりそれと解る。

「どうしたんだろう……いったい、これは何だろうね」

生命をおびやかすビリウスは硬質のものであってもいいはずなのに、私の指にふれたものは、女の脂肪とおなじ柔軟な張りをみせて、指の軽い力にも無気味にひっこんだ。

しばらく二人ともまどろんで夜はすっかり明けた。彼女は自分の手で、朝の紅茶を飲んだ。

——ああ、これが精一杯ね——

彼女は手足を、毛布の下で大きく伸した。

Je voudrais marcher.（わたしは歩きたい）

回診に来たドクトル・アビバンに、彼女は早速その希望をつたえた。

「いつ?」彼は眼を丸くしてみせた。

「今すぐ」

「それは、ちと早すぎるだろう」彼女のベッドに腰かけて彼はほほ笑んだ。

「では、いつ?」

「あなたが歩けるようになったとき」

「わたし、また新しいガングリオンができた」

彼女は手でさわってみせた。

「ジュ・セ（知ってる）」

「このガングリオンたち何かしら」

「セ・パ（知らない）」

彼は医者になるべき男ではなかったと思う。あまりにも正直すぎる。彼の言葉は、どれひとつとして患者の信頼には応え得ない。

「セ・パだって」男の子のような口調で彼女は反芻した。

「そうだ、医者に相談したって何にもわかりはしないのよ」

彼女の言うとおりだ。医者は病人をなおすことは出来ない。からだ自身が病気をなおすことの、手伝いをするだけだ。

「あわてることはない。人生のヴァカンスがあったっていいわけだ」

彼女はヴァカンスという言葉が気にいった。

「あたしが日本で留守番してた三年間は、あたしだけのヴァカンスだったの？」

昨日にかわる秋空は、彼女に、夜や苦痛や、病気から逃れたいという淡い不安を、一瞬忘れさせたようだ。彼女は、どうにか腫れの引いた右手を手枕にして、窓いっぱいの空をあかず眺めていた。部屋は試験管の中のような美しさだ。

私は便箋を拡げて、放心の彼女をデッサンした。わざわざ紙の上に描くまでもなく、病人は清潔な一瞬の世界に定着しているようだった。

気軽な走り描きを壁にとめたとき、ポーズが終ったあとの爽やかな内助者の意識で彼女は眺めた。

「わりにうまくいったね」

私たちは満足した。

ドクトル・アビバンは今後、患者の問いに対して嘘のない、しかし医者としては嘘だらけのあの返答をくり返すだろうか。

彼は廊下ですれ違うときも、彼女のことについては何も聞かなかった。ただ、私のからだ具合はどうか、という挨拶に、メルシイ、と私は両手をぶらさげたままこたえていた。彼は聡明な男かも知れない。私が健在であるかぎり、病人を迷わすことはないと測っているらしかった。

この6号室付きの看護婦は、ブルターニュ出の年若い女だった。女学生のように小柄で一途なところが可愛かった。

「いい働き手は、えてして薄幸なのね」

陽子は、かいがいしく働く彼女をドアの外へ見送りながら、よくそう言った。若い女は、子供を産んでいた。男に逃げられてこの病院へ頼ってきた当初は、靴下のない脚にすりきれたズックを履いていたと、以前大部屋にいたとき、陽子は誰かに聞かされていた。

彼女はかげひなたなく働いた。好みにあった清楚な服も整えられるようになった最近、ひとりの男とめぐりあった。女の過去に涙をみせたこの男は、たぶん彼女を幸せにしてくれるだろう。もうすぐその人と一緒に住むのよ、と陽子は私に語ってきかせた。女同士の話だろうか。

「どうしてあんな優しいひとが不幸なのかしら」

「きみには、あのひとが今後も不幸におもえるのかい」

「どんなに奉仕したってあのひとは、男に、当り前だと思い込まれるのよ」

陽子はそう言った。「さみしい顔、あたしには分るわ」

「おれの顔はどうだろう」

「オニイの顔はあんまり見すぎて分んなくなったよ。おかしいわね。あたし日本で留守番してたとき、どう想い出そうとしたって、オニイの顔がつかめない。一緒の船で横浜を発っていった人たちは、タラップで会っただけで、はっきり覚えてるのに」

彼女は私に、手を見せてと言った。「あなた、長生きするわよ」

私は彼女がさしだした手を覗きこんだ。

「どれが長生きのシルシなんだ」
彼女の教えた線は、彼女の手のなかで長く延びていた。

私たちはけなげな看護婦に、チフォミシーヌという綽名《あだな》をつけていた。それは陽子が三時間おきに飲まされる薬の名前だった。きまってその時刻に彼女は病室へやってきて、小さい錠剤を二個、病人の口に落とし、カナールの水をふくませながら、チ、フォ、ミ、シーヌ、と歌のように口ずさむのだ。その彼女が今日はなにを思ったのか、陽子をベッドの上に起こさせるから私に手伝ってくれ、と言いだした。看護婦の健康さが、そんな無理を平気でやれると判断したのだろうか。いや看護婦が勝手にそんなことを提案するわけがない。ドクトル・アビバンだろう。

私たちはベッドから、動かないからだをなんとか引きずりだし、両側から支えてベッドのふちに腰かけさせ、三時のヨーグルトを食べさせた。

私の枕までも、彼女の腰のまわりに当てがっていたが、ともすると長い横臥の生活者は、いつもの状態にかえろうとして危なかった。

——おいしい——食道に、縦にヨーグルトが流れこんでいくのを彼女はしみじみと味わい、それからふいと、下半身を露わにしていることに気がついた。

——ディマーンシュ——先週のように晴れた日曜だった。

「首のうえにまた、ガングリオンができたよ」

早くから彼女が私を起した。「さわってごらん」

おそろしかった。触るまでもなく、あの軟体動物の陰性な抵抗が感じられる。次々に絶望へ追いつめられながら今日もまた、私たちは生きる確信を持ちつづけねばならないのか。

「あたし、少しずつなおってるんじゃないかしら」

彼女は、両手を毛布の上に出して伸ばした。

「このあいだはよくしゃべれなかったでしょう。舌がもつれてたの」

正確に、病人は過去の一日一日を覚えていた。


昨日のようにシーツの中からとり出された陽子は、裸の下半身をベッドに乗せ、脚を宙にうかせて、珍らしそうに窓から往来を眺めた。大通りが日の下に拡がり、人が散らばっていた。

部屋を満たす空気の波は彼女の背中を洗い、宙に浮かした両脚をひたしてさやぐ。

「…………」怪訝そうに彼女が私を見た。

彼女が今まで見下していた視点、並木の葉を透した歩道に、なにやら戸惑っているマドモアゼル・セスネイの姿が見えた。彼女はどちらへ行こうかと一瞬ためらってから、坂の上へ病院を遠ざかった。十分ぐらいののち、再び彼女は坂の上へ姿を現し、今度は躊躇なく私たちの方へ向って坂を下って窓からは見えなくなった。

やがて、青い顔をして彼女は三階の病室まで登ってきた。手に持っている一房のぶどうを、私たちは見た。どこの店も閉まっている日曜日、レストランででも購なう以外、果物は手に入らぬはずだ。

夜、私は二人分の下着を洗濯し、白い健康な干物のイマージュの中で眠った。

彼女は眠れなかった。注射が利かなかったのか、不安がって私を起こした。そのまま、まんじりともせず二人は起きていた。

「きみが歩けるようになったら、午前はルクサンブール公園のベンチで過すことにしよう」

「フランス語の勉強は？」

「隣りのベンチの人と話すのさ」

「サンセイ」

子供のように、彼女はその日のくるのを待ちこがれた。病人の得心を見届けて私はいつか眠っていた。

「はやく、はやく！」突然、彼女は怯えたような声をあげた。

「早く来て！　オバケがいるよ」

夜のうすい反射のなかで、陽子は部屋の一隅を指さした。

「そこに！　早く、オニイちゃん！」

もちろん、何ものも存在するわけがない。

「ほら、早く電気をつけて！」

灯がついた部屋の中を見渡して、ああいなくなった、と彼女は竦《すく》んだ。彼女が指さした窓ぎわの机の上には、陽子が姉と慕っている東京の林夫人に宛ててキュリイ病院へ行く前に書いた手紙が、白くのっかっていた。

――マダム、お元気でしょうね。あたしは病気なのよ。だから目下、白い監獄に閉じこめられています。ツベルクリンの反応が陽性転化などといっているうちに分らなくなり、お医者さまは大変なの。頭と左肩と腹と三カ所がそれぞれ代りばんこにキュッキュッと痛んでくれるお蔭で、わたしは大分やせました。この顔を見せたいわ、可憐な人のように肩で息をしているわたくしを。けれど命に別条はないから御安心。悪くはないものです。フランス語を喋らなくて済む口実が出来るなんて。だから目をむいてイバってばかりいます。モン・マリ（フランス語でウチの宿六）はますますモン・マリらしくなってしようがありません――

すっかり封をして出すばかりになっていたこの便りを、退院したらすぐ投げこんでやろうと彼女は考えていたのだが、それから二週間たった今日、読みかえしてみていっこう差支えない現状なので、このまま出してくれと私に頼んだ。読んでやっている間じゅう、彼女は小さく笑ったものだ。

出したものだろうか。頼まれたまま私は机の上におっぽり出しておいた。その便箋を指さして、彼女はお化けと呼んだ。死、青白いのっぺら棒のデフォルメされたエーテル体が、そこから発酵したのだろうか。彼女はおびえていた。生きる方へ向おうと焦せれば焦せるほど、彼女は隣り合せた死に脅され続けるだろう。

明りがつくと、彼女のお化けは去った。隅々まで照らしだされた深夜の一室で、今度は私が幻想のお化けにとりつかれる番だった。

夜があけて、彼女はまた、新しい瘤を喉のあたりに示した。

私の白い眼にも拘らず、エリーズは不自由な脚をひきずって、オレンジを携えてきた。彼女は、私に快い歓迎を期待してはいなかった。マドモアゼル・セスネイの訪問に、私は母体をまさぐる幼児の安堵感をおぼえたが、若い彼女には快い敵愾心が年相応に湧きあがってくるのを感じた。私は、いつ彼女たちや病人から呼びかけられても立ち上れる位置、ドアとベッドが同時に見える窓べに椅子をおいて、この部屋を監視した。

陽子は時おり、眼をひらいては、私がそこにいるのを確かめた。

「オニイと棲んでから、なおりそうな気がするんだよ」

しかし私は、たびたび彼女の期待を裏切った。いみじくも初山が「ますらお派出夫会」を提案した日以来、私は毎夕、半田の部屋へ入ると、彼のベッドに横たわり、タバコが灰になっても、お茶が出来上ってからも、容易に起きあがらなかった。

7

晴れた日が続いていた。私は菊井夫妻と、病院の坂をおりたカフェのテラスに車座になって陽を浴びた。陽子がおとなたちを友達のごとく扱う図々しさが、日頃、菊井氏の気に入っていた。彼女は自分をおとなにみたててくれるこのもの柔かな紳士が好きだった。夫妻はひと夏のヴァカンスから帰ってきて、快活な彼女が入院していることをはじめて知った。

「キュリイ病院では何という医者でしたか。わたしはあそこでも癌の最高権威の方をよく識っております。その方に診てもらえればよござんしたが。マダム・ボーと言いまして、なかなか人格の高い方でもありますし……」

夫人は私に言った。「病院の一律な食事ではお困りでしょう。陽子さんの口に合うようなものを何でも作って差上げますから、どうぞおっしゃって。幸いうちには日本の方がいろんな物を持ってきて下さるし、お友達に頼めば手にも入りますから」

夫人の親切は、気の変らないうちに早速、採用しようと吉岡と話し合った。しかしマダム・ボーの存在はもっと意義がある。

夜のベッドの中でようやく私は、その重要性に気がついた。菊井氏からマダム・ボーを紹介してもらい、あの女医をぬきにしたキュリイ病院で陽子を診てもらう。

私は忘れかけていた闘志にもえたち、眠れねままに周到な計画をたてて、夜の明けるのを待った。一刻もはやく行動にうつりたかった。

一日経って、吉岡は菊井氏から厚意ある返事をもらって病院へやってきた。

〈マダム・ボーに引合せるため、木曜日三時半、菊井氏はキュリイ病院の前で待つ〉

木曜日の会合を慎重にはこぶために、私は日本館《メイゾン》へ出かけて、菅沼教授に、当日医者として立ちあってもらいたいと依頼した。菅沼教授は、その日どうしてもはずせない仕事があるのだが、と思案した。心優しい彼を困らせているようだ。私は角教授の部屋をたずねて当ってみた。彼も木曜日二つの約束があった。その二つの約束のあいだに、わずかのすき間を見つけ、時間を両方へ少しずつ食いこませたらいいだろうと説きふせて、ようやく立ち合うことを承諾させた。

当日の段取りを一応整えおわったとき、これから取ろうとする行為は、私自身への裏切りだと気がついた。ドクトル・アビバンを優れた医学者と信頼して、私はユニベルシテル病院に住んでいるのではない。むしろ医学以外の信頼に所属しているからだ。医者を探す必要はないはずだった。優れた医者は、現代では架空の存在でしかない。


消灯近く、陽子は眠らずに私を待っていた。

「今日は忙しかったのね」

彼女はなにも私に尋ねなかった。

「これでもう終ったのさ」

「自分で少し歩けるようになると、あなたも暇になるのに」

そう言ってから彼女はちょっと言葉をとぎらせた。「でもそうなったら、オニイはここにいられないでしょうね」

ひとりごとのように呟いて、彼女は私を見あげた。

「もうどこにも行かないで……わたし達はあまり離れすぎていた……」

陽子は両の手を伸ばし、私をまさぐり、どこに潜んでいるかと思われる力で、私に抱きついた。

ながい夜があけて、救われたように彼女は催促する。

「窓をあけて」

外は雨だ。霧がけむっている。汗にあえぐ彼女は冷気をこがれ、ながいこと雨を待っていた。樹々が病人の期待どおり、木の葉を散らし寒さに打ちふるえ、遠くかすんで見える。

「去年、あたしが来たころの空気ね」

陽が斜めによぎり、肌寒い、心満ちて不安な夏の終りの空気だ。

パリの南に面した高台、コルビザールの古い街区《カルチェ》の部屋で、一年まえ私は日本から陽子を迎えた。小さい窓からは、彼女のパリが大きく展けていた。白い冷徹な空気が街の上にひろがり、起伏の多い地形を、メトロは一旦地下から這いだし、家々よりも高くなり、それからまた地下へもぐる。家並を越してパンテオンが聳え、そのずっと右に、ルネッサンスの碧い色調の遠景そっくりにサクレ・クール寺院が見えた。

ひと夏、渡航の準備に忙殺された彼女は、三日間の飛行で、一人から二人へ、夏から秋へ飛んだのだった。

「コルビザールのとき、こんな霧がいつもあったね」

私たちの部屋からは、隔日にたつ市が早朝から賑やかに見おろせた。真新しいエトランゼは、ういういしく籠をさげ、五階の部屋からおりていくのだった。

呼びこみの声と騒音と霧が、長く舗道につづいたあの市は、今日もパリのどこかで開いているだろう。

「ああ、歩きたい」

「もうすぐだ」
「待てない、いま外に出たい……出して」
彼女は朝の霧のなかで泣いた。

若い医者と看護婦のチフォミシーヌが部屋へ入ってきて、彼女を椅子に腰かけさせる訓練を今日からすることにしました、と告げた。

無理なことだ。ベッドの上に上半身を起こすのでさえ、二人もかかったのに。しかし医者は看護婦を手伝わせて強い力で病人を抱きかかえ、いつも私が腰かけている椅子の上に置いた。

――おお――

一瞬、彼女は声をのみ、しばらく触れたことのないタイルの床に足をおき、背中を椅子にもたせて眼を輝かせた。

「ああ、坐れるのね」

寝たきりになってわずかの日数しか経ってはいないが、生きて動く人間の器具は彼女にとって、すでに遠い記憶のように薄れかかっていた。医者を、看護婦を、それから私の顔を、ひとりひとり眺め、嬉しそうに椅子の肘掛を撫でていたが、やがて皆から眼をはなして、疲れた《ファティゲ》とつぶやいた。

再びベッドへ寝かされた陽子は、血の気のうせた白い顔をして、メルシイ、と医者にいった。「明日モマタ、続ケタイ」

腰かけることは、やがて歩くことを意味し、それは屋外の大気にもつながっていくだろう。疲労のなかにも彼女は興奮し、明日もほんとうに続けるでしょうね、と医者に念をおした。

ドクトル・アビバンは、ただこれだけの幻影を彼女に与えるために指令したのだろうか。あるいは、三年間病気のまま生き続けた人間の範疇に彼女を入れているのだろうか、もしくはポールの知人にならって死の宣告のあとでカトリック信者が恢復したように、ルルドの水を信じているのだろうか。


昨日と同じように街路樹の下で戸惑っているマドモアゼル・セスネイの姿が見えた。雨がおちている。彼女は昨日のように坂の上へ消え、それから果物を持って三階の部屋へ登ってきた。老嬢の運んでくる果物はいつもおいしかった。桃のしたたる甘味から、柔かな香りのザボンから、病人は彼女の訪問を期待するようになっていた。

やがて老嬢が座をたって階段をおりていくのに私は連れだって、近くのメトロまで送ってゆき、かたわらのモンスリイ公園で、その朝届いた手紙を読むのがここ数日来の習慣になっていた。

病室のドアを閉めながら、未練気に別れの手をふるマドモアゼル。ベッドの中から小さい手をあげて応える陽子。彼女はなにも考えてはいないようだ。枕に固定した動かない表情から離れて、手だけが実体のないもののようにゆれる。

最後に私と別れるとき、彼女はあの表情で、白い手をひらひらと振って視界から消えていくのだろうか。別離はつねに哀歓をおびるものなのか。私と陽子はどのように手を振りあい、いかなる機構のドアをへだててお互いを残してゆかねばならないのだろうか。

雨に濡れてマドモアゼルと私は、つぎのメトロの駅まで歩いた。

「フランス語が出来ないのはまだしもでした」と彼女は言った。――陽子を励ますことだ。それ以外のことが何の効果になろう。病人は食事が摂れる。夫という最良の食欲剤《アペリチーフ》のかたわらで――アペリチーフ。果たして私は、彼女に生きる力をそそいでいたろうか。

少し雨に濡れて私が病室へもどった時、けたたましく彼女は呼鈴を押しているところだった。

「どうしたんだい」

「外へ飛んでいくよ、そとへ」

「なにが?」

「ピジャマが飛ぶよ」

このあどけない即興詩を私は了解した。彼女のピジャマを窓の手すりに干したまま、私は出かけていたのだ。

絶対に飛びはしない。こうしっかり結びつけてあるものが、はずれるわけがない。しかし行動を持たぬ病人に、これは言いしれぬ不安をもたらしたことだろう。

――もしも飛んだら――

たとえ床に落ちただけでも、彼女の視界からは消えて失くなることだった。すべての事象が彼女の手の届かぬ少し前方で、たえず微風にゆらぎ、ともすると彼女を残して消え去ろうとそよいでいた。

病人は昼間を眠るまいと、すべての事象から眼をはなすまいと、喘いでいた。

「あたし、ほんとうに歩けるようになるでしょうね」

いつものように、質問者の瞳孔は見開いていた。

「あと二週間、待ってみろ」

ドクトル・アビバンをあながち無責任な男として責められまい。自分にむかって納得できる嘘以外、他の誠実な答え方がありうるだろうか。

これはしかし、看護人の気休めだ。ドクトル・アビバンが最初に、二週間と告げた時、私は数えた。彼女は今日から数えるだろう。いや、その結末について触れない看護人の恐怖をまず数える。


次々に薬が減らされ、今日は注射もなくなった。

「ア」と病人は小さい声をあげた。私たちはなにも語らなかった。

「いつ頃からか、息をするのが辛いのよ」

夜になって彼女はそれだけを伝えた。

「鼻で息ができないから、口をあけてもいいね」

彼女が息を吸うごとに、微音が喉を通過した。おそらくは口をあけて、この音を、また吐きだしているのだろう。

私は窓をあけ放った手すりにもたれ、夜にむかってタバコの煙をはき出した。

睡眠の注射を打たれてから数分後、彼女はまどろみかけた神経のまま、またも私に呼びかけた。

「息をするのがつらいよ」

夜半に私は夢精した。抵抗し難い奈落の底から、肉体を支えている意志が這い登ってくることは不可能のようだった。生と反対の幻想にまみれたまま、その底から目覚めることもなく、再び陽子が私を呼び起こすまで、幻覚の苦しさから逃れようもなかった。

「……いい考えよ」

突然の彼女の声に、私は我れに返った。

「なおったらジャックさんの家へ行ってしばらく暮そうよ」

変な時刻の発想だった。彼女は続けて言った。

「ちょっと待って、その前に滝川さんのところへ行こう。みんなでいくのよ。みんなで行こうと言ってたでしょう」

なにを満足したのか、それっきり彼女は眠った。生暖く肌を伝い、シーツにからむ液体の嫌悪感を覚えながら、陽子の呼吸に耳をすまし、私は動かなかった。

欲望から遥かにかけ離れた疲労の果て、わたし自身がシーツに溶けこんでいくような空しいまどろみの中を、ふたたび彼女が呼びかけた。

「拭いて、拭いて」

陽子は寝汗をびっしょりかいていた。

いつのまに彼女以外のものが、ここまで忍びこんできたのか。大きな腫れが、乳房よりもふくらんで胸をななめに走っている。

「ア、触らないで……自分でも触らないことにしてるの、あたし」

今まで私は、私を憎んでいる奴の宣告ばかりを受け続けてきた。
On ne peut pas sauver（ナオラナイ）
あの白い無表情な男や女たちの言ったことは事実かもしれない。彼らは絶対者のように私を囲んでしまった。夢の中で笑い声をたて、私をさいなむのはこいつらだろう。

木曜日、三時半かっきり、キュリイ病院の前で、私は角教授と落ち合った。しばらくして菊井夫妻が車をつけた。

ひとまず夫妻が、マダム・ボーの部屋へ入って行き、私は角教授と、見馴れた赤い煉瓦の建物のなかで待った。静かに雨が降りはじめ、濡れた石畳の上を、訛りのつよい、いつかの女医が歩いてきた。私たちは冷ややかに握手を交した。

「その後、彼女の具合は？」

「メルシイ」

私は肩をすくめた。あなたの予告に反して、彼女は生きている、と叫びたかった。

「輸血は続けているだろうか」

「ノン」

「では何を？」

角教授は、あらかじめ書きとってきた現在の注射液や錠剤を綴った紙を見せた。彼女は一瞥しただけだった。

「今日はなんの用事で？」

「癌の専門医を紹介してもらったので……」角教授は正直に答えた。

「誰だって、ここの病院にいるのは癌の専門医です」

彼女は肩をそびやかし、雨の中を遠ざかっていった。

人間はみんな患者だ、医者以外はみんな死ぬんだ、と思いこんでいるこの女の憎々しさが、よみがえってきた風景をデフォルメし、戦場で武力を行使できないもどかしさが私を責めた。

私たちは木造の狭い一室に通された。白髪におおわれ、皺ばかりで出来あがった風貌のマダム・ボーがインドの占師のように奥まった正面に坐っていた。

菊井氏は、わたしを偶像の人物に引見させた。角教授は、医学にたずさわっている者だ、と後輩らしくみずから述べ、私と夫人との間に坐った。この予言者は、陽子の病状表を机の上にひろげ、この患者はキュリイを退院の希望により九月十日、ユニベルシテル病院へ移すもの也、と読み上げた。

「そんなはずはない。われわれは当病院にいることを希望した」

さっき捨てぜりふを残していったばかりの女医に、再び言いようのない憎悪が燃えた。

あいつのワナに陥ちたのだ。あいつが俺を追い出した。

あいつは陽子を殺そうとたくらんだのだ。

「そんなはずはない。わたしは、ここにいたいとはっきり述べてきた。当病院が、私たちにここを出ろ、と言ったのだ」

角教授も菊井夫妻も私に当惑した。マダム・ボーは次の頁をめくった。開かれた両頁には、いつかのよりもっと丁寧に女体の輪郭が描かれ、その中を赤鉛筆の線が殆どといっていいほど色んな形で塗りつぶされていた。

「もし光線がかけられるものならば、続けたいのですが」

角教授は私にしゃべらせまいとして、ことさら丁寧に言った。

「その可能性はあります。しかし、甚だしい危険と周到な技術が必要です……ともかく現在の容態を診ないことには、何とも言えない」

彼女は菊井夫妻にたずねた。「患者をここまで運べますか」

「うちの医者に相談してみて」と私は夫妻に答えた。

「それならば、来週の月曜日か金曜日にお待ちします」

夫妻は老医学者の厚意に鄭重な礼をのべて立ちあがった。部屋を去ろうとする私たちの中から、マダム・ボーは角教授を呼びとめた。

「あなたにちょっと、お話したい」

そうだろう、うやうやしい顔をして、〈コノ患者ハナオラナイ〉と、同業者同士のやりとりを交したいのだろう。

——人間、どんな職業につくにしたって、先ず医学部は出ておかないと癪にさわることばかりだ。奴らに特権意識を持たせないだけでも——いつか、初山はこんなふうに言ったことがある。

病院を出たところで私はみんなと別れ、ローモン街の自分の部屋に立ちより、カメラを持ちだしてユニベルシテルへ向った。

二人の看護婦と医者にささえられ、陽子は椅子の上におろされていた。

――いい、気持――

病室に入ってきた私に、彼女はそう言った。気づかなかった。いつの間にこんなになっていたのだろう。

――青く痩せた子供――

背中が大きくふくれあがり、坐らせられた人形のように手足が同じ方向に垂れ下っている。大きい腹、細い首、髪の毛が無精にのびた陰で、首すじが支える力を失い、椅子にしばりつけられた姿勢のまま目を窓の外へ見やって、それでも懸命に耐えているのか、口を固くむすんでいる。

坐る訓練を、これ以上続けて何になろう。もうやめてくれないか、陽子。

彼女がもと通りベッドへ返され、三人が廊下へ出ていってから私はネクタイをはずし、部屋着と着替えた。服と一緒にしまいこもうとしている私の風呂敷包みに、彼女は眼をとめた。

「なんだか当ててみろ」

私はことさらはしゃいで彼女の顔の上で小さい風呂敷包をふってみせたが、さして病人の興味はひかなかった。まして中のものがカメラとわかったとき、彼女はなんとも言いようのない表情で眼をとじた。

私には分っていた。わかっていたからこそ、あえて風呂敷から出してみせるという遊びをしたのだ。

私はカメラを持ってきたことを悔いた。目をとじる前の一瞬の彼女の冷ややかさは、かつて二人の生活の間にはなかったものだ。

夫はカメラを持ってきた。横臥の生活を、このひとは記念にしたいのか。この闘いを、もっと眺めていたいのか。自分はこの生活を早く過去にすることだけを願っているのに、このひとは永遠に残すことをたくらんでいる。

この二、三日、私は間近に消えていく者の印象を彼女から受けた。再びよみがえってはこない陰影をとらえて国の両親に送ってやるのが、現在、彼女を独占している人間の役目かと思ったのだ。私は風呂敷にくるんで洋服ダンスの中へ、つまらぬ記念の器具を投げ込んだ。

「陽子、車に揺られるのはいやだろう」

私は今日、出かける前に、キュリイの偉い医者に紹介されたので会いにいく、と彼女に告げていた。

「キュリイの医者はなんと言ったの」

「連れてこいと言うのだが」

「そう、あれは疲れるわ。でも何て言うでしょう、ドクトル・アビバンが」

ドクトル・アビバン。それが肝心なことだった。患者の一切を任せているはずの彼に、一言の相談もせずに今日の会見になったのだ。

「彼はなんて言うでしょう。おこらないかしらね」

まことに彼女の判断は正しかった。

マダム・ボーとの会見は、私に新たな問題をなげかけた。

もし診察の結果、光線のあてようがないとすれば、キュリイに運んだ彼女を、再び車で連れて帰らねばならない。パンテオンのそばからここまで運んだときの、あの異常な疲労の記憶が、この想定をおびやかす。さっき彼女が見せてくれたあの体では、一日のうちに往復させることは困難だ。菊井夫妻は、マダム・ボーが予約をとって下さるなんてこの上ない厚意だ、と教えてくれた。それならばユニベルシテルの病院まで彼女に診断に来てもらえまいか、とは私はついに言い出せなかった。

もし診察の結果、光線を当てるとなれば、陽子はふたたびキュリイの患者として独りで住むことになるだろう。私も共に寝起きするという希望は、許されるわけがない——四人部屋に住んで、またしても彼女は光線を受ける。それが命を僅か延ばすというだけの意味しか持っていないとすれば、あるいは苦痛をいくぶん和らげるだけのものだとすれば——私には決行しかねる。私と離れ、異国人の中で最後の時を過させることは、どうしても出来ない。

「おれと離れてキュリイ病院へ住めるか？」

彼女はしばらくためらっていたが、

「でも、ドクトル・アビバンに相談してみて」と言った。

彼女はアビバンの意志に従おうと決意した。それも正しいことだろう。前もって今日の会見を、彼に相談しなかったことは悔やまれる。事態は意地悪くなることだってある。今後はマダム・ボーにお任せになったら、と彼が気分をこわして、病院自動車《アンビュランス》で追い立てるように私たちをキュリイへ運んだら、そして診察が光線の不要を説いたとき、自動車に揺られて、私たちはどこへ帰るのか。

「あたしの病気、なんていうの」

彼女はキュリイで病名を聞いてきて、と私に頼んでいた。

「レティキュロ・ザルコーム」

「日本語では？」

「知らない」

「いいよ、いくら瘤が出来ても歩けさえすれば」

夕食のとき、いつものように枕からずり落ちそうになった彼女を、ちゃんとした位置へ引上げようとしたら、腰の部分に新たな苦痛を訴えた。新たな瘤だった。

「オニイそれだけしか聞かなかったの。まだなにか聞いたでしょう」

「いいや、それだけだ」

「…………」

「いいじゃないか、歩けさえすれば」


脚の骨折部が固まるまでの長い期間を終えたエリーズが、近くのコーシアン病院で抜糸の治療をうけたあと、歩けるようになるまでを療養のため、車でユニベルシテル病院に運ばれてきた。偶然にも廊下をへだてた斜め向いの六人部屋に入ったことを、看護婦の持ってきてくれた走り書きで知り、陽子は姉を迎えたように喜んだ。

「まあエリーズさん、いつ会えるでしょうね。どちらが先に歩いて部屋へ訪ねていけるかしら」

彼女は満足してその夜の注射をさほど苦にしなかった。

「病人どうしっておかしなものね」

そう言ったきり彼女は暫くして眠りにおちた。病人の安らぎに私もまた珍らしく眠った。ながい時間が経ったようにも思える。たったさっきベッドに入ったようにも思える。異様な声に、私は起こされた。

あれほど幸福に眠っていた陽子が、腹の右わきをおさえ小さく呻いている。

明りをつけ、枕もとにやってきた私に気づくこともなく、喚《わめ》く力を失くした彼女は間断なく呻きつづけて意識すら失くしていた。私はなんの手だてもなく、やって来た看護婦も、部屋でただおろおろするだけだった。

裸のうえに診察着をはおりながら若い医者があたふたとやってきて、顎一面にひげの生えた顔を陽子の胸に近づけ、のしかかり、耳をじかに病人のからだに当てて、首から胸から腹へとさぐり始めた。荒々しく自分の肉体をまさぐって、顔を押しつけてまわる男の正体をたしかめもせずに、陽子はただ苦痛にあえいでいた。二人の胸は開いたままだった。看護婦よりももっと背後で、徐々に言いようのない悲哀が同居者の私にこみあげてきた。

――おれはこの女の苦痛にも要求にも関係のない男になった――関与してはならない肉体の歩哨としてだけ俺はこの部屋に立たされているのか。

彼らが立ち去ったあと、私は彼女のそばにかがみ、お腹に手を当ててみた。誰でもいい、人の手がその部分を押さえてくれることを望んでいる。しばらく私がそうやっているうちに、彼女は眠りに陥ちた。

朝が来ても彼女は目覚めなかった。床ずれの痛みと腹痛が、肉体を眠らせもせずまた起しもしなかった。

看護婦に支えられて、エリーズが入って来た。もう彼女は歩けるのだ。何にすがろうと彼女の脚が歩いてきたのだ。陽子は新しい人の気配にも眼をあけなかった。

「あなたはお信じにならないの」

エリーズは病人の白い顔を遠くから眺め、小声で私に尋ねた。

「なにを？」

「そうね、たぶんお信じにならないのね、死後の世界を」

かつての路上で私に話しかけたときと違って、彼女は説得の意志をはなれ、自分はどうすべきかと自身問いかけているようだった。

「わたしは信じない」

「あなたはこの期になっても、陽子さんには何にもおっしゃらないの」

「言ってはいないし、今後も言わないつもりです」

「あなたは神の存在について考えたことのない人よ。無神論者でも何でもないわ。しかし陽子さんは、あなたと違う人なのよ。本人の意志を……」

「確かめたつもりです」

かつて陽子はポールに向い、死んでもカトリックにはならない、と答えている。あわただしくキュリイに移る前のふとした言葉であったが、尊重していいものかと私は考える。

「ただ陽子は自分なりの信仰をもっているようです」

「それは何の？」

「何であってもかまわないんじゃないでしょうか」

ついこのあいだ、陽子に言われてローモン街の部屋で探しだした青い本がなにかは知らないが、これは彼女自身の問題だから、何であってもいいはずだ。

「じゃあなたは彼女の宗教については関心ないのね」

「ありません」

「そう、彼女はいま、私たちと違う荘厳な世界に入っているのよ。こういう場合、救いのないあなたは、どういう考え方で事態を受けとめられるのでしょう」

「…………」

「彼女は孤独なのね」

孤独、もうあきた。どのようなメガネを通して見れば、ある事実だけが特定の孤独感をおび、荘厳味を加えるのか。彼女は私の傍で、静かに変りつつある。その事実だけで充分だ。


午後になって陽子は我れにかえった。

「椅子にかけたいよ」

今はどんなことでも逆うべきではあるまい。私は独りで彼女を抱きかかえようとした。

「こわい」

彼女の推測にたがわず、弱い私の腕は、彼女を空間に浮かすことは出来なかった。彼女はどうしても腰かけるというだろう。私は呼鈴を押した。

二人の看護婦に助けられて椅子に腰かけさせられた彼女の全身を、空気がアルコールのようにとりまいていた。

もう止してくれ。おれは今日ほんとうに、きみの顔にながい疲労の刻印を見た。急に、突然どこからきみはこの顔をして浮びあがったのか。

もう少し早く、この四、五日前に写真を撮ればよかったのだ。それでも私はレンズを腰かけている彼女に向けた。

看護婦たちは陽子から手を放して、レンズの死角にはずれる。小さい機械をとおして彼女は笑おうとする。アルカイックな微笑が不気味さを持つように、笑いかける体力のない口もとは、怨嗟の表情を帯びた。これは無情な私の行為に対する正確な答えだった。花嫁が結婚の儀式をひとつひとつ済ましていくように、彼女は強いられるままに独り椅子にからだを支え、カメラに向い、やがて寝かされて私に手をのばした。

「あなたはどうして弱虫なんでしょう」

「…………」

「ねえ、オニイ、人間越えなきゃならん時期があると思うの」

「…………」

「例えば去年、あたしはフランス行を決行した。今年は病気……これから先だって沢山あるでしょう」

――私はまだ病院のベッドの中にいます。八月、ただ軽い気持で病院に入れられてから、いつの間にか時が経ってしまいました。入って二週間目ごろからだんだん悪くなり、自分でも知らない間に病勢がすすんで、食事が摂れなくなり、沢山の検査の結果、フランス語でガングリオン（日本語で神経節またはコブ）いくつもいくつも背中、おなか、首、大小あわせて無数にコブが出来ました。今はそれがよくなっているのかどうか分りませんが、お医者さまもカンゴフさんも歩くケイコをすすめるので、四、五日まえから始めています。衰弱した体には大変な労働ですけれど、今日は一歩あるいて、たいして疲れないのでよろこんでいます。早く歩けるようになる日を祈って下さい。近いうちだと思います。――

両親にほんとうのことを知らせたいという、これが彼女の口述だ。本当のことだろうか。二人の看護婦に両肩を支えられて宙に浮いた陽子が、わずか足のうらに触れた床を、冷たいのね、と言って喜んだが、それは一歩あるいてたいして疲れないということなのだろうか。

「神経節って、なんのことだい」

「辞書にそう書いてあったのよ」

いつ彼女は、医者の言葉のはしばしを辞書で探したのか。まるで遺言のように、わずかなこの口述を三十分近くもかかって告げると、目と口を閉じ混沌とまどろんでいった。私は仏和辞典を開いてみた。

ガングリオン。彼女が言った以外の言葉はなかった。

私はそっと病室をぬけ、廊下を横切ってエリーズの部屋へ行き、私自身が生涯の告白を終ったような解放感にとりつかれ、彼女の枕もとで体をやすませた。

エリーズは林檎をむいて、椅子に横たわっている私に渡した。六つのベッドで構成されているこの部屋は、ちょうど、満員のカフェの片隅に坐っているような快さだった。華やかで健康な患者たちのさざめきは、私にミリアムやテレーズを想い出させた。陽子もその一員であったこの世界を、彼女はすっかり忘れてしまったことだろう。

一方、この部屋の患者たちは、すぐそばに6号室があることを知らない。てんでに横臥の倦怠と苦痛をわめきあっている。

誰かがラジオのスイッチを入れた。ジャズが低くみんなのベッドの上を流れた。ズボンのポケットにハンカチをさぐろうとして、私は受けとったことさえ忘れていた一通の手紙を引っぱり出した。

——君がきみ自身の悲しみを合鍵のようにして、他のそうした人々の胸中に入ってみるだけの余裕を持つことを切望する。ゆるしてくれ、ぼくは空しい言葉しか言うことは出来ない……君、ぼく自身、もうながくはないのだ。ぼくは君の両の手をかたくかたく握る。苦しい思いを洩らしてくれ給え。ぼくはそれをわかつ——

滝川老人の手紙を、私はもとのポケットへねじこんだ。

医長室にドクトル・アビバンを訪ねたのは初めてだった。マダム・ボーとのいきさつを初山にしゃべらせて、私は大きな机の向うから彼の顔を見ていた。彼もまた、通訳者の言葉をスエズ問題のように熱心に聞きながら、終始、私の顔を見つめていた。往診の患者たちの立去った夕暮れの病院には人の気配もなかった。

彼に無断でマダム・ボーと約束したことの弁解よりも、肝心なことは病勢の現状をたしかめることだ。

「わたしは迷っている。あなたの卒直な意見が欲しい」

「とられた処置は当然のことだと思う」

彼は私の行為をみとめ、まず安心感を与えてから、はっきりした語調で語り始めた。

「現在、生命の日数を延ばす段階を過ぎて、いかに楽に彼方に到達させるかにある」

彼方への到達。彼は医者らしからぬ言葉を使った。見送る立場にある私を、なんとか説得したいらしい。恐ろしい悪性のものがからだ中を侵す日は近い、と彼は断定した。

「キュリイ病院以上の手当てはフランスにおいては望めない。あなたが心惑われたことについては察するにあまりある。向うでの診断は、運ぶ疲労その他心配であるから、自分としてはマダム・ボーをこちらに来ていただくようにしたい。ムッシウ、どうであろうか」

彼は丁寧な口調で、その賛成を私に促した。願ってもない。これほどの答えを期待してもいなかった。

「それでは私の方から連絡することにします」彼は名優の演技を意識しすぎてはいまいか。

「ドクトル、あなたの御厚意には感謝するが、卒直にいって、マダム・ボーの再診をあなたは必要とは思われないはずだ。あなたは医者だ。この病人のからだを一番よく識っている医者だ。わたしの戸惑いにつきあわれることはない」

「原則として医者は、いかなる患者に対しても希望をすてるべきではない。多少でも残された手段があるなら、それは試みるべきです。マダム・ボー、かかる権威者のチャンスをのがすべきではない」

いかなる権威者も、望みのないチャンスに過ぎないだろう。彼の誠実さのために、私の気休めのために、この診断は実現されねばならないか。

彼はしかし闘いの継続を私に促すのだ。彼だけだった。つねに私にダメをおしながら逆に戦闘の心理体系をつくりあげてきた唯一の男だ。

彼女は死ぬ、と私に会った最初から彼は断定してきた。そのような言い方が医者として果たして正しかったろうか。もう少し看護人に希望をあたえる言い方もあったろう。今日はじめて言ってもよかったことかも知れない。あるいは病人に無言であるように、彼方への到達の事実だけをゆっくりと私に見せる方法もあるだろう。

もし私という人間が、突然の恐怖に自分ひとりでは耐えられなくなり、本人にぶちまけたら、あるいは刻々の看護の救いないおそろしさに打ちひしがれたら。しかし今日まで彼女のかたわらで何とか生活してきた。彼が予定した行動通りに私が動いているかどうかは知らないが、私を闘う人として彼が鍛えてきたことについては、あらゆる点で正確だった。

マダム・ボーの診断の結果おこりうる問題について、彼は触れなかった。もちろん私も論議の対象にはしなかった。彼の厚意は、疲れた兵士の休息をうばい、いやおうなしに前方に向って歩いていくことを強制した。

「遠く二万キロをへだてた異国にある病人に対しては、同情に堪えない。どうか私を親がわりとして何なりと希望をのべられるよう。またそれを願っている。好きな食事を自分へ連絡されれば炊事係へ何なりと申しつける」

彼は兵士を勇気づけることも忘れなかった。

すっかり日が暮れて、話しが終ったときは九時近かった。

私は初山と街のレストランで遅い食事をとった。街には夜の灯が、夜の生活を鮮かに照らしている。私には遠くなった灯の下で、分厚い牛の肉を私はまじまじと見た。

いつもの闇を知らせる静かな灯の下で、人恋しいよ、と陽子は言った。

「廊下の人影は誰でもいいから入って来てくれないかと思うの。夕暮になって、食事が運ばれて、あたし独りぼっちなんて、ああ誰でもいい……」

夜通し咳で彼女は寝つかれなかった。喉のかわきに応じてあたえた水に、吐気さえおぼえはじめた。ドクトル・アビバンがくり返し問いかけた「吐気」。これは腸がこわれたことを意味するのだ、とさっきの彼の説明で知った。床ずれの痛みと、ふくらんだ腹と、このどうにもならない表裏の苦痛は〈いかに楽に〉という彼の言葉で言えば、まだ楽な段階なのだろうか。

「どうしてかしら」

なにか彼女は記憶をたぐっている。「ああそうだわ。きっと医者が注射で停めてるのね」

正確な日数の記憶だった。当り前のことかもしれない。女にとってそのからだは逃れることの出来ない毎月の記憶をよびおこす。

あの時、私がここへはじめて泊った時から、一カ月がめぐってきた。早いか、遅いか。私は時の観念を喪失してしまった。過去の時が違うように、未来の〈時〉も二人には全く違ったカタチで横たわっている。

「角先生少し変だと思わない。あの人、一年ぐらい病気で寝ると最初の半年が辛いだけだ、と言ったね。あたし、半年も寝るのは嫌よ。ほんとうに嫌よ、泣きたい。泣かして……」

「………」

「……ああ、泣く力もない」

彼女はようやく眠った。大きくふくらんだ胸に左手をパッチリと拡げてのせている。何ということだろう。手の甲が汗ばんでいる。

「コトコトと足音をたてて歩きたいな」

朝は高山の女のように冷たく病室を領していた。彼女は私から遠くはなれてしまったようだ。

「クリスマスまでには歩けるようになるかしら」

「なるさ……そのとき、きみは踊っているかもしれない。そうでないとすれば、踊りを腰かけて見ることは出来るだろう」

パリ祭、二カ月半まえのその夜、彼女が踊ったソルボンヌの広場が雪におおわれ、下半身を毛布にくるまって露台から眺める彼女が如実に浮ぶ。

親たちが、幼い一人歩き出来ない子供のひよわさを永遠に自分のものにしておきたいと願うように、いつの日か彼女が踊れる体になるのを待ちながら、私が期待するものは、足音をたてることの出来ない、あどけない姿だった。

「そうね」ほんとうに彼女はほほえんだ。

彼女もまた、医者と違う方法で私を勇気づけているのではないだろうか。


モンスリイ公園の路は、樹々の落葉で一杯だった。霧は依然としてそれらを正確な距離にぼかしている。池のほとりのカフェのテラスで、初山はマドモアゼル・セスネイにコーヒーをすすめ、ドクトル・アビバンとの会話を説明した。

「いいえ」と彼女はさえぎった。

「ヨーコは生きている。そのかぎり望みはあると信じます」

「信じられる点においては自由ですが」

初山は非常に真面目な顔になった。彼が人をからかうときの癖だ。

「一般にカトリックでは、死期をひかえた病人に対し……」

彼女はしまいまで聞かなかった。

「ことわっておきますが、私はカトリックではありません。ヨーコもそうではない」

「しかし生と死の問題についてカトリックでは」

「その論議はヨーコと関係はない。あなたはいったい、カトリックをどう考えているのです」

「わたしはシンパです」

「東洋の人々からみれば、カトリックはエキゾチシズムをあおりもするでしょう」

「異国趣味、そんなもので人は倫理を決定づけられるでしょうか」

初山はいつでも遊んでいた。こういうやり方で相手をじらし、むきだしな言葉を引きだすことを喜んでいた。

「肝心なことは、生きている人間を尊重することです」

マドモアゼル・セスネイは冷えたコーヒーをすすり、しわがれた頬に涙をおとした。彼は青ざめ、今日の会話を終りにした。

陽子は椅子に坐らせられ、二人の看護婦に髪を梳《す》いてもらっていた。

「疲れないよ、疲れないよ」

彼女の体のどこまでが、今生きているのだろう。すでに腸は壊れかかっている。月々の営みを排泄する卵巣はすでに死んでいる。

「ね、お金はあるでしょうね。わたし達、今どのくらいつかったかしら」

「気にすることはないだろう」

しかし彼女は心配した。生きて行くには不得要領な夫を、彼女は口惜しくも思い、いとおしくも思うのだ。

「あたし達の財産は、お父さんに預けてきた金と、灘の土地、それで全部よ。あたしが死んだら……」

「どうしてそんなことを言うんだ。死んだら金もなにもないじゃないか。いいかい、生きるために金は必要なんだよ」

「………」

「だいいち、きみは死にはしないんだ」

「ただ、そう言ってみただけ」

陽子は笑ってみせた。


彼女の妹、奈々子から手紙が来た。

婚約をしたこと、その男を彼女は愛していること、しかし彼の給料で二人生活できるようになるまで二、三年、結婚は待たねばならないだろう。バレーをまだ続けていて、独り身のうちに是非、パリへ勉強に出たいこと、などが若者の豁達さでのべてあった。

二度もくり返し彼女は私に代読させて、妹に良い配偶者の決まったことを喜んだ。私は別の意味で満足した。菅沼教授が先妻の両親を永久に親としての座に置くために、その妹と結婚したという奇妙な暗示からようやく解放されたのだ。奈々子は私を永久の義兄として懐しんでくれるだろう。この手紙は姉の陽子にとっても、その夫の私にとってもこよない贈物だ。

「ローラン・プチの踊りは素晴らしかったね」と陽子は問いかけた。

「あたし、奈々にあれを見せたい。あたし達大急ぎでお金を貯めて……そうオニイの個展をしなくっちゃ。もしたくさんお金が出来たら、一カ月だけでも奈々をよんでいい？」

彼女はそのことを私に書きつづらせ、兄さんもこの案には賛成です、とつけ足した。新たに妹の座を示した少女を私はいとおしく思い、陽子の言葉を写しながら心からそれに賛成した。

〈早く、はやく病気がよくならないと計画したことが一杯だから困ります〉

彼女は文面をそう結び、葡萄を食べようよ、とにこやかに言った。

私は封筒に奈々子の名前をしたため、切手代を持って階段をおりていった。

雨が降っている。慌ただしく学生たちがメトロの口から吐き出され、車が走りすぎる。私は駅前のベンチに腰をおろした。昼が夜にとって替る奇妙に停止した一瞬をサンゼンと雨が流れる。樹々を濡らし、舗道を濡らし、坐っている私の頭から雨は滴りはじめ、涙のようにさめざめと頬をつたい、今日はじめて吸うタバコの煙が、密集した空間を斜めに這いのぼってゆく。

少し押し開いた病院のガラス戸からも雨は私について入った。病室の窓は濡れて動いているようだ。

「あたし、歩けるようになっても、こんな形のままかしら」

陽子、何もかも忘れろ。雨だ。素晴らしくにぎやかな雨だ。

雨は消灯後も続いていた。私たちはいつになく眠った。

「オニイ、あしが動かない」

寝るとき、膝の下に積み重ねてやっていたクッションの両側に、彼女の脚は関節を折ったまま倒れていた。私たちはもうベッドの中では何を思いわずらうこともなく、一つの異常を発見した後でも深い眠りにおちた。


朝、突然だった。マダム・セッサが風のように部屋へ舞い込んできた。

あまりにも陽子は彼女を待ちこがれていたために、彼女を話題にしたことはなかった。口にするまえに胸ふくらみ、ひそかに毛布の下で陽子は、指をひとつずつ折って長い日々を数えていたにちがいない。

表情をうかべる気力のうせた小さな顔に、マダム・セッサは全身を倒しかけ、額に両の瞼をおしつけて涙を陽子の頬に流した。今日の邂逅のために長い日々を闘いとった感動が、ふたりの手をしっかりと結びつけて離さなかった。

十月、あるいは陽子の上にやってこないかもしれないと思われた十月が、いま、たったいま、陽子の全身に新たな体温をつたえ、生きて溢れるものの涙をつたえ、もはや、彼女からは離れてゆかない愛情の確信を与えるのだった。陽子は獲得した新しい息吹きを離すまいと嗚咽をしのんだ。マダム・セッサは、その小さな鼓動が逃げていきはしまいか、と胸に胸をあてたまま動かなかった。

最初の感動が涙で洗われたあと、マダム・セッサは自分の腕の中で脈うつ小さい生物を、あたかも幸福の生態を確かめるように、顔をはなしてじっと見つめた。陽子の、なにか言おうとふるえている唇よりも、今日までひきずってきた小さな肉体がすべてを物語っていた。

「わたしには分る。あなたが何も言わなくても」

彼女は涙が落ちるのと同じ速さで、顔を、もの言わぬ唇の上に落した。

「あなたの瞳がすべてを話してくれる」

抱きあっているベッドの下に、昨夜から一滴もたまっていない溲瓶がかわききって横たわっていた。

「ヴァカンスもおしまいね」

十月に彼女は装飾美術学校《エコール・デ・ザール・デコラティフ》に入る予定だった。

「あたしちょっと約束があるの。サン・ジャック通りへ出る手前に文房具屋があるでしょう。あそこでスタインベルグのポスター貰ってきて頂戴」

「いつだっていいじゃないか」

「おもしろい絵なの。ヴァカンスがすむまで貼ってあるから、終ったらあげますと言ったのよ、小父さんが」

「いつ約束したんだい」

「南仏から帰ってきて間もなくだから、七月でしょう」

彼女は歩けるようになったあとの長い時間のことを、懸命に考えていた。

溲瓶は終日、からだった。便は一週間以上ない。

マダム・セッサがわざわざ自分で昼食を運んでくれた。

病人は喜んで、トマトとスープを少し口にしたが、吐気がそれらを拒んだ。

「午後でしょう」

「まだ薬をのむ時間じゃない」

「いいえ、椅子に坐るの」

私は逆わなかった。

「ヨーコ、疲れたときは休んでる方がいいんですよ」

かたわらでマダム・セッサは優しく言った。

どんなものだろうと看護人同士、顔を見あわせてためらったあと、マダム・セッサは病人を抱き起そうとした。だが昨日まで続け、今日もそれほど、望んでいる陽子の体は、おかしなことに、自分で律するすべての力をうしなっていた。

「つらい日はやめにしましょう」

陽子が、彼女の言葉にただうなずいた。

毛布を開いたついでに、マダムは龍骨をもってきて病人の下半身にあてた。

「からだが軽くなったよ」

だがなんと悲しい形をした器具だろう。人間の肌や温度に反撥する硬い冷たい鉄の輪が毛布を大きく支えて、病人の小さい顔にのしかかるようだ。

感覚のうすらいだ足さきから、夜通し痛みを訴えつづけて、彼女は十月の始めの日を終りにした。

「カミサマ、ドウカ歩ケマスヨウニ」

「なんの神様だい」

「あたしのカミサマ」


朝になった。

院長ドクトル・ルメール、医長ドクトル・アビバン、メガネの医者、ひげの医者、キュリイへの送り迎えをしてくれた痩せた医者、インターン二人、婦長、アビバンの秘書、九つの白い服が陽子をとりまいた。

院長は、異常にむくんだ彼女の足さきに小さい鎚で刺戟をあたえてみた。

「ウイ」彼女はまだ感覚を保っているようだ。

院長は少し強くやってみた。

「マル（痛い）」

ベッドを囲んでいる人垣は静かだった。

院長は、熱湯の入っている試験管を陽子の蹠《かかと》にくっつけた。

深く眼をとじ、まどろみの最中にある病人の顔から、その声はポッキリと切りはなしたように聞こえた。

「ショウ（あつい）」

院長は氷の入った試験管と替えた。

「フロワ（つめたい）」

彼は適当に二つの試験管をとりまぜて左右の蹠を試してみたが、夢うつつに答える病人の感覚は正しかった。

――フロワ・ゴーシユ・ショウ・ドロワ――

彼の手の速度が速くなるにつれ、彼女の唇は糸でたぐられているように切なげに動く。九人の瞳がのしかかり、脚と唇へ交互に視線をみはる。

なんという光景だろう。真中に横たわっている陽子。いまは羞《はじ》らう力さえなく素裸のからだをさらし、脚、腹、肩、これらの腫れあがった材料を提供したまま、彼女自身はうとうとと眠っている。

つい二、三日前まで、彼女の瞳は黒く澄んでいた。それはそのまま生きて歩ける貌だった。いま、昏の色さえなくなった無意識の塊は、見る人に愛恋の執着を消しさり〈彼方〉への安らぎを要求させるばかりだ。

こうして人は、別離のあきらめを獲得するのか。私だけの、あるいは看護人だけのエゴイズムであろうかとも思われる。

白い服は互いに主張し合ったり、静かな意見の一致をみたりしながら、所詮、ナオラナイ人間についての限られた日数を、時間を、気にしているだけのことだろう。この中では、私とドクトル・アビバンの秘書とが医学以外の人間だった。彼女は若く美しい。すべての瞳が患者に集められている中で、私とおなじく医者たちのその目差しを追っかけている彼女に、親しみと嫉妬がごっちゃになった。さらされた私の妻を彼女は見なかった。そうだ、医学も、もうこの肉体にライトを当てないで欲しい。

白い服たちはいったん病室を出て、廊下でまた長いこと話し合った。磨りガラスのドアの向うにその影を見ながら、私と陽子は葡萄を食べた。

もはや、彼女にとって人々の訪問は疲労をさそいはしなかった。彼女は周辺のなにものにもわずらわされることなく眠り、目覚め、また眠った。

「今日、あたしは東京へ行ったのよ。それから飛行機に乗った」

一年前の話だった。博多から東京まで二等車だったというあどけない話を、私は想い出した。忘れることのない日々であろうが、彼女がこまごまとその時のことを私に語って聞かせるには、もう、体力が続かなかった。

「ペリエが飲みたい」

コップに注げば白く泡立つ、透明な水を彼女は欲しがった。

「ペリエ！　ペリエ！」

それは太陽のもとを歩き疲れた時、もしくは強い酒を飲んだ後、口にする飲物だ。私には分っている。健康な快感の記憶が、この水からもうよみがえってくることはないだろう。


ペリエとザボンを二つ買って、久しぶりに私はモンスリイ公園を斜めにぬけた。小雨が樹々の葉の裏っ側まで濡らしていた。彼女自身がペリエの泡沫に似通っている今、雨のなかの飲物のように、すべての期待は失われてしまっていた。

母子のように二人の女は部屋にいた。マダム・セッサは陽子の手の爪を切ってやっていた。

「しびれているようよ」

陽子は私に向って、ベッドから出している手を見せた。

「どうしてよくならないのかしら」

「なりますとも、わたしの可愛い子、……病状は曲線を描いていくものですよ。ちょうど人生のように」

陽子はマダム・セッサに会うために、今日まで眼を開いてきたのだろう。椅子に坐る訓練を空しく続けてもきたのだろう。優しい愛撫にひたって、病人のどの部分も、体の規範から抜け出していくように見えた。

「右にもガングリオンが……」

あらゆる箇所がふくれ、あらゆる箇所がしびれていく。顔だけが生きているのか、それだけが陽子なのか。長いことマダム・セッサが脚を擦って去ったあとも、陽子はしびれていく苦痛から逃れることは出来なかった。

「ああ、わかった、いろんなところが痛むものだから、注射して眠らせてるのね」

彼女はそう言いながら眠っていった。

それから、小さく紙を破く音に彼女は目覚めた。

「なにしてるの？」

「手紙を書いてるんだ」

「どこに？　読んできかせて」

書き終ってからだ、ということにして、再び寝つくのを待ったが、彼女は眠らずに、私が手紙を書きおえるのを待っていた。明日の飛行機に間に合わせるためには七時までに投函しなければならない。その時刻は近かった。

「手紙できたでしょう」

私は戸惑いながら枕もとに椅子をよせ、わざと文字が彼女の眼にふれるそば近くに坐った。ひとつひとつ小さい文字を拾っていくだけの根気は病人にはないはずだが、果して私が読みこなせるかどうかは分らなかった。

――御両親様

陽子は黙って聞いていた。毎週の飛行機で故国へ病状を知らせることは病人の希望でもあったが、私はそれに、彼女の全く知らないことを今まで書きつづって来た。

「おれは何と書いたのだろう」

私は呟きながら、どこまでを伏せねばならないかを紙面でたしかめた。

――毎日セスネイさんがやってきていろいろ手伝ってくれます。Y君は連日、食事を運んでくれております。今朝の診断による脚の感覚はたしかで、歩く日は近いとはいえないが、これから快方に向うはず――

紙面にないことを私はしゃべった。なにを言っているのか、自分にも分らない拙劣な即興の手紙を読み終ったとき、ありがとう、と彼女は言った。

不審をいだかない彼女の素直さがおそろしい。

「オニイ、朝よ、窓をあけて」

薬を飲む時刻、彼女は私を起した。

病人は正確に薬を飲む時刻をおぼえているのだが、錠剤を飲みこむ気力は奪われていた。いくどとなく呑ませる水は喉へ入っていくが、薬のかたまりは口の中にとり残される。

こんなにして懸命に飲む薬が、いったい何になる。正確に飲みつづけながら的確な速度で、それとは別にはびこってゆくビリウス。陽子はどんなに空しい心で、この固い薬を水にたすけられながら、口から食道へと運んでいくのだろう。

「窓をあけて」

いつもの朝だ。マダム・セッサが入って来た。

彼女は寝かせたまま陽子のからだを洗い、綺麗にした顔を新しい枕につけて髪を梳く。長く伸ばして結ぼう、そう言ってずっと放って来た髪の毛がふさふさと肩までたれて、生きる方へ向っていない彼女の顔と不調和だ。マダム・セッサが美しく梳けば梳くほど、中にくるまれた彼女の貌は遠くなる。やめてくれ、陽子、自分の化粧を人に任せるな。

「右肩がいたいよ。何かしら、さわってみて」

ここにも瘤が、がっちりと根をはっていた。

「ガングリオンだ」

彼女はおし黙った。いつものように、何とかなるね、といって私を慰めなかった。追跡される者の逃れられない恐怖に彼女の顔はひきつった。

「右の肩がいたい。手がうごかせないよ」

彼女のたったひとつの行動半径、口まで水を持っていく右手の自由をうばわれたら、いったいどうなるだろう。

「医者を呼ぼう」

「いいよ、同じことだから」

陽子ははじめから、彼女の病気にとってはママゴトに等しいこの病院の一切の機構を、全く信じていなかったのではなかろうか。彼女はひとつの秩序を認めていたにすぎない。

「ね、眠いよ」

そう言って彼女は眼をとじた。

マダム・セッサは眠っている病人の下半身に膿盤をおき、あらゆる手だての果てとして、彼女自身、指で排泄物を掻き出そうとした。陽子はいかなる事態も知らず眠りつづけている。

固まった黒い断片が、肉体から排泄される物とはおよそ違った無機物の形態をなして彼女の指にからまり、いくつもいくつも出て来た。腸は生きているのか。彼女が引きずり出す物が、硬化した腸そのもののように思われた。

彼女はゴムの手袋を捨て、新しい膿盤をおき、透きとおった細いゴムのくだを尿道へ通した。かるやかな液体の流れが膿盤のなかで小さな渦をまく。陽子は依然としてまどろんでいる。洗面台の鏡にうつる青い自分の顔を、覗きこんで私は、ゆっくりと滴る音を聞いた。

なんというのどかな時の刻みかただろう。ゴムのくだを伝ってくるように、鏡の中の顔に涙があふれた。

私は泣いた。モンスリイ公園の梢の下で、マドモアゼル・セスネイの肩にすがって喚くように泣いた。

おれは彼女を殺そうとしている。おれがパリにこなかったら、彼女はいまも溌剌と生きていただろう。パリに着いた日からあれほど、疲労を訴え、春ごろからお腹がいたいと言うのを、おれは放りっぱなしにしてきた。おれは彼女がこうなるまでをじっと見つめて過してきた。

なんと滑稽な情景だろう。人を愛したことのない男が、ある身近な女の自殺でさえ、さっぱりとした顔つきで見送った男が、自分の女房が死ぬ、といって喚く。モンスリイ公園のベンチに、いままで私のふれあった女たちを坐らせて、涙と鼻水でぬるぬるになった男の顔を見せたら、どんなに面白がるだろう。結構な芝居の幕切れだ。見てくれ、おれが女房を殺すところを見てくれ。

「だれの罪でもない」

マドモアゼル・セスネイは私の肩をしっかりと抱いた。この人は認めないのか。殺人者を庇おうとするのか。私は彼女の腕から逃れようとしたが、彼女は泣き喚いている男を離さなかった。

「セッサの小母ちゃんがペリエを飲ましてくれたよ」

私が病室のドアをあけた時、彼女は眼をひらいてそう言った。

「ザボンの汁は」

「おいしかった」

しかし彼女は、再び請求はしなかった。彼女にとってすべての飲物は、かつての日の味覚を失くしていた。

私は、彼女のベッドの右側にあった小さいテーブルを壁の方へおしやった。病人が右手でカナール(吸口《すいくち》)をつかむことも出来なくなっては、テーブルをくっつけておく理由もない。

薬を病人の口へ入れてやり、カナールを口にふくませたが、喉へ流れこむ水と、彼女が薬を呑みこもうとする操作とは一緒にならなかった。水は喉からあふれてシーツを濡らした。

「だめだ」

毎日、彼女の指に私の指を添えて喉のかわきを潤していたが、彼女の指の一本でも欠けると、私の手の神経は、彼女の口の動きを捉えることは出来ない。この病気は二人でなおすのだ、と私は言い続けてきたが、何とそらぞらしい言葉だったろう。

そば近くにいながらひとりとひとりの人間でしかないむなしさか、枕もとのテーブルがなくなったせいか、部屋は急に、荒涼と広くなった。

彼女は懸命に手をあげ、私のにぎっているカナールの先を、動かぬ指で口へ持ってゆこうとしていた。彼女が再びまどろむと、私は彼女の枕もとに腰かけたまま、ぐったりと眠った。

夕暮れをふたりは知らなかった。

「きみ、寒くないか」

「ni froid ni chaud（寒くも暑くも――）」

彼女は日本語とフランス語との判別をなくした。というより、問いかけられる言葉が自国語なのか外国語なのか判然としないようだった。

いっしょに葡萄を食べよう、と彼女は言ったきり、夜の注射で、明日まで寝かされることになった。

彼女は動かなくなり、責めさいなむ足の痛みから、吐息のようなフランス語を眠ったまま口走った。

陽子、人間のもっとナマな世界へ帰れ。私ははじめて病室でタバコをふかした。紫煙が立ちのぼり、いかにも部屋らしい空気が、室内によどんだ。

――息ぐるしい――かすかな声がした。私は大きく窓を開き、この人間臭を追いやった。

「あたし一度、死にそこねたのかもしれない」

「どうして」

「だって、みんながあたしに寛大ですもの」

それだけの会話だった。彼女はこれだけの言葉にも疲れをみせ、私に唇をあわせたまま眼を閉じた。


ドクトル・アビバンはマダム・ボーとの電話連絡がとれなくて弱っていた。彼はどこまでも誠実に、無駄な行為の連絡を秘書に命令し続けていた。

なんの用事があるのか、ある男が突然、病室へ訪ねてきた。6号室の重々しい空気とはおよそ関連のない無頓着な表情で、半ばドアを開きかけてから、ひょいと首をひっこめた。

「わたしの友人がパリに来たいというので、どういう手続きをとったらよろしいか、お伺いに来ましたので」

そういう意向の人から、私は半月ほど前、手紙を受けとっていたことを想い出した。女房を日本から招びよせた男に訊けばその手続きがわかるというわけだろう。会ってお聞きしたい、という文面に、私は懇切な説明の手紙を出しておいたはずだ。それでもまだ分らなければ、早急に病院へ来てくれるようにと、手紙のおしまいに面会時間を付記しておいた。

その男が今頃になって顔を出したのだ。早急に、とあえて記したのは、時間が経つほど陽子のそばを離れることが出来なくなるだろう、と杞憂したからだった。

私は病人をマドモアゼル・セスネイに頼んで、近くのカフェへ中年の男を連れていった。

彼はポケットから私の手紙をとり出し、ひとつひとつ発送人の私に読んできかせた。

「それで、お分りにならないところは」

「そのね、ギャランティ・レターを公証役場で裏書きしてもらうというのはどういう事で？」

私は彼の手から手紙をひったくり、詳細に読んできかせた。

「ええそりゃ分ってるんですが」

「じゃ、その中のどこが？」

「つまり公証役場にどういったらいいのか」

「あなたの区の公証役場に行かれたらいいでしょう」

「そりゃ分ってますが、なんと言って頼むのですか」

これ以上、こんな男につきあう必要があるだろうか。肥った男だった。この愚鈍さは世間を渡るには得な性分だろう。予定より一週間以上も経ってから病院までおしかけて来て、ノックもせずにドアをあけ、カフェで三十分ぐらいお話しましょうと言えば、何かノロマなことばかり質問する。

「領事の裏書きというのはどういうことで？」

「領事にお会いになって聞かれれば分ります」

「ああそうですかね、領事といえばあのM氏ですか」

「ご存じですか」

「ええよく知っております。日本にいるときからね」

それなら私を引っぱり出すまでもなく、始めからM氏のところへ行けばいいのだ。

「女房が重態なので失礼します」

今にも彼女は息を引きとるかもしれない。私は気が気ではなかった。

「重態？　そりゃいけませんな。外国に来て病気になるのがいちばん困る。外人の医者じゃほんとに不自由ですよ。わたしんとこの坊主がこのあいだ風邪を引きましてね」

ながながと、この男は息子のその折りの話をおっぱじめた。

女房の病気なぞをもちだしたくはなかったが、鈍感な男はこれで立上ってくれるものと思っていたのだ。私は居ずまいを直して、予想を上廻る鈍感な男の父性愛を聞いてやった。

カフェを出るとき、今日のコーヒー代は自分に出させてくれ、と男は得々として六十フランをテーブルの上に置いた。

メトロの前で彼と別れて、急ぎ病院の三階の階段をあがってくると、廊下に陽子の友人とその夫が立っていた。

「わたし、面会に来たのよ」

面会は医者から止められているのだ、と言ったとき、彼女はヒステリックな声をたてた。

「わたしは陽子さんの親友よ。陽子さんも、わたしにだけは会いたがってるはずだわ。会わして頂戴よ」

「ぼくは誰にも会わせないことにしてるんだ」

「あなただって会ってるじゃないの。癌がなにサ、死ぬ病気じゃないのよ、あなた。会わしてよ。癌はなおるのよ。週刊誌に出てるわ、癌は必ずなおるって。ほら御覧なさい、なおるのよ」

彼女がさしひろげた頁のミダシに大きく彼女の言った通りのことが書いてあった。

「なおる病気なら、なおさらいま、会わなくったっていいでしょう。ともかく帰って下さい」

女は友情をふみにじられた口惜しさでいっぱいになり、その雑誌さえ拒絶する私に心から腹を立て、階段をおりていった。ひとの好い亭主は、どうにも困ったような表情で詫びるように私に向って両手を拡げ、女のあとについていった。

彼女の大きな声は6号室まで響かなかったろうか。病室まぢかの廊下で、ガン、ガンと叫ばせた私の不手際に、われながら腹が立った。

マドモアゼル・セスネイが、病人の枕もとで私の帰りを待っていた。

「マドモアゼル、あなた今、廊下で話しているわたし達の声が、聞こえなかったろうか」

ぜんぜん知らなかった、と彼女は答えた。陽子は私の気配に眼をあけた。

「さっき部屋へ入ってきたひとね。堀井さんの紹介でギャランティ・レターのこと、訊きに来たんでしょう」

東京から堀井がそんな依頼をしたのは、もう何カ月も前の話だ。さっき顔だけ覗かせた男を、どうしてそれと察したのだろう。めったに目を開かず口をきかない彼女は、違った感覚で周辺の事実を受取るすべを生み出したのだろうか。それにしてもたくさんの会話、沢山の手紙の中から、たった一つの事柄を引っぱり出して、その男と結びつける確かさはどういうものだろう。

あの男がやってきたとき、たしか陽子は眠っていた。眠っていたというより、弱まった体力が病人を覚醒させてはいなかった。マドモアゼル・セスネイに三十分の留守を依頼して出ていくときも彼女は眠りつづけていたはずだ。

さっきからの状態を幾度も回想してみたが、もし彼女が目覚めていて、ドアのきしむ音を聞き、知らぬ人の顔をかいま見たにしても、廊下で小さく話していた私たちの声が伝わるはずはない。もし聴こえぬ足音に、見えぬ顔に、伝わらぬ話し声に、一切を察知する能力を得たとすれば、さっきのヒステリックな叫び声も、充分彼女にはわかったはずだ。

しかし彼女は、今そこにいたのは誰だ、とも、あの声は何だ、とも聞こうとしない。超人間的な感覚を身につけた人間には、それが充分聞こえているにも拘らず、無表情な装いもまた可能でありうるかもしれない。だが間近な死に対して無表情であり得るということが、生きている人間に可能だろうか。


夜通し彼女は苦しい寝息をたてた。浅い眠りのなかでなにかを口走り、あえぎ続けた。喘ぎがおわったとき、呼吸は停ったことになるだろう。

自動車の騒音が、ともすると彼女の息吹きをかき消す。昨夜までブールヴァールを走っていたこれら夜の跳梁者が、今夜は陽子のからだの上をつっ走るようだ。

私はベッドをぬけて彼女の枕もとに腰かけた。いったい何を口走っているのだろう。おかしなことに私がそばにくると何も言わなかった。そのかわり、喘ぎはいっそう強く私の耳に伝わってきた。

——j'ai soif——

夢うつつに彼女は喉のかわきを訴えた。しかし私がカナールを彼女の口につけると、彼女はかすかに眼をひらき虚ろに私の顔を見るだけだった。

——オニイが見えるよ。だけど、ぼーっと、しとうとよ——

彼女の母親そっくりのアクセントだった。私はそっと腕を握ってみた。一分間、百四十の脈搏が、せわしげに小さく刻んでいた。


ようやく夜が過ぎた。

彼女は一日が過ぎたことのあかしに、朝の紅茶の匂いをかぎ、口が湿る程度に少し飲んだ。舌は真黒い色に変っていた。

マダム・セッサが湯気のたちこめたワゴンを押して部屋に入り、いつものように彼女の化粧をする。ピジャマをとられた陽子の部厚い骨格がうきだし、この夏、泳いだ地中海の色が、脚のつけねを区切り、股間を白く残している。石鹼の泡沫はそれらを包み、皮膚をすべる。これはまぎれもない朝だ。

——ドウシテアタシ、モノガ言エナイノカシラ——

彼女は懸命に発音しようとしたが、うまく言葉にはならなかった。

「わたしのオネンネさん、それは薬と注射のせいですよ。そう、眠ってるときムニャムニャって言う、あれですよ」

マダム・セッサは病人を抱いたままふんわりと横にした。彼女はそれっきり眠った。

〈バリとヌーヌースがくれた〉贈物、うちの猫たちがヨーコへプレゼントだよ、といって四、五日まえ、マドモアゼル・セスネイが持ってきてくれたオード・コローニュは、感覚の消えていきそうな病人の両の脚を、僅かながら生きかえらせるのに効果があった。

——イイ匂イ——

彼女は絶えずそれを脚にすりこんでもらいたがった。

——ナニカワカラナクナッタ——

マドモアゼル・セスネイがやって来た。それは昼の合図だ。

——紅茶ヲノモウネ、三人デ——

老嬢の顔をしばらく見ていたが、ようやくそう言ったきり彼女は〈彼方〉へ向ってうとうとと眠りかけた。


おそろしい夕暮れがやって来た。

「きみ、しっかりしろ」

私は独りで時の刻みについていくのが耐えられず、彼女をゆさぶった。

彼女の口はカラカラに乾ききっていた。紫色の唇がぽっかりと開き、熱気がひとつひとつのひだに漂って、奥深い体内へ暗く入りこんでいた。舌が白い色に変りザボンのようにつっ立っている。眼に見えない硝煙が、体内のいっさいの機構から、この口へ噴きあげてくるようだ。

私はマダム・ボーとの交渉を持つことを断念した。

表面に拡がっている肌のなめらかさに騙されてはいけない。彼女の瞳からは、目の前の私が日々遠のいていくように、私もまた、彼女が私の視界から消えてゆくのを静かに見守るより、今はすべもないだろう。

ドクトル・アビバンの予告、女医の診断、ポールやエリーズの意見をはじめて私は納得した。これは私以外のすべての人が疑いもしないことだった。とはいえ彼らが主張するように、別離の予告や挨拶を、彼女ととり交す必要があるだろうか。

私は医長の部屋を訪ね、もはやキュリイとの連絡に腐心される要のない旨を告げた。

ドクトル・アビバンは私の指示通りに従う、と短く答えた。

「ドクトル、あなたは病人に死を予告することを希望されますか」

「いいえ、医者としてわたしはそれには反対です」

「カトリック教徒としても?」

ポールたちが私を固い椅子に坐らせた日、死を予告することはドクトル・アビバンの希望でもある、と確かに言った。私はそのことで彼を敵にまわしたつもりで、この部屋をノックしたのだ。すべてに承服した現在、たったひとつ残された敗者の拠点だ。

「もちろん、カトリック教徒としてもノンです」

私は興ざめ、素直に、患者の現状について話をすすめた。彼の説明は、死の交叉線がすでに出ているようだから、今週の終りごろであろうかということに決着した。

「幸い、病人にそれほどの苦痛がないのが、なによりも現在のわれわれには気安めになろう。おかげで今に至るも麻薬を打たずにすんでいる」

彼はそう言って、私の肩をたたいた。

カルテの目盛りの上を、体温の赤い線が六度二分へ下降し、逆に脈搏の青い線が上昇して×印を描いていた。死の交叉線とはこのことだろう。

陽子は虚ろな眼を少しく開き、口をあけ、混沌として生きていた。

吉岡がノックした。今夜はどこから料理を見つけてきたのだろう。彼は毎日、心当りの誰かれに電話しては何とか食物を探していた。廊下には初山もつっ立っていた。

「おい、まだ食えるのか」

「おれが食いたいんだ。ここの固い肉にくらべたら何だって助かる」

初山は夕食の入っている魔法瓶を、嫌な顔をして私に渡した。

「大方そんなことだろうと思った、ばかばかしい。おれんちの猫は食えなくなってから何日も生きてたからな」

ドクトル・アビバンが階段をあがって来て、私たちの前で立ちどまった。

「おそらく日曜日までは、もちますまい」

彼はさっき自分の部屋で言ったことを、もっと確信をもってくり返した。

「あなたのからだに気をつけて下さい。それから当直の看護婦には特に注意させましょう」

初山と吉岡は、かたわらで不動のまま、私よりも厳粛にドクトルへ眼をそそいでいた。

「ムッシウ……」

彼は私に呼びかけてから、しばらく時間をおいた。それはいつぞや、この位置ではじめて私に向い合ったときの前かがみなポーズだった。

「できたら死後、解剖をさせて貰いたいのですが」

その許可を与えうる唯一の男にむかって彼もまた、動かなかった。

「もしおのぞみなら」

最初に出会ったあの夕暮れのときと同じように、私がなんの反響も示さず、即座に返事することに彼はたじろいだ。

「これはわたしの医者としての立場からも知りたいし、今後こういう病気の人々のためにも」

「医学に貢献することならば」

私の言葉を、初山は躊躇しながらドクトル・アビバンに伝えた。初山はこういう物の言い方が嫌いなのだ。

躊躇することはない。多分に人道的な表情をしてみせない限り、医者はまた、私の心底をはかりかね、東洋人ト言ウモノハ、と不安がるだろう。それよりも私はこの二カ月間、人々にむかって自分が狂人でないということを懸命に示したい心理的な衝動にかりたてられている。

生きているお互いには愛憎の絆はあっても、死後の肉体に人間の要素は何ひとつない。陽子でないと仮定された物体についての処置を論議することはないだろう。

かつて死の設定を、わざわざ決定報告に先がけてその前日に設けたように、明日にもやってくる〈死〉を私に確認させようとするこうした会話の手順は、べつに必要ではないとドクトル・アビバンに教えてやりたかった。それとも肉体が完全に風化されるまでは、その「人」を意味するという社会の規約でもあるのか。

十何年も前、ある医学部の学生に頼んで、私はこっそり学校の標本室から頭蓋骨を借り出して、描いたことがある。一カ月という期限つきで借りた不気味なモチーフを家人は嫌った。父は、どうしてそんなものを描いているのか、と尋ねた。返事のかわりに、私はそれを父の前に持ってきて見せた。かつては誰かの顔をはめこんでいた残骸をつくづく眺めて父は、精巧なものだ、と言った。「よし、俺が死んだらお前に骸骨をやろう」

私はこの契約を早速、友人に話した。彼もながいこと、頭蓋骨を私と同じ目的で探している絵描きだった。私が彼の前に人間の静物を持ってきて見せたとき、彼はもっとナマな契約を私と結んだ。〈おれ達のうち、先に死んだ方の骸骨を相手に渡す〉私はこの申し出にためらった。彼は肺病で臥せていたのだ。頭蓋骨を取るためには、死体から頭部だけを鋸で切り離さねばならない。数カ月後に彼は死んだ。

「メルシー、心からメルシーを言います」

ドクトル・アビバンは大きな手を私に差出した。

「解剖が出来れば、どこからこの病気が発生したかがよくわかる。あなたも知っておきたいことだろうと思う」

「…………」

「それから火葬にしたいのだが、許可願えないだろうか。死体を日本まで運ぶためには、大変な労力と費用がかさむし……」

カトリックの国は一般に火葬ではない、と私ははじめて知った。
「よろしい。そういうことの一切はあなたにお任せする」
「あなたの国の宗教儀式にのっとって種々、準備されたらよいと思うが」
「その必要はない」
人間の抜けがらについての取り扱いはどうでもいいことだった。やんわりと廊下に夜がやってきた。

陽子は、彼らが持ってきた焼き魚とスープを少し口にした。契約済の体を少し肥らせようというのだろうか。期限を少し延ばそうとでもいうのだろうか。

夜じゅう、彼女は喘いでいた。私はその呼吸音をひとつひとつ耳にしながら、うとうととした。陽子はまぶたをとじる力もなく、五分おきに水をせがんだ。夜更けて彼女は意識をとりもどし、手紙を書きたいと言った。誰になにを伝えるのか知らないが、私は紙と鉛筆を用意して、息を吸いこみながら吐き出してくる言葉を聞いた。

それはながい時間だった。思うに任せない唇と舌の動きは、発音を口の中で消した。私はおおよその意味を自分で書きならべ、彼女に読んでやった。

——今月末なおるものと思っていましたが、ぜんぜんその素振りをみせず、だんだん悪くなりました。お世話できないことを、おゆるしください。はやしマダムへ——

彼女はなにか言おうとしたが、それっきりまた、意識を失くした。私は自分のベッドへ引き返し、白んでゆく夜のなかで、短い彼女の感慨を反芻した。

林マダムは東京の一隅で、フランス行を大急ぎで整えているはずだった。洋裁以外なにひとつ出来ない彼女のために、陽子は妹のように食事の世話を当地でしてやる心づもりであった。

——しかしもっと身近にひとり、もっとできない人間がいて、陽子は食事の世話を生涯してやらねばならぬかかわりがある。——

これは私に宛てた手紙だ。この二、三日ガングリオンも腹痛も彼女は訴えず、ひそかに残りの体力をかきあつめて、これだけの言葉を私に用意したに違いない。言いよどみ、発音不明瞭になったおしまいの言葉は何だったのか。

言いたい時にすでに言う体力を失くしているとしたら、その責任を君はなんとするか、とつめよった谷沢の言葉はほんとうだったかも知れない。陽子はなにを言いたかったのだろう。

朝が来た。予告された今週が一日減っていく。

マダム・セッサよりも先に、知らない青年が病室をノックした。青年は合オーバーを着ていた。もうそんな季節になったのか。彼は手にしていた植木鉢を丁寧に渡した。知らない人に至るまで、看護人の私に対して言葉少なになっている。鉢の上には、私たちの知っている心優しい友人の名刺がのっていた。

陽子は花を見分けられるだろうか。病室に土の匂いがしみた。

——キレイな花——

あれだけ花々を遠ざけた病人が、不思議とつつじの鉢を部屋に飾られたことに満足して再びまどろんだ。病室にスチームの流れる音がかすかに響き、窓ガラスは気温にくもり安逸に時は過ぎてゆくようだった。

——オニ——

彼女はピジャマを脱がされ、バスタオルを胸と腰とに巻いて、朝から静かに眠っていた。

——オニ——

彼女は眼をあけて、はっきりと私を呼んだ。

——毛布ヲハラッテ。脚ガミジカクナルミタイヨ——

彼女はしばらく口ごもっていた。

——ソレニアタシ、ドウシテスリップヲシテルノ——

「おれとセッサの小母ちゃんとで、タオルを巻いてやったんだ」

——アア、赤チャンガ生マレルヨウニシテルノネ——

なんという女の切ない連想だろう。私たちには子供がない。妊娠はしたが、二人ともパリに行く目的から、それを中絶した。陽子はそれに賛成したが、やがてからだが軽くなると私に、子供の顔を描いてくれ、とせがんだ。

「わたし達の赤ちゃんを描くのよ」それはもう何年か前のことになる。

「おれ達の赤ちゃんを産むのか」

——ソウジャナクッテ——

どうもはっきりわからない、というふうに彼女の声は遠くなった。私は子供を産ませなかったことを少しばかり悔いた。

その日一日、私はベッドにもぐりこんでいた。エリーズが寝ている私のところへやってきて、カトリックの坊さんを呼んであげたいと思うが、と小声でその是非をたずねた。私は言下に断った。気難かしい男と知って、彼女も私にさからわなかった。

疲れた。マドモアゼル・セスネイに病人の番をたのんで、絶えず苛まれる重い頭をかかえ私はベッドで動かなかった。しかし眠れもしなかった。

なにかのたびにマドモアゼル・セスネイは私の枕もとにやってきた。

「ヨーコの日本語がわからない」

しかし私がそばに行っても、陽子の日本語はききとれなかった。不意に彼女の言葉がはっきりとなった。健康な夢の世界での独白だろうか。

——ワタシ、服ヲキガエタイ——

今朝、赤ん坊が生れるばかりだった幸福な彼女は、産後の安らぎで夕刻、美しくなっていた。

「夢を見ていらっしゃるのよ」とエリーズが言った。

夢ではあるまい。知りつくした正確な時間をみはからって、陽子は粧いをしたがっているのではないか。

——キガエタイノ——

再度、彼女は私に訴えた。

八時頃、当直の看護婦が入ってきて、くだで尿をとり、注射を打った。陽子はふかい眠りにおちる。看護婦は脈も体温もみずに部屋を出ていった。病院の指令だろうか。ばかな。今日の彼女を測定し、カルテに線を引け。陽子は生きている。

つつじの鉢にくっついていた名刺には、私の名と並べてマダムとしたためてあった。陽子は私の妻として現在入院している患者だ。かつての日をとり戻せ。ひとは、きみの脈搏を書かないが、かまわない。きみは生き続けろ。

二、三日真黒だった舌が、今はキレイになった。今日は食事をとった。おれと正確に話もした。生き続けろ。

エリーズの目は、私の願望が病人にとってあまりにも苛酷だと抗議していた。

たしかに前と違ってはいる。夜じゅう、たたき起こされていた頃が懐しくもある。あの頃きみは自分の力で排泄もできた。出ないことが多かったが、おれを起こす元気はあった。スイッチさえ枕もとに置いておけば、看護婦を呼ぶこともできた。きみは歩けない不満をかこったが、愚痴の言えるあの頃は楽しいこともあった。それでもきみは今日、昼食のスープを口にふくんで、おれの食べ方の真似をして、おどけてみせた。健康な神経だ。きみは生きる。

――イマ、ナンジカシラ――

「六時十五分だ」

――アア、アタシ、時間がめちゃめちゃニナッチマッタ――

金曜日になった。全身、彼女の力で動かせるところはどこもなくなった。

——目の前になにかあるのよ。それでほかの物が見えないの——

彼女はこんな意味のことを言った。

マドモアゼル・セスネイは、今日も林檎を持ってきた。私に食べさせるためのようだ。彼女は昨日の果物が残っているとき不機嫌だった。彼女はひとつふたつ皮をむいてむりやり私の口につめこみ、それから私をベッドへもぐりこませた。

いつになく真昼間を、私はうとうとと眠った。十分ぐらいも経ったろうか、彼女はまたもや私を起こした。「ヨーコがなにか言ってるけど、わからない」

私は鈍い頭をおさえて病人の枕もとに近づいた。陽子は間近な私の顔をそれと確かめると、どうにか右手を動かしてマドモアゼル・セスネイを指さした。

——ホリョよ——

「え、捕虜、誰が」

——ワタシタチ、ホリョニナッタ——

陽子がおぼろ気に示すマドモアゼル・セスネイは、彫りの深い顔に疲れをみせて、青い瞳を私たちの方にそそいでいる。半ば白い銀髪が、窓を背にした逆光のなかでモシャモシャとかぶさり、やさしい顔はすぐさま、人さらいの老婆にとってかわるようだった。

ああ、マドモアゼルは異国人だ。私たち二人を取巻いているすべてが異国だ。陽子はなおも指さしておびえた。

そうだ。確かにふたりは捕われてしまった。この清潔な病院も親切なドクトル・アビバンも、みんな彼女にとってはママゴトだ。レントゲン、手術、薬、注射、彼女を歩けるようにしてくれるものは何ひとつありはしない。

彼女は苦痛を訴え、バッサンを尻にひき、でかい錠剤を呑みこみ、静脈に針をさされ、いつかは自分を歩かしてくれるものと信じていた。みんな嘘だ。初めからわかっていたことだ。彼女は重症患者になる人として初めから登場してきた。これらの治療は彼女の〈役〉に光彩をそえているだけだ。少しずつ薬がふえ、注射液がましていくことは、彼女のほんらいの役を演出させているにすぎない。

ここへ来たばかりに、この役割をふりあてられたと陽子は信じている。ほんとうのことかも知れない。病院、医者、薬品、私たちが信じて身を投じたこれらの中に、はじめから何ひとつ期待するものはなかったのだ。

きみは、この病院を逃げ出そう、と口癖のように言った。

「あたしにはその勇気が欠けていたのよ」と後悔しだしたとき、きみはもう歩けなくなっていた。このまま連れて帰ってくれ、ときみは私に頼んだ。あのローモン街の部屋、汚いベッドで俺のかたわらに寝ていれば、たとえなおることはないにしても、この役から逃れることは出来たはずだ。

捕虜。思考することすらおぼつかなくなった全神経のかすかな力で、彼女は明確に焦点を絞った。頑丈なこの建物は、言葉たくみに彼女を捕え、彼女の夫として私をも拉致し、彼女を釘づけにしたことで、私をも動けなくした。異った言葉をあやつる人間たちが二人を病室という形式で見事に閉じこめたのだ。

あれほど優しかったマドモアゼル・セスネイが、まず私を、陽子から私のベッドへ引き離し、陽子が喉のかわきを懸命な力で訴えても、日本語だという理由で水を与えてもくれない。

ああこの人も異人さんだ、危い。

――オニイ、オニ――

彼女は私を切なく呼んだ。

マドモアゼルは哀れな患者の顔を、おろおろしながら覗きこんだ。

「ケスク・テュ・ブー、ポーヴル・アンファン（何ヲ訴エテイルノ、可哀想ナ子）」

ああ、やはりこの人は、私たちの知らない言葉をあやつっている。オニイ、用心して。この国の人みんながふたりを捕虜にしてるのよ。

彼女はおびえた瞳で私にそれを知らせ、すがりつこうとあがいた。

「なんでもないんです」と私は哀れな老嬢に答えた。

「デモ、水カ何カ欲シイノジャナイダロウカネ」

ああいけない。オニイ、甘言にひきずられるな。陽子の瞳孔は見開き、異国の人と交渉を絶つことを警告し、なにかにひきずられるように、それっきり意識を失くした。

気温がいくぶん下って夜明けがくる。窓の真下にある車寄せにシトローエンが一台着いた。ドクトル・アビバンの灰色のルノーが着くのは、あと一時間ぐらいのちだろう。

いつの間に季節が変ったのか。樹の葉が黄色く色褪せて風もないのに揺らぐ。モンスリイ公園の樹々の間からのぞく観測台の尖端がその冷気を測る。

私は悲しい今ひとつの風景を思い出した。日本学生館の六階の洗濯場から見える風景だ。枝々を切り落されたプラタナスの幹、丸い競技場、その周囲の広場にたむろするジプシーの小屋、泥濘の上に並べられている彼らの自炊道具。それらが洗濯をしている私の位置から、それぞれの物の裏側をみせて配置されていた。

無意の動作をくり返すとき、洗濯場の湯気をとおすとき、目にふれるものは悲哀のフィルターの向うがわにあるのか。いま、病室の窓から展がっている夜明けの風景はすべて裏むきだった。

——クルマニ揺ラレテ、アタマガイタイヨ——

「大丈夫だ。もう降りたんだから……病院自動車かい」

——フツウのクルマ——

そうかも知れない。遭難者の意識は不思議と遠い昔にかえるものだ。どうせ夢を見るなら、もっともっと昔にかえれ。

陽子の故郷《ふるさと》の家は海ぞいに一軒たっていた。街から広いコンクリートの道が一本、戦争による焼跡の、荒涼とした中を豪華に海へ向っている。彼女は夜ふけ、小石を蹴りながら空も海も暗い彼方にコロコロと音をたてながら走っていた。きみ、闇に響く小石の音はまだ聞こえないか。

——アア、何ガ何ダカワカンナクナッタ——

今日のふたりの会話はおしまいだった。昨日より正確な表情で彼女は眠った。そうだ危機は過ぎたのかも知れない。この二、三日きみが歩いた世界がどんなだったか、なおってから話してくれ。

眠っている陽子をマドモアゼル・セスネイに頼んで、私はタバコをすいに階段をおりて、外へ出た。芝生が眼に青かった。女子学生たちがしゃべりながら浮き立つように目のまえを通った。病室からたった三つの階段をおりたところに、このような人たちが生きているというのが信じられない。

病院へ入ろうとする初山を見つけて、私は大きな声で呼んだ。

「なんだ、きみの仕事はおしまいか？」

彼はレインコートに手をつっこんだまま、私の方へ歩いてきた。

「そう簡単に、ますらお派出夫会を解散はさせん」

「そうか、もう少し生きてもらわんと困るんだ。あすは日曜だからな。それよりも俺のロマン、死をめぐってのカトリックの論争が現代人必読の書となるためには、まだ未整理なんだ。その後、エリーズはなにか言ってるかい」

「いまわのきわに神父を立ち合わせろ、と言うんだ」

「おもしろい。立ち合わせて喧嘩する方が小説になる。陽子さんにはすまんが」

「おれは、断ったよ」

「もちろん、そうだろう。小説通り実際にやるこたあない。陽子さんはなにか言ってるか」

「子供を産むんだそうだ」

「え、ギョッとするじゃないか、そんなことを口走られちゃ。誰の赤ん坊か聞いてみたか」

「ハツヤマさんとは言わなかった」

私はもう一本タバコに火をつけた。二人はしばらく、目の前を往き来する人たちを眺めながら坐っ

と言って立上った。

マダム・セッサが病院の玄関から手をかざして私を探しているらしいのを見て、初山は「アバヨ」と言って立上った。

陽子は私の入って来た気配にも、マドモアゼル・セスネイがドアをあけて出て行くのも知らず、ひたすら眠りつづけた。

吉岡が野菜のスープを魔法瓶に入れて持ってきたが、病室のこまごまとした動きは、彼女となんの関係もなくなった。彼は陽子の頼みどおり本屋からスタインベルグのポスターを貰ってきてくれたが、大きな馬にそれより大きなお尻の女が乗っかっているカルカチュアを眺めるのは、私ひとりだった。吉岡が去り、病室に灯りがついても、彼女は知らなかった。私は魔法瓶のままスープを飲み、彼女のために運ばれてきた肉と果物を食べた。

ふたり住んでいる部屋の中で、ひとり咀嚼する音を、私は自分のからだの内側から聞いた。口の中に放り込んだ〈空しさ〉を吐き出そうと噛みくだこうと、どっちだっていいんだ。

食事を途中でやめたところで何もすることがなかった。私は自分のベッドを彼女のそば近く引きずってきて、そのまま横になり、街灯が鎧戸の縞目を天井に映しているのを夜更けまで眺めた。

去年のちょうど今ごろ、陽子は飛行機に乗っていたことだろう。明日、パリに着いたのだ。

生きているのか、死んでいるのか、彼女の寝息は枕のそばでも聞きとりにくかった。

いままで私のベッドがあった一隅の空間がぬけて室内は秩序をなくし、荒廃した野っ原のように肌寒くみえた。私は起きあがり、中途半端に置いたベッドをもとの位置にもどし、椅子を彼女の横に引きよせて寝息をうかがった。

夜が深まるにつれて彼女の息遣いは荒くなり、懸命に息を吸いこみ、胸を通過する異様な音を伴いながら吐き出してきた。大きく吸いこんだ空気を、いつ、そのまま吐き出さずに停めてしまおうかと考えあぐむように、それは深く緩慢なくり返しだった。

――オニ――

――オニ――

彼女は眼をとじたまま私の名を呼んだ。ときに彼女は暑くなり、突如として寒さに打ちふるえた。いくら喉のかわきを訴えても、水を口にふくむ力はなかった。

夜明けが近づいて少しずつ気温がさがる。陽子の息遣いは小さくなり、やがてかそかな寝息にかわった。

ふいに背中をたたかれて、私は頭をあげた。いつの間に眠ったのか、マダム・セッサが立っていた。

「ムッシウ、疲れますよ」

夜があけたのだ。今日の日が暮れるまで、彼女は陽子の傍にいてくれる。それだけが私の願いだった。私は鎧戸をあけ、新しい日を迎え入れた。すでに冬のような風景が白んでいる。

マダム・セッサは私の手をさえぎり、鎧戸をもとに降し、私にベッドへ入るように強制した。彼女は私が横になるのをきびしい表情で見とどけてから、櫛で陽子の髪をととのえ始めた。蒸しタオルでからだを柔かく丹念に拭きおわると、彼女はいままで私が坐っていた椅子に腰をおろし、陽子の上に顔をおしつけて静かに涙をながしはじめた。

昼を過ぎ、マドモアゼル・セスネイがやってくる頃、病人はようやく混沌のまどろみから目覚めた。

——アア、ワカッタ、ミンナワカッタ——

持ってこなくてもいい、と言ったにも拘らず吉岡はどこからか御馳走をたずさえてきた。

「野菜のつぶした奴だ、陽子さんのからだにいいよ」

吉岡はけろりとしていた。彼は人を勇気づけることを知った。滝川老人がいたら、そう言って賞めるだろう。私はこれを陽子に適用した。

「おい、野菜を食べるんだよ」

彼女はわずか眼をひらき、うつろに私を見た。

「お母さんから、野菜を食べるように言ってきたんだ。目をひらいて」

納得したように彼女は頷き、色あせた唇をあけた。たしかに俺は彼女の父や母よりも、この病人を占有する権利を持っていただろうか。その人たちよりも余計おれは彼女を愛していたろうか。ポールが私を非難したことは当っているかも知れない。

私は昨夜のように物言わぬ妻と向いあって、ひとりで食事をとるのがおそろしく、吉岡に食事を一緒にしてくれ、と頼んだ。

「そうかい。きみのを食っちゃ悪いな」

彼は気軽に椅子を引きよせ、もうすぐサロン・ドートンヌだよ、と言った。あとには、おそろしいひとりの夜がひろがっていた。陽子はなにか言おうとした。しかし唇が少し動いただけだった。彼女はどうしてもそれを私に伝えたいらしく、続けて唇を動かそうとした。

「おれのことか、おれのことなら心配するな」

彼女は首をよこにふったようだった。

「陽子のことか」

——ヨーコのこと——

おれ達のあいだに何も言うことはない。きみの言いたいことはみんなわかっているはずだ。分っていないことがあったにしても、それはたいして重要なことではない。

当直の看護婦が注射を打ち、彼女はそれっきり眠った。

私は昨夜よりも隙間なくベッドを、彼女のベッドにくっつけ、再び鎧戸の縞目と向いあった。

彼女をパリ郊外のオルリー飛行場へ迎えたのがちょうど、去年の今日だ。飛行機は二十分ほど遅れて着いた。展望台から見ていると、金属の魚の胴体から人が吐き出されてくるのが面白かった。風が強かった。毛皮をまとった女がこちらに手をふった。

「あれが女房だよ」

まだ陽子を見たことのない吉岡と中条は、凄いじゃないか、と言った。犬の毛皮にしたって、遠目には立派な毛皮に見える。

「この荷物持ってよ」三年ぶりに会った陽子の、これが最初にいった言葉だった。

荷物はいつだって片づけられる、生きている荷物がねエ、これは滝川老人の口癖だ。

中条は結婚式の馭者のように、パリへ向ってひとことも口をきかずハンドルを握りしめたままだった。吉岡は助手席に坐って、一度もうしろをふりむかなかった。迎えに来てくれるのは有難いが、後ろの座席を見るなよ、と私が言った言葉を忘れないのだろう。


ふい、と私は目をあけた。陽子は大きく息を吸いこんでは、喘ぐように吐き出していた。どうした気配か、誰かが私を起こし、立ちあがることを指示している。

私はベッドをぬけだし夜着をひっかけ、ベッドの向う側へまわって陽子の枕もとに椅子をよせた。二時をだいぶ廻っている。いまわの命だ。

彼女の吸う息はひとつひとつ、大きく険しくなった。機関車が部屋を通りぬけていくようだ。私は小さく彼女の傍にうずくまり、いまにも私をおし潰してしまうかもしれない強い響音の反復に打ちひしがれそうになった。

半時間もその音を聞き続けたろうか。呼鈴を押した。看護婦のやってくる足音がする。深夜私ひとりで彼女と別れようかとも考えたが、私は病院の秩序に従った。

あわただしく入ってきた看護婦は、けげんな顔でのぞきこんだ。

「ムッシウ、彼女はとりたててどうということはありません」

「いいや、死ぬんだ」

人の目には、これが昨日となんら変っていないように見えるのか。

「当直の医者を起こしてくれ」

「怒られるかも知れませんよ。べつに異常はないんだから」

「ともかく起こしてくれ」

看護婦はしぶしぶ出ていった。しばらくして若い医者が聴診器をもって入ってきた。

「どうなんです？　ムッシウ」

「彼女はだめのようです」

彼もわからないようであった。

「名前を呼んでみたら」

呼んだって聞こえるわけがない。彼女は昨日の夜、私や自分自身の記憶を洗いざらい落してしまったのだ。医者も看護婦も私の意志に従い、相変らずくり返される単調な呼吸音を見守った。

やがて吐息は間隔をおき、曠野を吹きわたる風のように舞上り、いずこかへ吹きつけるとみえて、ふっと停止した。

医者は看護婦に、カンフル注射を整えに医療室へ走らせた。いそがしく足音が遠ざかった野っ原のなかで、私は舞上った空間にしがみついた。再び風が鳴り陽子は大きく目をあけ、さも二十八年の生涯に退屈したように深々と息を吐きだした。

8

四時、私は看護婦に伴われて向いの部屋に連れていかれた。夜の明けきらぬまぶしい電灯の下で、言われるままに腰をかけ、傍の蛇口から垂れる水の音を、ただそれだけを聞いた。タバコに火をつけて煙を吐き出そう。なんと克明に電灯の下で物象が浮び上っていることか。

看護婦が入ってきて、アナタのマダムに何を着せましょうか、と尋ねた。「花模様のネグリジェを」それは洋服ダンスの二段目にあると私は教えた。

部屋によびかえされた時、陽子は剝製のようになんの感動もなく美しかった。ややとがった顎、つぶらな瞳、唇さえも濡れて美しく、陽子がすでに不在であることを示していた。

タバコが二本、煙になって漂っている間に、どういうカラクリが医者たちの手によって行われたものか。夜が明けたとき、さっきまですがりついていた陽子はどこにもいなかった。

猫が往来で車に轢かれたのを見たことがある。徐々に冷たくなっていく猫のからだから無数の蚤がそのとき、這いだしてきた。顔といわず肢といわず、あらゆる毛の間から跳びだしてきた小さい命は、そのまま土と雑草のあいだへ散った。

癌はからだからぬけ出し、どこかへ飛び散ったのだろうか。癌が陽子を圧しつぶしたのなら、目の前の肉体には闘争の追憶が生々しく記念されているはずだが。

この剝製には癌が参加していない。これは奇妙なことだった。何処にもガングリオン（こぶ）がなかった。ゴンフレ（腫れ）がなかった。

行儀よく並べてある手足と胴の剝製は、私に敗北の悲哀も、離別の執念ももたらさない。陽子はどこかにいるはずだ。

しだいに夜があけてきた。私は今まで陽子がまとっていた薄い紫色のショールをひきぬいて自分の肩にかけ、観測台の尖塔が少しずつ浮き出してくるのを眺めた。

エリーズがドアを静かに押しひらいて入ってきた。いつもの表情で、かつての陽子と私を見ていたが、やがて隅の椅子に腰をおろした。

マダム・セッサは、今まで自分が看護に当ってきた肉体から離れなかった。彼女は嗚咽しながら額に接吻し、髪をかきなで、指にさわり、ながいことその場をはなれなかった。

掃除の女はドアをあけるなり、倒れるように固い肉体に抱きついて眼を真赤に腫らしながら、いつまでも聞こえぬ耳に喋りつづけ、それから頰へ唇をおしあてた。

もの言わぬ肉体へなんと未練なことだろう。彼女たちは、陽子がぬけでてしまった後に、未だにふくれ上った毛布があり、それが固いベッド同様、動かないのをこころから安心して、晴れやかに追憶の涙をながし自分たちが美しく洗われてゆくのに満足した。

掃除婦が出ていったあと、私も白い額へ顔をおしあててみた。

人間のからだとは遥かに異質の底冷えのするつめたさだ。しかしこの冷たさは白い金具のベッドとよく合った。タイルの床、四角いクリーム色の壁ともよく合った。陽子がながいあいだ、もてあましてきた肉体は初めて病室に溶けこんだようだ。この部屋に私がいることは、モノクロームのネガが一カ所だけ着色されたように不潔だった。

病院の扉が開く時刻をみはからい私は吉岡に電話をかけ、外へ出た。友人の細君が玄関へ入ろうとしていた。

「女房は退院しましたよ」見舞客を追いかえし、向い側の郵便局のあの不吉な予報を投げ込んだ窓口から、私は故国に宛てて終末の電報を打った。日本はいま、夜の時刻だろう。

やがて誰もがベッドを離れる時刻がきて、大勢の友人たちが剝製の儀式の準備に集ってきた。どこからこんなに押しよせてくるのだろう。剝製にさえ用事のない煩雑な人間たちがメトロに揺られバスに乗って、三つの階段をあがってきた。

初山と私が市の葬儀事務所から戻ってきたとき、6号室は立入禁止の札が貼られていた。すぐ隣の7号室は空いているとみえて、吉岡や中条の、いつもの話し声が交ってきこえている。私は7号室へは入らなかった。今朝方、タバコをすった向い側の部屋へ入り、あらたに鈍く水の垂れる音をきいた。開いたままのドアをとおして、6号室のドアがあいたのが見え、看護婦が、ずたずたに切り裂かれた陽子のネグリジェを持って出てきた。解剖と称して、からだはあのように、ずたずたに切り裂かれているのだろう。いまに色んな物が次々に運び出されてくるに違いない。

しかしそれは私に用のない物だ。7号室の人々にも、用事はない。彼らが医学的話題や追憶の儀式のことなどに携っているあいだに、私は彼女がどこへ行ったかを突きとめねばならない。しかし、そんなことがありうるだろうか。彼女は果たして実在の人間であったのか。

お春さんが廊下を歩いて来た。人の気配になに気なく開かれたドアの中を覗きこみ、彼女は硬直した顔で、いきなり私と向い合った。

去っていった人に涙をながすことも、向いあっている私に労りの言葉をかけることもわだかまれて彼女は全身をかたくなにし、ますます表情を拒みつづけた。お春さんはやさしい人だった。それだけにある日から彼女の夫の意向で料理を届けられなくなったことをどんなにかつらく思っていたに違いない。

私は彼女と話がしたかった。その瞼は赤くくまどられ、唇がかすかに震えていた。彼女は私のまえで涙がつきあげてくるのをおそれ、顔を昂然ともちあげてなにも言わずに階段を降りていった。

夕方になって殆どの人たちは帰っていき、消灯まぎわになって四人の友だちが、お通夜だといって病院へ戻ってきた。その中に谷沢がいた。

私はこうした親切を好まない。まして谷沢は形式を拒絶するたちの男だ。あれ以来、このひとつ上の階でポール達がサナトリウムに発つ前日会って以来、谷沢はお通夜という奇妙なしきたりに紛れて私のまえに姿を見せた。

「あれから私もいろいろ考えてみました」と彼は言った。

ベッドに上半身を起して、私は後ろの壁によりかかっていた。亡き骸《がら》を前にして彼は窓べ近くに腰かけた。

「ともかくあのときの私の考えが未熟であったこと、そのため独断にすぎた点が多かったことをあなたに謝ります」

あやまられては困るのだ。私はこの男が憎かった。谷沢だけではない。ポールもエミルもドクトル・アビバンも、女医も、初山も、それぞれの役割において憎かった。しかし陽子が生きていたことさえ疑わしい現在、すべての人に抱いた憎悪はなにもかも自分に納得がゆかなかった。

芝居の幕はおりたのだ。人間感情の綾をなして今まで入りくんでいた登場人物は、互いに手をつないでフィナーレの挨拶をとり交せばよい。

憎いという豁達な存在で、私は谷沢に好意をもっていた。ただ彼にふりあてられた役と私の役について、シナリオに欠陥はなかったろうか。

「ぼくはあなたの主張には最後まで賛成しなかった。しかしそれが間違っていなかったかどうか。ともかくそのことについて論議してみる時期が、いま初めて来たように思います」

それは嘘ではない。死に向って一日一日おちていく人間を、ただ生きることで鞭打ってきた私のわがままは、病人に苛酷さしか与えなかった。エリーズの信じる神を退けながら、陽子の神に対しては無条件だった。ある朝ほんとうに6号室のドアをたたいた神父を、私は追いかえした。陽子は時にうつろな声で両親を呼んだ。もしも私がすすめていたら、彼女は日本へ帰りたいと言ったかも知れない。

私は自分のとった行為への確信が欲しかった。それから私の今までの確信を、ずたずたに切り裂いても欲しかった。

「その必要はありますまい。わたしの誤りであったことは、はっきりしています。それにもうすんだことだし、なにもこんな夜に」

私は初めて、自分の環境が昨日と変っていることに気がついた。妻に先だたれた哀れな鰥夫《やもめ》、目にみえない黒いベールに蔽われている孤独な男として、四人の友だちに見張られていたのだ。いまいましかった。陽子をさらっていく何者かに、しばしばこの部屋で敗者への嘲笑を私は耳にしたが、こうした敗北の実感はかつてなかった。

誰れもかれもが、私には両手を拡げて無抵抗を示している。耳をさいなむ呼吸音も、突然の喉のかわきを訴えるかすかな声も今夜は皆無だったが、やはり私は眠れなかった。

二日が過ぎ、三日が過ぎた。

マダム・セッサの手で亡き骸《がら》は、純白の衣裳で幾重にも襞《ひだ》をなして蔽われ、前びさし《カスケット》をつけた葬儀人の男たちによって細長い五角形の柩に収められた。厳重な蓋の上から黒い布が房をたらし、幾人かの弔者によってその上に花が埋まり、それから次第にすえた匂いが部屋にたちこめた。

私は初山とサンミッシェルの通りへ出て、黒いネクタイと衿につける細い喪章を買った。

街で時おりこの黒い布を胸にはさんでいる人を見かけたが、それがなんの印か私はながいこと知らなかった。誰に尋ねてもみなかったのは、あのキザで奥床しい印象を、どんなボロ服でも惨めな顔にでも即座にあたえる結構なカクレ蓑を、一度は自分もしてみたいと心ひそかに願ったからだ。

俺もあれを付けてみたい、と初山も言った。陽子はそのとき、変なものが好きな人たちね、と笑った。

「そんなに付けたいなら、身近な人が死ななくても付ければいいじゃないの」

私は大きな代償をはらって、他愛ないアクセサリを手に入れた。初山も買った。葬式というママゴトの委員長になった彼は、祭祀にはそれなりの仮装が必要だと考えていた。

朝七時、行列は6号室を静かに出た。廊下にいる医者も患者も掃除婦もみな立ちどまり、去りゆく者の足音に頭を垂れた。

病院では重症患者ほど見事なのだ。いいかげん軽薄な大部屋の患者たち。ニセ者、裏切者の極印を押された退院患者たち。そのなかで、陽子はひとり沈黙の重みに沈み、ついに永久にかえらぬ存在と化した。

6号室に喪の幕がとざされた時、小さな学生病院《オピタル》はいつもより荘厳さをまし、窓は光を遮り、敬虔な空気は廊下からあらゆる病室へ浸透していった。この行列の中心、黒い柩の中に何が入っているのか、誰も知らない。ただ、この空気を支配している死の象徴が、人々の目に凝結しているにすぎなかった。

パリ市からやって来た葬儀執行係は黒い帽子に黒い手袋をはめ、象徴を造形化するに必要な時間を気にしながら、静かに先頭をきった。

私の頭文字Nを浮きだした黒い車はこの短い行列を乗せると、静かに見送る人々の視界をぬけ、スピードをましてパリの外郭を東へ走った。

黒いカーテンの内側から、眠った街々が映る。マドモアゼル・セスネイはかたわらで、私の手を押えていた。吉岡は、陽子がオルリー飛行場からパリへ向った時のように、ただ車の前方ばかりを見つめていた。あとのひとり、初山葬儀委員長は厳粛なマスクの保持に余念がなかった。

知らない通りを幾つも過ぎて、車は樹々の中へ入りこんだ。どこへ私は連れて行かれたのだろう。死んだ人の住家がぎっしりと見える限りたてこんでいた。車は急勾配に枝々の下をすりぬけ、白い墓標の間を一本の道にそって走り続けた。

パリのどこに、こんな世界があったのだろう。土に埋まり、樹々のさやぎの下に苔むした灰色の住人たち。こんなにも大勢住みながら、こんなにも静かな世界、私にも陽子にも無縁の区域だ。

亡き骸《がら》を保存するというばかげた習慣、魂が棲んでいると思いこんでいる妄想の石。別れた人への愛着をこうして繋ぎとめない限り、人は已れに耐えてゆけないものだろうか。葬式同様これもママゴトだ。

すでに幾人かのひとたちが広いガランとした建物の中に腰かけていた。その地下室に私と初山は連れていかれ、分厚い鉄の扉の中に柩が入ってゆくのを見た。紫色の焰が一瞬、渦をまいて襲いかかった。

多くの参列者はいちように静かだ。59942。灰を入れた箱の番号を黒い手袋の男は読みあげた。喪章を、こうおき替えてもいいわけだ。

59942。数字は乾燥していて気持がいい。二人の男がその箱を壁のなかに塗りこめたのを確認して式は終った。

参列者はひとりひとり、初山の横に並んだ私に頭を下げて、地下の部屋から出ていった。どの顔も私のまえに一歩出ると、自分だけがあなたの友人です、自分だけが彼女の死を悼んでいます、と告げていた。なかにひとり、やあしばらく、と私に呼びかけてカフェで別れるような握手を交した男がいた。私と初山は、宗教的な祭礼を一切ぬきにした今日のお祭で、この男に最高点をつけた。

ペー・ラ・シェーズの墓地を出たとき、菊井夫妻が、私を車で送ろうと申し出てくれた。「あなたは疲れている。是非送っていただくように」とマドモアゼル・セスネイは横から私にすすめた。

何処へ？　私の物語は今から始まるのだと、この時はじめて知らされた。なにを急いで帰ることがあろう。しばらく留守にしたローモン街の、誰も住んでいない部屋が私にはおそろしかった。メトロでも速すぎる。私は大勢の参列者とカフェで時間をつぶした。

しかし、いずれは帰ってゆかねばならない部屋だった。いつもの友人たちと街のレストランで夕食をとり、すっかり夜になってからローモン街の路地を曲り、暗い中庭を通って突き当りのドアを鍵であけた。

陽子の幼い弟から姉に宛てた手紙が二通、床に落ちていた。部屋は黴臭い匂いがした。

カフスボタンは、ひとりでは思うようにはずせなかった。たったそれだけのことなのに疲労がおっかぶさり、私はそのまま湿ったベッドに転がった。天井から、天井の明り窓のその上から、孤独が私の痩せた体に積み重なった。

霧は中庭にも立ちこめてきた。

私は吉岡のモーター自転車《バイク》を借り出し、地図を手にしてシャンクイユのサナトリウムへ発った。

パリを南へぬけ、セーヌ河に沿って遡ると、幾重もの丘がコルベイユの町から続く。わずかに木立が、その果てに進路を示している。黒い垂れ幕の彼方から私を見つめているみんなの眼を、ようやく逃れたのだ。

墓地では私がどんな表情をしても、参列者は不憫だと感じた。誰の眼にも私は、見えない魂を背負っている動く墓標としか見えなかったのだ。

葬式が終ったあの日、カフェで私は友人たちに聞いてみた。

「おれを羨ましがる奴が一人ぐらい、いてもいいだろう。あいつは女房をキレイさっぱり消したと言ってね」

誰も何とも応えなかった。

「八割ぐらいはそう思っていたろうな」ひとり者のくせに初山はそんなことを言った。

「八割とはいわんで。十割やで」

斜め横のテーブルにもたれていたこの発言者は、さも羨ましいといったふうに私を見た。葬儀委員長はこの男にもいい点数をつけた。

見えていた限りの丘がつきて、ようやく小さい部落へ入り、いくらもない家々をぬけて、だるく拡がっている斜面の林のなかにサナトリウムが見えた。

廊下で看護帰に尋ねている私の声が滝川老人に聞こえたのか、示された病室のドアを私が開いた時と、老人がドアへ向った時と、殆ど同時だった。

彼は痩せた大きなからだで、庇うように戦い疲れた男を抱きしめた。老人は私の背中の上から涙をながし、

「陽子さんとふたりで来てくれたんだね」と言った。

それから老人は私の肩を強くつかんだまま体を離し、まじまじと顔を見た。

「陽子さんはどこに行ったんだろうか。どこでもない。きみの胸の中にいるんだよ……陽子さんを愛していた人たちの胸の中に、いつまでも生きるのさ」

彼はまた、泣いた。「そうなんだ。本当にそうなんだよ、きみ。そうでなくて彼女はどこに行くんです」

私は老人の胸の中で、もう立つ力もないほど疲れていることを知った。老人は私を椅子によりかからせたが、妙に私は緊張していた。

「四、五日まえ、友人に花束を托したのだが、間にあったろうか」

その花はジャニーヌという婦人から葬式のときに戴いたので、墓地に捧げた、と私は答えた。

「なに、墓地に、陽子さんの墓に。そんな必要はないのだ。ぼくはこの世の中にいないものに捧げるつもりはない。陽子さんがこの世を去るとき、その香り、その色、その明りを、ぼくは持っていって貰いたかったのです」

老人の涙はきらきらと光った。林のずっと遠い向うにエッフェル塔が霞んでいた。

老人は電熱器でお湯を沸した。私は棚にあるコーヒーをとり出して挽いた。サンジェルマン・デ・

プレのあの部屋でのように、ふたりは濃いコーヒーを飲み、タバコに火をつけた。二人の間に当然いるはずの、もうひとりの人間の不在を埋めるために、私たちはやたらと煙をまきちらすよりなかった。

陽子は、人間の消えてゆく過程を如実に見せてくれた。はじめは病院の内部が彼女の行動半径となり、次に廊下も便所も必要でなくなり、果てはベッドわきの小机さえ彼女から切離し、たったひとつのベッドだけが、彼女の全世界になりおおせた。次いで彼女の占める場所は、ベッドの中でだんだん細くなり、かわりに腐れた病根が寝そべり始めた。しかしそれでも最後に、死者が僅かの肉体を残すということが腑におちない。

「君はジャックに会ったろうか」

ラシーヌ通りのジャック・ルクリュ氏の事務所を一昨日訪ねたとき、彼は言った。

「ムッシウ、オンドビリエの別荘《ヴィラ》に暫く行ってこないか。薪とジャガ芋を、そのつもりで用意してある」

葬式に顔を見せないあいだ、彼は田舎に行って、そんなことをしていたに違いない。

「それはいい思いつきだ」と老人は言った。

「そこでこの冬を過したまえ。そこから時々ぼくに手紙をくれるように」

早くも冬近い日の暮れが迫ってきた。うす暗くなった病室の中で老人は影のようにほのかだった。

パリからここまでの道のりを自転車《バイク》で引きかえす力は、もう私に残っていなかった。オンドビリエに行く前にもう一度ここへ来ることを約束し、自転車《バイク》を置いて、七時半にサナトリウムを出るバスに乗った。

バスはここへ面会に来た人たちで一杯だった。男子療養所のせいか女の人が多かった。週に一度の面会日を、パリからこれらの人々は通っているのだろう。バスは暗くなった丘の道をライトで照らしながら走った。

chaque matin je me levé（毎朝、クスリで起こされ）
à cause de médicament（それから始まる）
et puis commencer un jour（わたしの一日）
黄、赤、白、色とりどりの薬たちよ
お前は妖精のように私の体へ
溶けいる

病室をとり払うとき、陽子の枕もとからでてきた小さいノートの一節だ。

子供のような詩《うた》だった。陽子はいつの日、病室で書きとめたのだろう。一日のうち、いくら呑まされたか分らない、とりどりの小さい責め道具。ドクトル・アビバンは麻薬を使っていないと私に言ったが、あのカルテに並んでいた横文字はそうではないようだ。彼は立派な医者だった。今頃は、珍らしい病気に犯された臓腑をアルコール瓶の中に漬けおわったことだろう。

バスの人々はおおかた、眠り出した。恋人や夫や父や息子に会ってきたばかりの彼女たちは、邂逅の満足よりも、遠ざかってゆく今日への追憶に、おしなべて侘しい顔をしていた。歓びはいつでも束の間のようだ。それにくらべ追憶《スーブニール》の何というしつっこさ。コルベイユの町に入って窓外は急に明るくなり、狭い道に入ってバスは二、三の人たちを降した。

パンを小脇にかかえて店を出てきた女の子が、再び動き出したバスにくっついて走り出した。バスは家々の壁をすれすれに徐行する。女の子は駆けた。

バスはいくらかスピードをました。女の子は懸命になった。そうだ、走るんだ。もっともっと。彼女はひたすらに走った。しかしだんだん速力をましてきたバスの窓から彼女に投げかける光は、ひとつめの窓、ふたつめの窓と、彼女より優先していった。

女の子は悲しく走りつづけた。バスはとうとう彼女を後にした。それでもパンをかかえた女の子は走っていた。すっかり本来の速力をとり戻したバスの背後に、彼女の姿は小さくなり夜の闇に呑まれていった。

バスはようやくセーヌ河にそい、侘しい疲れた人々を揺り動かしながら、灯ひとつ見えない夜道をパリへと走りつづけた。

（了）

あとがき1

わずかの間だったが、秋のおわりから春を待つまでの寒い季節をマドモアゼル・セスネイのアパルトマンの一室ですごした。一九五六年から翌年にかけてのことである。看病に疲れた体を思いやる老嬢の厚意に、なんとなく私は甘えたわけだ。はじめのうち、二匹の猫は、そうこころよく不意の闖入者を迎えてはくれなかったが、ともかく私はそこで、つい昨日までのことを紙の上で追想しながら、日々をすごした。故国をはなれた遥かな土地での詳細な経過を、彼女の両親や彼女を愛する人々に、たったひとりの目撃者として忠実に報告する義務があると思っていたからだ。朝おきると窓は凍りついていて、中庭に面した四階の手すりに、雀がへばりつくようにとまっていた。日がたつにつれて、老嬢と二匹の猫は、私を心ゆくまで回想のなかに浸らせてくれたし、それから、新たに生きてゆくよう、勇気づけてもくれた。

日本の親しい友人から、一冊の本にまとめないかと話があったのは、かなりたってからのことだ。はじめは尻ごみしたものの、それなら親族のあいだで手紙を回す手間もはぶけるかと思いなおし、ある日、パンテオンわきの文房具屋でワラバン紙をたくさん買いこんで、小さな文字をギッチリ埋めにかかった。

文章らしいものを書いたことのない私には、はじめのメモの数倍にふくれあがったその量が、原稿用紙にして何枚ぐらいになるものか見当さえつかなかった。ようやく講談社から本になって出たのは、マドモアゼル・セスネイのところで過した冬から五年くらい後のことになる。

故国からとどいたその本の表紙に〈愛と死はパリの果てに〉と、私の予期しない題名の日本文字が印刷されていたのを見たときは、おそろしく気恥かしかった。まるで涙の花束を風に散らしているようだ。

そのころ郊外に移り住んでいた私は、その本をもってパリに出向き、ノートルダム・デ・シャンの通りからあの中庭をよぎって四階の階段を一気にかけのぼった。マドモアゼル・セスネイが、読めない活字でうずまった厚みを手にして、私を抱きしめてくれたことを思い出す。猫は一匹だけになっていた。

その月の終りごろ、私は久し振りにオンドビリエを訪ねた。もともと老人は、〈妻の死〉を本にする男を怪訝な面持で眺めていた。いつかこの田舎で、私がその本の装幀のことであれこれ腐心しているとき、「きみはたのしんでいるのか」と老人に咎められたものだ。私のたずさえてきた本を読んで当の老人は憮然として言った。「ちょうど着物のしつけ糸のように滝川老人がストーリイを追って点々と顔を出しているな。」滝川老人とは椎名其二氏のことである。かくされた着物の裏の糸が感じられないので、この白い点々を手で払えば散ってしまうようだ、と椎名さんは更に言った。椎名さんほどセンチメンタルとほど遠いところにある人を私は知らないのだが、〈滝川老人〉はその風貌を伝えない。椎名さんは少しずつ体の自由を失くしていて、暗黙のうちに、死に場所を探しているふうにみえた。この田舎道の行くてには森がある。〈鳥や獣のように誰にも知られず、ひっそりとあの陰に埋もれたらいいだろう〉おせっかいな人間社会を、椎名さんは、べったりした肉親の肌ざわりみたいに嫌がっていた。

誘われるままに私は、マダム・セッサの家庭でしばしば日曜日をすごすようになっていた。彼女は姉夫婦と、ポルト・ドルレアン近くのアパルトマンに住んでいる。はじめてこの家を訪ねたとき、彼女の部屋の暖炉の上に、署名入りのロマン・ロランの写真が飾ってあるのを私は見た。息をひきとるまでの半年間を、ロランが自分の妻をもさけて身のまわりの世話を頼んだエステル・オステルバイユというハンガリ人の看護婦は、マダム・セッサだったのだ。

一時、旅行のつもりで帰国した初山は、まるで客死みたいに故国であっけなく果て、程なく帰国した菊井氏も癌が転移してすでに亡くなっていた。椎名さんが、パリを南にくだったテイエ墓地に、自らのぞんで無縁の死者として葬られた翌々年、一九六四年、私はパリを去った。

もうかれこれ四、五年くらい前のことになるだろう、友人から一通の航空便がとどいた。

……さて、イッシー・レ・ムリノーの病院へ行ってみましたが、セスネイさんは亡くなっていました。去年の十一月十一日だそうで、丁度、今日が一周忌です。お墓はなく、火葬にされたとのこと。火葬に付されたのは別に伝染病でもなく、親族がいないからというのでもなく、本人の意志だそうで、病院の帳簿にはカードの番号も記されておらず、たぶん、ペール・ラシエーズの記録所に行けば分るだろうと言われましたけれど、なにやら自分の存在の跡を消し去ろうとする意志が感じられるので、あえて訊ねないことにしました。今日は第一次大戦の終った休戦記念日《アルミスティス》で官庁も学校も商店もあらかた休業。昨年の今日も、きっと暗い雲が張りつめてうすら寒く、人手の少ない閑散とした病院の中で、ひっそりとセネスイさんは亡くなったのだろうと想像します……

人も言葉もこんなに移り変るものだろうか。再刊されることになって、新たに読みかえしてみると、失くなった漢字や使わなくなってしまった表現がやたらと散らばっていて、ずいぶん遠いことのように思えてくる。

再版することについては、かなり躊躇した。いま生きている私の周囲の誰れかれに、あるいはこの物語りの周辺の人々に、苦い思いを背負わせることになりはしないか。そんな懼れから以前にはかなり渋ったものだ。忠実に報告する義務があると私は思いこんでいたが、知らないほうが救われることだって沢山ある。それに、当人たちの語感に忠実に、誇張のないよう書きとめたつもりだからといって、この記録は正確と言えるだろうか。

つい最近、パリに旅行した女の人から一葉の写真がとどけられた。部屋着をまとったジャック・ルクリュ氏のあの気恥かしそうな顔が、真白い髪になって笑いかけている。Je suis à votre disposition.（お手伝いしましょう）、オンドビリエのあの十六世紀の田舎家で、いつも私はそう言って、ひとりで庭いじりをしたがっているこの老人の、邪魔をしては喜んだものだ。

（昭和五十四年十月刊筑摩書房版）

あとがき2　再刊にあたって

どれくらいの歳月が経ったものだろう。用紙の一枚一枚にびっしり細かく書き込んだのを、分厚く重ねてぐるぐる丸め、村の郵便局に持っていった日のことを思い出す。

巴里郊外の小高い集落、ライ・レ・ローズにそのころ住んでいた。こんな重い手紙、日本までは何万という切手代がかかる。窓口の女は気の毒そうな顔をした。

これは手紙じゃない、レシ（実録）の原稿だと説明したら、レシならマシンで打つはずだという。日本文字のタイプライターがフランスにあるか？　ぼくは大真面目に食いさがり、二千円ぐらいで済んだが、もし途中で紛失したらどうしようと覚束ない気持で坂をおりてきた。コピーもファックスもない時代の話だ。

今とはずいぶん違ったな、と読み返して思う。時代が変ったというより、ぼくが変ったのだろう。日々あくせく過しながら、それを傍観する人間になっている。一途にのめりこめないのは、時間に脅かされはじめた老人の身の引き方だ。

ペーラ・セーズ墓地の一室は、死者のアパルトマンというか、骨箱が縦、横、ぎっしり、ひしめいていた。表面の大理石には名前と並んで、〈どうして私を残して逝ったの〉〈あなたは何処にいるの〉〈ぼくは哭いている、いとしい人よ〉といった断ち切れない思いが、それぞれ刻み込まれていた。

墓地のベンチにもたれて独り、詩を朗読している老婆をみた。他日、やはり同じベンチで静かに声を吐きつづけていた。たぶん二人して読んでいた詩集なのかもしれない。かなりくたびれた表紙だ。

ヨーロッパの人にとって、死者は形が見えないだけ、ぴたりと傍によりそって離れることのない存在なんだろう。

ＹＯＣＯ　ＮＯＭＩＹＡＭＡと記した表面の大理石に、亡くなった日付けだけをぼくは印したが、追憶として、あえて封じ込めようとするこの東洋人は、死者と今後、どう別れてゆくのだろうと自問した。

あの日付けの時から、かなり長い日が過ぎているのに、これはつい昨日のことのように思えるのが腑におちない。

この昨日と、いやそのずっと以前から現在の今日までの間に、ぼくはいろんな人とめぐり会い、それぞれの別れを繰返してきた。望遠レンズで覗くように、ひとりひとりが距離をなくし、折り重なるようにして遠退いてゆく。

この映像では、それぞれの真実というか、大事なものが霞んでしまう。しかしだから、ぼくは生きていられるのだろう。

陽子の母に渡していた彼女のスケッチ・ブックが久し振りに、手許に還ってきた。母はとっくに亡くなり、彼女の妹がずっと預かっていたものだ。なにか明るくて可愛い巴里。どの頁も、描いた本人が街角に隠れているような、ほのぼのとした息づかいだから、この絵で再版の表紙を包むことにしよう。

２００4年9月10日　志摩町の仕事場で　野見山暁治識

〈著者略歴〉

野見山暁治（のみやま・ぎょうじ）
一九二〇年、福岡県生まれ。画家。東京美術学校油画科卒業。応召ののち病を患い、福岡の療養所で終戦を迎える。五二年に渡仏、サロン・ドートンヌ会員となる。五八年安井賞受賞。六四年帰国。六八年より八一年まで東京藝術大学に奉職。九二年芸術選奨文部大臣賞、九六年毎日芸術賞。九七年長野県上田市に戦没画学生慰霊美術館「無言館」を開館、二〇〇五年同美術館「無言館」で菊池寛賞受賞。二〇〇〇年文化功労者、二〇一四年文化勲章受章。『野見山暁治作品集』『野見山暁治全版画』などの作品集のほか文筆でも活躍し、一九七八年『四百字のデッサン』で日本エッセイスト・クラブ賞受賞。『署名のない風景』『アトリエ日記』『やっぱりアトリエ日記』『とこしえのお嬢さん――記憶のなかの人』ほか著書多数。

パリ・キュリイ病院

二〇一四年十一月十日第一刷発行
二〇一五年二月一日第二刷発行

著者　野見山暁治
発行者　小野静男
発行所　株式会社　弦書房
（〒810-0041）
福岡市中央区大名二―二―四三
ELK大名ビル三〇一
電話　〇九二・七二六・九八八五
FAX　〇九二・七二六・九八八六

印刷・製本　シナノ書籍印刷株式会社

落丁・乱丁の本はお取り替えします。

ISBN978-4-902116-26-7 C0093

◆弦書房の本

眼の人　野見山暁治が語る

北里晋　筑豊での少年時代、画学校での思い出、戦争体験、パリでの暮らし、「無言館」設立への道、出会った人々、そして今。精力的に制作を続ける画家、野見山暁治が88年の人生を自ら語る。日本洋画史の同時代的でリアルな記録。
〈四六判・２２４頁〉２０００円

絵かきが語る近代美術
高橋由一からフジタまで

菊畑茂久馬　江戸庶民が育てた油画。古美術を持ち出したフェノロサ。東西ふたつの魔王と格闘した天心。さすが、漱石の絵を見る目。日本が追放し、日本を捨てたフジタ……。教科書が決して書かないタブー破りの美術史を語り下ろす。
〈Ａ５判・２４８頁〉２４００円

赤土色のスペイン

堀越千秋　描き、書き、歌う日々！　スペイン在住30余年、画家でありカンテ（フラメンコの唄）の名手でもあるホリコシ画伯が辛口のユーモア溢れるエッセイでスペインと日本の今を切り取る。カラー88点、モノクロ50点の絵を収録。
〈Ａ５変型判・３７６頁〉２４００円

松本英一郎　愛と怖れの風景画

多田茂治　〈退屈な風景〉に見る日本の原風景。自然が、原風景が壊されたあとに奇妙な風景が次々と生まれる。その「再生自然」の変貌を定点観測し、絵の中に記録しつづけた。〈風景〉と真摯に向き合った画家の生涯。
〈四六判・２００頁〉１９００円

心の流浪　挿絵画家・樺《かば》島《しま》勝《かつ》一《いち》

大橋博之　写真よりもリアルに描かれた挿絵——アサヒグラフの四コマ漫画「正ちゃんの冒険」や山中峯太郎「敵中横断三百里」の挿絵などを描き、大正・昭和の少年雑誌黄金期を支えた挿絵画家・樺島勝一の魅力に迫る。
〈Ａ５判・２７２頁〉２２００円

＊表示価格は税別